Berlin, 20.4.'18

VQ

Für Johanna!

Sebastian Lehmann lebt in Berlin. Für *radioeins* und *SWR3* schreibt er Kolumnen über Elternanrufe und Jugendkulturen. Er ist Teil der Lesebühne *Lesedüne*, die auch als *Bühne 36* im Fernsehen und auf *Netflix* lief. Zuletzt erschien die Geschichtensammlung »Ich war jung und hatte das Geld – Meine liebsten Jugendkulturen aus den wilden Neunzigern« bei Goldmann.

Verlag Voland & Quist GmbH, Dresden und Leipzig, 2017

Korrektorat: Annegret Schenkel
Umschlaggestaltung: Lisa Bender
Satz: Fred Uhde
Druck und Bindung: CPI books GmbH, Leck

www.voland-quist.de

PARALLEL LEBEN •

SEBASTIAN LEHMANN

LEHMANN
SEBASTIAN
LEBEN •
PARALLEL

EIN ROMAN • Voland & Quist

»Er träumte niemals von ihr. Sie träumte niemals von ihm. Sie wurden nur geträumt, jeder für sich, von dem, der jeder von ihnen gern für den andern gewesen wäre.«

Maurice Blanchot

Erster Teil

Gerade

Die Sirenen kommen näher. Lange wird es nicht mehr dauern. Ich blicke zum See, die Flammen spiegeln sich im dunklen Wasser, das von einem Schwarz ist, noch undurchdringlicher als der Nachthimmel in Brandenburg.

»Was haben Sie denn gemacht?«

»Nichts.«

Und es stimmt.

Unser Nachbar, der neben mir steht, starrt gebannt auf die erstaunlich hohen, grellorangen Flammen. Der Feuerschein taucht den Wald in flackerndes Licht. Es riecht nach Lagerfeuer.

»Eigentlich sieht es sogar schön aus.« Ich muss lachen, leise und freudlos.

Er schüttelt ungläubig den Kopf, murmelt irgendetwas Unverständliches und verschwindet in seinem Haus.

Alles scheint sich zusammenzufügen, alles passt, wie eine perfekte Gerade, eine Strecke von A nach B. Aber je länger ich auf das brennende Haus starre, desto unklarer und verworrener wird es wieder. Die gerade Linie verwickelt sich, verknotet sich wie ein loser Faden. Und ich weiß auf einmal nicht mehr, wo der Anfang liegt und wo das Ziel, wann es losging und ob es jetzt zu Ende ist.

Natürlich hatte mich Professor Emrald gewarnt, es ist noch gar nicht lange her.

»Wenn Sie weitermachen wie bisher, wird Sie das alles irgendwann heimsuchen – und dann ist es wahrscheinlich zu spät«, sagte er, als wir wieder einmal in seinem Büro saßen. »Glauben Sie mir, ich weiß, wovon ich spreche, ich kämpfe schon lange mit Gespenstern, die sich nicht abschütteln lassen.«

Unser Nachbar, zurück auf seiner Veranda, wirkt noch aufgeregter. Seine Hände zittern. Erst jetzt bemerke ich das Mobiltelefon, das er an sein Ohr hält. Er flüstert die Worte wie ein Mantra: »Es brennt. Es brennt. Ja, wirklich, es brennt.«

Inzwischen kann ich auch das zuckende Blaulicht erkennen, nicht mehr weit entfernt auf der Bundesstraße.

Sie sind fast da.

Mir kommt wieder einmal diese Mathestunde vor vielen Jahren in der Schule in den Sinn, an die ich in letzter Zeit oft gedacht habe. »Bei zwei parallelen Geraden ist der Abstand aller Punkte auf diesen Geraden konstant. Sie sind immer gleich weit voneinander entfernt«, sagte unser erstaunlich junger, stets motivierter Mathelehrer. Das leuchtete sogar mir ein. Ich zählte nicht gerade zu den Mathe-Cracks und war immer froh, wenn ich eine Vier schaffte. Verschmitzt fügte er allerdings hinzu: »Im Unendlichen schneiden sie sich doch.« Das klang nach Science-Fiction, aber die Nerds in der Klasse nickten grinsend. »Wenn man zwei parallelen Linien mit den Augen folgt, scheinen sie sich aufeinander zuzubewegen«, erklärte unser Lehrer und schrieb einen kryptischen Beweis an die Tafel. Parallelität existierte also nicht, wenn ich das richtig verstand. Doch was sollte das bedeuten: »im Unendlichen«? In der Praxis hatte das schließlich keine Auswirkungen, selbst wenn es so »aussah«, es passierte ja nicht wirklich.

Als ich schließlich die Feuerwehrautos sehe, das brennende Haus vor mir, weiß ich, dass mein Mathelehrer recht behalten hat.

1

Wie jeden Morgen fuhr ich mit der U-Bahn zur Freien Universität, die am Stadtrand lag, tiefes Westberlin, eine Gegend, in die man sich kaum verirrte, wenn man nicht hier arbeitete oder studierte. Ich schlenderte zum Hauptgebäude, einem hässlichen, silbernen Raumschiff, in den fernen siebziger Jahren gelandet zwischen Gründerzeitvillen, schmucken Einfamilienhäusern und kleinen Parks. In einer knappen Stunde würde mein Seminar zur deutschen Nachkriegsliteratur beginnen, das ich jedes Semester anbot, den Titel variierte ich, die Inhalte blieben weitgehend dieselben. Bis jetzt hatte sich noch niemand beschwert.

Professor Emrald stand draußen vor dem unscheinbaren Eingang des Raumschiffs, das zum Großteil das Germanistik-Institut beherbergte, und rauchte einen Zigarillo. Er hatte vor ein paar Wochen verkündet, endlich damit aufzuhören, ich bemerkte jedoch keine Änderung. Er rauchte seine nach Vanille stinkenden Zigarillos einfach weiter. Wenn man ihn darauf ansprach – was ich natürlich nie getan hätte, doch Kollegen, mit denen ihn weniger verband, taten es manchmal – winkte er ab und sagte, es komme nur darauf an, was man sage, und nicht, was man tue. Die Kollegen lachten, weil sie dachten, er hätte einen seiner Scherze gemacht, aber ich wusste, dass er es ernst meinte.

Emrald glaubte nicht daran, dass Taten irgendwelche Konsequenzen nach sich zogen, wenn man nicht darüber redete. Also galt das ebenso umgekehrt: Wenn man lange genug über etwas sprach – dann trat es auch ein. Logik hielt er für überschätzt, er lebte sein Leben lieber, als schriebe er einen Roman. Und Romane sind selten logisch. Seinen Arzt, der ihm dringend nahegelegt hatte, endlich mit dem Rauchen aufzuhören, würde diese Argumentation natürlich kaum überzeugen, doch wie ich Emrald kannte, hatte er auch für ihn eine passende Erklärung parat.

»Ferber«, rief er, als er mich sah, »ich muss dringend mit Ihnen sprechen.«

Emrald musste fast jeden Tag »dringend« mit mir sprechen, selten war es wirklich von Bedeutung, unterhaltsam war es so gut wie immer. Ich lehnte mich an die Eingangstür und atmete den widerlichen Vanillegestank ein. Studenten strömten an uns vorbei, manche nickten Emrald zu, er ignorierte es, so gut es ging. »Verbrüdern Sie sich nie mit Ihren Studenten!«, lautete einer seiner häufigsten Ratschläge an mich.

»In Leipzig findet eine Konferenz statt, an der Sie teilnehmen werden«, brummte er zwischen zwei Zigarillo-Zügen.

Wenn ich eins hasste, dann Konferenzen. Den Uni-Alltag in Berlin meisterte ich routiniert, darin hatte ich Übung. Lehranstalten in anderen Städten funktionierten nach ihren eigenen Gesetzen, die ich nicht kannte und auch nicht kennenlernen wollte.

»Es handelt sich genau um Ihr Thema.«

»Was ist denn mein Thema?«

Emrald schnaubte verächtlich und blickte einer jungen Studentin nach, die sich lächelnd an mir vorbeidrängte.

Mit meiner Promotion ging es seit nunmehr zwei Jahren nicht mehr voran, und Emrald musste sich bei der Institutsleitung ganz schön ins Zeug legen, um meinen Mitarbeitervertrag Jahr für Jahr zu verlängern. Sein Einsatz war keinem Altruismus oder anderen sentimentalen Gefühlsregungen geschuldet, jedenfalls nicht nur. Schließlich entlastete ich ihn mit meinen Seminaren nicht unerheblich, wie er vor jedem Semester freimütig zugab: »Ein Seminar, das Sie geben, muss ich nicht geben, Ferber! Und jedes Seminar, das ich nicht gebe, ist ein gutes Seminar. Vielleicht nicht für die Studenten, aber für mich und die kosmischen Energiefelder dieser Universität!«

Mir machte das Unterrichten nichts aus, es lenkte mich von meiner Doktorarbeit ab. Ich glaubte nicht mehr an das Thema, über das ich schon fast vierhundert Seiten geschrieben hatte: *Konzeptionen der Liebe in der deutschsprachigen Nachkriegsliteratur.* Ich hatte genug von der deutschsprachigen Nachkriegsliteratur. Und der andere Teil des Titels überzeugte mich ebenfalls nicht mehr.

»Sie werden nach Leipzig fahren, mein Lieber. Nächstes Wochenende. So etwas finden die einfältigen Bürokraten von der Institutsleitung immer gut.«

»Das ist selbst für Ihre Verhältnisse recht kurzfristig.«

»Ich schätze, ich hätte Ihnen das schon früher sagen sollen.« Er machte eine wegwerfende Handbewegung und grinste mich jovial an. »Das habe ich wohl vergessen.«

»Nachkriegsliteratur, vermute ich?«

»Das volle Programm, Ost und West. Hört sich alles sehr langweilig an. Immerhin gibt es einen Beitrag über Thomas Bernhard. Sie müssen selbst nur einen kurzen Vortrag halten, das Übliche. Nehmen Sie einfach irgendein altes Kapitel aus Ihrer komischen Arbeit, hört sowieso keiner zu.«

»Nächstes Wochenende ist wirklich sehr schlecht«, murmelte ich, wohl wissend, dass ich aus dieser Nummer ohnehin nicht mehr rauskam.

»Vergessen Sie's. Schenker hat Sie längst angemeldet.«

Schenker war Emralds Sekretär. Der einzige männliche Büroleiter an der ganzen Universität – behauptete Emrald. Schenker schien für den Posten als seine rechte Hand wie geschaffen, stoisch ertrug er noch den seltsamsten Arbeitsauftrag, nichts und niemand konnte ihn aus der Ruhe bringen. Von seinem Privatleben wusste ich nichts, ich bezweifelte, dass er eines hatte. Er fuhr jeden Tag als Letzter nach Hause, mit seinem scheckheftgepflegten Rennrad, und betrat morgens als Erster das Institut. Trotz seines gelben Fahrradhelms saß sein Scheitel immer perfekt. Ohne Schenker, das wusste jeder, konnte Professor Emrald nicht überleben. Er überwachte sogar seine privaten Finanzen und schrieb die Weihnachtskarten an seine drei Ex-Frauen.

»Eigentlich habe ich da schon andere Pläne, Familie und so«, startete ich einen letzten Versuch.

»Oho, der Herr hat Familie!«, rief Emrald aus. »Wenn Sie nicht nach Leipzig fahren, dann haben Sie bald eine Familie und keinen Job mehr, um sie zu ernähren, Ferber. Wenn es nach mir ginge, dann könnten Sie bis zur Pension an Ihrer sinnlosen Dissertation rumschreiben. Und noch länger! Leider sehen das hier nicht alle so.«

Er blies den Rauch theatralisch in die Luft und rollte mit den Augen. Mit der Unileitung stand er traditionell auf Kriegsfuß, Autorität vertrug Emrald nämlich ausgesprochen schlecht. Obwohl er selbstverständlich all seine Mitarbeiter autoritär behandelte, bisweilen sogar mich. Zum Beispiel gerade jetzt. Ein Widerspruch, der ihm natürlich bestens gefiel.

»Ich tue doch alles, um Sie glücklich zu machen.« Eine Familie schützte nicht mehr, inzwischen war eine Familie zu einem Druckmittel geworden.

Emrald drückte den Zigarillo mit spitzen Fingern im Aschenbecher aus, als würde er einen Käfer zerquetschen. »Ich habe jetzt eine Vorlesung zu halten. Wie immer bin ich nicht im Geringsten vorbereitet. Und wie immer wird es brillant werden.« Er lachte hustend oder hustete lachend, strich über seine zerknitterte Krawatte und verabschiedete sich in Richtung Vorlesungssaal.

Ich blieb noch eine Weile vor dem Raumschiff stehen und beobachtete die zu spät kommenden Studenten, die außer Atem die

Steinstufen hinaufhasteten. Sie schienen von Jahr zu Jahr jünger zu werden, aber natürlich wusste ich, dass ich es war, der immer älter wurde.

Die Universität bedeutete für mich einen Ruheraum, ich fühlte mich wohl hier – in den muffigen Gängen, in der Bibliothek, in meinem winzigen Büro, das ich mir mit einem anderen Doktoranden teilte, der höchstens einmal im Monat vorbeischaute, um seine Post abzuholen, und ansonsten zu Hause bei seinen Eltern unterm Dach hauste, eine immer wilder wuchernde Arbeit über Robert Musil schreibend. Oder war es Rilke? Sie würde auf jeden Fall genial werden, und er verschlang ein Stipendium nach dem anderen.

Sogar in der meist nach Bratensoße oder verbrannten Kartoffelpuffern stinkenden Mensa aß ich gern, saß an den weißen, langen Tischen bei den Fenstern und sah hinaus auf die Studenten und Dozenten, die gelangweilt vorbeischlenderten. Auch nach fast fünfzehn Jahren hatte ich nicht ergründen können, warum alle Gerichte einen penetranten süßen Honiggeschmack aufwiesen. Schlechter Geschmacksverstärker, vermutete ich. In Restaurants wunderte ich mich immer, wenn dieser Honiggeschmack fehlte.

Ich hatte an dieser Universität studiert, als Hiwi ganze Bücher kopiert und arbeitete jetzt schon fast vier Jahre lang als wissenschaftlicher Mitarbeiter. Ich war hier zu Hause.

Eine Studentin, maximal einundzwanzig, rannte direkt an mir vorbei. Ich kannte sie, sie hatte letztes Semester eines meiner Seminare besucht, jedenfalls sporadisch. Außer an *Stiller* von Max Frisch hatte sie keinerlei Interesse gezeigt. An ihren Namen konnte ich mich nicht mehr erinnern, nur an ihre kurzen blonden Haare.

»Ich bin nicht zu spät«, rief sie mir grinsend zu und verschwand im dunklen Gang. Aber ich, dachte ich und folgte ihr ins Gebäude.

Robert schlief schon, als ich nach Hause kam. Er war vor ein paar Wochen fünf geworden und durfte jetzt bis neun wach bleiben, was ihn mit niedlichem Stolz erfüllte, da die meisten seiner Freunde aus der Kita schon um acht ins Bett mussten. »Höchstens halb neun«, hatte er kürzlich verkündet. Mittwochs schaffte ich es trotzdem nicht rechtzeitig nach Hause, um ihn ins Bett zu bringen und noch ein wenig aus *Jim Knopf* vorzulesen. Mein zweites Seminar endete erst kurz vor acht, und danach saß ich meistens noch ein wenig mit Emrald in seinem Büro, so auch heute wieder. In einem Schrank neben seinem Schreibtisch bewahrte er einige stets gut gefüllte Flaschen Rum auf, und wir genehmigten uns zum Feierabend gern einen kleinen Schluck, den wir in den übrig gebliebenen Kaffee vom Nachmittag schütteten. Dazu hielt Emrald einen seiner Privatvorträge, die mindestens so unterhaltsam waren wie seine offiziellen Vorlesungen – die Themen waren allerdings weniger wissenschaftlich. Vorhin hatte er über die attraktive spanische Gastdozentin gesprochen, die in druckreifen Sätzen sprach, deutsch und englisch, ohne erkennbaren Akzent. »Vielleicht ist sie in Wirklichkeit gar keine Spanierin«, mutmaßte Emrald, »sondern spielt nur die Rolle einer Gastdozentin.« Jedenfalls sei sie literarisch erstaunlich gut informiert, besonders was Thomas Bernhard anginge. »Ich konnte es gar nicht glauben, der alte Österreicher wird sogar in Spanien gelesen.«

Bernhard war einer seiner liebsten Autoren. »In seiner Unehrlichkeit ehrlich«, pflegte er über ihn zu sagen. »Ein Schwaller, der nie schwallt.« Wie gesagt, Emrald liebte Paradoxien: »Wie wollen Sie sonst eine widersprüchliche Welt beschreiben? Hören Sie mir auf mit Vernunft und Dialektik!«

Johanna saß auf dem Sofa in unserem Wohnzimmer, den Laptop auf dem Schoß, kleine Kopfhörer steckten in ihren Ohren. Der Bildschirm tauchte ihr Gesicht in bläuliches Licht. Wenn sie mich bemerkt hatte, ließ sie sich nichts anmerken.

Sie arbeitete viel von zu Hause aus, auch spätabends noch, seit sie vor einem halben Jahr ihren neuen Job bei einem kleinen

Berliner Hörbuchverlag begonnen hatte. Im Grunde war sie für alles zuständig: Sie suchte Bücher aus, die eingelesen werden sollten, sie lektorierte die Manuskripte und überwachte die Produktion. Es gab ein winziges Büro im Prenzlauer Berg, das sie ein- oder zweimal pro Woche aufsuchte, um sich mit der Chefin des Verlags, der einzigen anderen Festangestellten, zu besprechen. Den Rest der Zeit arbeitete sie in unserem Wohnzimmer oder stritt sich in Tonstudios mit uneinsichtigen Regisseuren und besserwisserischen Sprechern. Trotzdem schien sie zufrieden, auch wenn die Bezahlung selbstverständlich miserabel war. Nach ihrem Volontariat hatte sie sich jahrelang mit befristeten Stellen durchgeschlagen, die teilweise nur ein paar Monate dauerten. »Diese ganzen Artikel über die mobile und flexible Arbeitswelt, die sind alle über mich«, hatte sie kürzlich gesagt. Im Gegensatz dazu war mein Arbeitsplatz an der Universität fast schon komfortabel, auch wenn Emrald mich zwang, an langweiligen Konferenzen teilzunehmen.

»Arbeitest du noch?« Ich ließ mich neben Johanna aufs Sofa fallen. Sie lächelte mich an, nahm die Kopfhörer aus den Ohren und drehte den Bildschirm in meine Richtung. Eine Serie lief auf einer illegalen Seite. Johanna stoppte die Wiedergabe. Ein Mann und eine jüngere Frau standen eingefroren auf einem Steg, der ins Wasser führte, und sahen sich verliebt an, aber gleichzeitig auch ängstlich.

»Dann bin ich beruhigt«, sagte ich. »Sonst würde ich mich wieder schlecht fühlen, weil ich den ganzen Tag nichts Sinnvolles geschafft habe.«

»Immerhin hast du heute zwei Seminare gehalten.« Sie klappte den Laptop zu.

»Eben, nichts Sinnvolles. Ich höre mir schon selbst nicht mehr zu, wenn ich den Studenten zum hundertsten Mal das Gleiche über Max Frisch oder Martin Walser erzähle. Und sie mir natürlich ohnehin nicht.«

Sie strich mir über den Kopf. »Du armer, missverstandener Literaturwissenschaftler.«

»Ach, das wäre schön, missverstanden zu werden. Leider verstehen mich alle immer genau richtig. Ich bin einfach sehr leicht zu durchschauen. Deswegen werden sie auch an der Uni bald merken, dass ich meine Diss nie fertig schreiben werde.«

»Das stimmt nicht, nur ich verstehe dich richtig. Und du verstehst dich schon gar nicht selbst.« Sie starrte mich ernst an.

»Das verstehe ich nicht.«

Johanna rollte mit den Augen.

»Was für ein Hörbuch produziert ihr gerade?«, fragte ich.

»Es geht um einen Mittdreißiger, der in einer Werbeagentur arbeitet, unheimlich viel Sex hat und in einer Sinnkrise steckt, da er sein Leben für bedeutungslos hält. Er beschließt alles hinzuwerfen, in den Kongo zu reisen und seine wahre Bestimmung zu suchen. Leider wird er sofort von Rebellen als Geisel genommen und in einem Erdloch gequält, bis sich eine schüchterne, aber wunderschöne Rebellin in ihn verliebt und schließlich befreit. Sie fliehen in ihr Heimatdorf, tief im Dschungel, wo sie sieben Kinder bekommen und glücklich in Einklang mit der Natur leben.«

Ich blickte Johanna ungläubig an. »Das hast du dir doch gerade ausgedacht.«

»Ich bitte dich, das ist ein Bestseller in Frankreich. Wir haben ganz schön viel Geld für die Rechte hingeblättert.« Sie lachte, während ich weiter den Kopf schüttelte. Das kam häufig vor. Sie tischte mir dreiste Lügengeschichten auf, stets mit einer Unschuldsmiene, die ich nach fünf Jahren immer noch nicht recht deuten konnte. Meinte sie es ernst, oder wollte sie sich über mich lustig machen? Zu diesem Spiel gehörte auch, dass es keine Auflösung gab. Sie hielt so lange daran fest, bis ich es glaubte – oder eben nicht. Oder ich spielte einfach mit.

»Das will ich unbedingt hören, wenn es fertig ist.«

Sie nickte, stand auf und stellte sich ans Fenster. »Ich bin unendlich müde. Und morgen muss ich den ganzen Tag ins Studio.«

»Ich bin hellwach, ich habe gerade mit Emrald fünf Tassen Kaffee getrunken. Ich werde die ganze Nacht nicht schlafen können.«

Natürlich stimmte das nicht. Der Rum hatte mich viel müder gemacht als der Kaffee wach. Fünfzehn Jahre an der Uni – ich war im Grunde immun gegen Koffein. Wie immer würde ich kurz nach Johanna einschlafen, ihr gleichmäßiges Atmen strahlte solch eine Vertrautheit und Geborgenheit aus, dass ich allein kaum noch schlafen konnte.

Wir schlichen durch den Flur zu unserem Schlafzimmer, um Robert nicht aufzuwecken. Die alten Holzdielen knarrten trotzdem. Wir lugten durch den offenen Türspalt in sein Kinderzimmer. Man sah ihn kaum, so sehr hatte er sich in seine Decke gewickelt. Er schien nicht aufgewacht zu sein.

»Er kommt nach dir«, sagte ich, »schläft genauso fest und tief.«

Johanna nahm mich in den Arm, und wir beobachteten eine Weile, wie Robert ruhig in seinem Bett lag und schlief.

In diesem Moment war ich mir absolut sicher, dass mein Leben für immer so weitergehen würde.

In der Nacht lag ich wach. Das kannte ich schon, ich konnte zwar einschlafen, nach einer Stunde wachte ich jedoch wieder auf, unendlich müde, trotzdem nicht imstande wieder einzuschlafen. Ich starrte zur Decke, das gleichmäßige Atmen Johannas neben mir. Meine Arme und Beine fühlten sich von mir losgelöst an. Der Körper schien weiterzuschlafen, mein Kopf blieb wach.

Ich konnte mich nicht mehr an den Zeitpunkt erinnern, ab dem sich dieses Gefühl der Taubheit auszubreiten begann, das ich erst nur nachts gespürt hatte. Behutsam, aber unaufhaltsam strömte es durch mich, wie das Morphin, das ich einmal im Krankenhaus nach einer Operation durch eine Kanüle direkt in mein Blut geleitet bekam. Als würde sich alles immer langsamer bewegen, schließlich zum Stillstand kommen, und ich wäre dazu verurteilt, nur noch zu reagieren, oder besser: mich anzupassen an Gegebenheiten, die ich nicht beeinflussen konnte. Oft fand ich diese Vorstellung nicht einmal unangenehm, es bedeutete ja Berechenbarkeit und damit – Sicherheit.

Die Symptome hatten schon vor ein paar Jahren eingesetzt, das erste deutliche Anzeichen war wahrscheinlich das langsame Versiegen der Ideen für meine Dissertation gewesen. Noch ein paar Monate lang versuchte ich weiterzuschreiben, obwohl ich bereits ahnte, dass ich den Faden verloren hatte. Kapitel wurden zu Ruinen, Absätze zu Fragmenten, am Ende konnte ich nicht einmal mehr einen Satz zu Ende schreiben.

Kurz vorher war ich mit Johanna und Robert, ihrem Sohn aus einer anderen Beziehung, zusammengezogen. Hatte es damit zu tun? Das konnte ich mir nicht so recht vorstellen, denn ich fühlte mich wohl, ich war glücklich in unserer neuen, gemeinsamen Wohnung. Außerdem hatten wir auch schon davor fast jeden Tag zusammen verbracht.

Trotzdem verwirrte mich der Gedanke, dass dies nun mein Leben sein sollte, dass ich eine Entscheidung getroffen hatte, ohne sie wirklich zu treffen. Wie hatte ich mir meine Zukunft früher vorgestellt? Gar nicht, wenn ich ehrlich war. Wahrscheinlich dachte man mit siebzehn oder achtzehn einfach nicht weiter als ein halbes Jahr.

»Wenn man erwachsen wird, merkt man, dass man gar nicht erwachsen werden kann.« Emrald hatte das einmal gesagt. Paradox, ja. Aber gab es einen Ausweg? Konnte man sich, wie Kafka geschrieben hatte, »in die Büsche schlagen«? Lief nicht alles auf eine simple Frage hinaus (»Keine Angst vor der Banalität!«, höre ich Emrald rufen): Musste man sich immer entscheiden?

Ich sah zu Johanna, konzentrierte mich auf ihr gleichmäßiges Atmen und schlief schließlich wieder ein.

2

Der Leipziger Hauptbahnhof war im Grunde ein riesiges Einkaufszentrum, die üblichen Mode- und Imbissketten reihten sich auf mehreren Stockwerken aneinander. Draußen erwarteten mich grauer Himmel, breite Straßen und ein paar beeindruckende Gründerzeitgebäude. Obwohl Leipzig nur eine knappe Stunde Zugfahrt von Berlin entfernt lag, hatte ich es noch nie hierher geschafft.

Die Universität lag nicht weit vom Bahnhof entfernt. Ich irrte durch die unübersichtlichen Gänge, bis ich schließlich einen der Räume fand, in denen die Konferenz stattfinden sollte. Es war nicht viel los, nur eine andere vermeintliche Teilnehmerin der Konferenz stand vor der Tür und starrte auf ihr Smartphone.

»Nachkriegsliteratur?«, fragte ich halblaut.

Sie sah auf und nickte undeutlich. Die halblangen braunen Haare fielen ihr über die Stirn, und sie strich sie hinter die Ohren. Ihr Gesicht wirkte auf eine seltsame Art gleichzeitig verschlossen und offen. Mir fiel dafür nur ein altmodisches Wort ein: schelmisch. Sie trug einen viel zu großen olivgrünen Armeeparka mit einer fellbesetzten Kapuze. Als ich es schon fast nicht mehr erwartete, steckte sie ihr Handy in die Jackentasche, lächelte mich an, zeigte ihre weißen Zähne, und der ironische Ausdruck in ihrem Gesicht gewann die Oberhand. Ich fand sie sofort sympathisch.

»Ich bin auch Nachkriegsliteratur«, sagte sie und lachte ein wenig zu laut.

Ich stellte mich etwas zu förmlich vor (mit Nachnamen), und sie sagte, sie heiße Lea. Nach einer leicht peinlichen Gesprächspause betraten wir schließlich den Seminarraum.

Die Konferenz begann noch eintöniger, als ich es befürchtet hatte. Sogar der Vortrag über Bernhard zog sich zäh dahin, der Referent hatte offensichtlich nichts verstanden. Ein Schwaller, der schwallt. Ich dachte an Emrald, er hätte es hier keine zehn Sekunden ausgehalten und wahrscheinlich unter lauten Flüchen den Raum verlassen – und damit immerhin einen seiner Eklats erreicht.

Mein eigener Vortrag stand erst morgen an, und so döste ich vor mich hin. In der ersten Pause trank ich drei Tassen Kaffee, die mich kaum wacher werden ließen. Ich rief Johanna an.

»Was macht ihr?«, fragte ich.

»Ich räume auf. Brauchst du eigentlich noch diese komischen Figuren?«

»Jetzt geht das wieder los.«

»*Star Wars*? Hallo, das ist für Kinder.«

»Ich werde diese Diskussion nicht mehr führen, es ist eine intelligente politische Utopie.« Ich musste lachen. »Räum bitte nicht auf, wenn ich weg bin. Sonst schmeißt du bestimmt noch meine ganzen CDs weg.«

»Paul, niemand hört mehr CDs.«

»Ich schon.«

»Glaub mir, das ist mein Job. Alle downloaden nur noch. Oder streamen. Schon mal davon gehört?« Sie räusperte sich. »Wie ist es bei dir auf der Konferenz?«

»Das Übliche. Ich will nicht darüber reden. Die Konferenz zu erleben ist schon langweilig genug.«

»Robert ist jetzt doch bei Lars. Anscheinend haben sich Elke und Jon wieder zusammengerauft. Als ich ihn hingebracht habe, grinsten sie mich beide an, als würden sie bei einer Vorabendserie über junge, glückliche Pärchen mitspielen. Bald kaufen sie sich bestimmt einen Volvo und einen niedlichen Schäferhundwelpen und ziehen auf einen Bauernhof in Brandenburg. Das perfekte Familienglück. Man könnte glatt vergessen, dass mir Elke noch vor einer Woche erzählt hat, dass sie sich schon nach einer eigenen Wohnung umschaue. Gute Zeiten, schlechte Zeiten.«

»Ich wäre jetzt gern bei dir.«

»Schleimer.«

»Ich wäre jetzt überall lieber als hier.«

»Ich dachte schon, du wolltest mal was Nettes zu mir sagen.«

»Ich sage oft nette Sachen zu dir.«

»Dass ich ein wenig wie Prinzessin Leia aussehe?«

»Das habe ich nie gesagt! Außerdem ist das natürlich ein Kompliment. Und wir wollen doch nicht so werden wie Elke und Jon …«

»Da besteht keine Gefahr, Paul. Wir haben ja nicht mal das Geld für einen Volvo.«

»Ich muss dann mal wieder rein, es geht gleich weiter. Bis morgen.«

»Bring doch einen Hundewelpen mit!«

Ich lachte und legte auf. Die Konferenzteilnehmer strömten zurück in den Vorlesungssaal. Lea schien nicht unter ihnen zu sein, vielleicht wohnte sie in Leipzig und war längst nach Hause gegangen.

Der nächste Vortrag sollte von Martin Walsers späten Romanen handeln, ich hatte keinen von ihnen gelesen und würde es auch nicht tun, obwohl es für mein Doktorarbeitsthema natürlich relevant gewesen wäre.

Als Letzter betrat ich den Saal und setzte mich ganz nach hinten. Ich dachte an meine Schulzeit. Konnte man nicht schon damals die Guten von den Schlechten anhand ihres Sitzplatzes unterscheiden? Die Schlechten saßen selbstverständlich hinten, mit möglichst viel Distanz zwischen sich und dem Lehrer. Natürlich bewunderten alle die Coolen aus der letzten Reihe. Sie fuhren mit Mountainbikes zur Schule, rauchten in der Hofpause verstohlen Zigaretten und lasen Comics unter dem Tisch. Ich saß früher immer in der Mitte. Ich bin mir sicher, dass Johanna zu der Letzte-Bank-Riege gehört hatte, als einziges Mädchen.

Nach dem Walser-Vortrag stand ich etwas abseits auf dem Flur und pumpte an einer riesigen Kaffeekanne, aus der allerdings nur noch ein kümmerliches Rinnsal schwarzer Flüssigkeit tropfte. Einen letzten Vortrag musste ich noch überstehen. Danach konnte ich in meinem Hotelzimmer verschwinden, mich auf dem Bett ausstrecken, das wahrscheinlich nach Desinfektionsmittel riechen würde, und irgendeine Doku über den Ersten Weltkrieg oder die Eröffnung eines Wellnessresorts an der Ostsee ansehen.

»Die ist leer.«

Ich sah auf, Lea stand neben mir und deutete auf die Kaffeekanne, deren Pumpmechanismus ich immer noch stoisch bewegte, obwohl der Kaffeefluss längst versiegt war.

»Paul war dein Name, oder?«

Ich nickte und unterdrückte ein Gähnen, das anonyme Hotelzimmer immer noch vor meinem inneren Auge.

»Hältst du auch einen Vortrag?«, fragte ich, weil mir nichts Besseres einfiel. Immerhin hörte ich auf, imaginären Kaffee zu pumpen.

»Nö.« Sie zog die Augenbrauen hoch. »Ich bin einfach nur so vorbeigekommen, um mich von meiner langweiligen Diss abzulenken.«

Jetzt drängten sich natürlich die Anschlussfragen auf: Über was schreibst du deine Doktorarbeit? Und warum findest du sie langweilig? Kann überhaupt etwas langweiliger sein als diese Konferenz? Doch ich kam nicht dazu. Eine Frau trat zu uns, nickte uns schlecht gelaunt zu, wuchtete die leeren Kannen auf ihren Wagen und verschwand wieder.

»Das war's dann wohl mit Kaffee für heute.« Lea lachte. »Wovon handelt dein Vortrag?«

»Liebe«, antwortete ich und kam mir unfassbar bescheuert vor. »Also … *Konzeptionen der Liebe in der deutschsprachigen Nachkriegsliteratur*.«

Jetzt, wo es keinen Kaffee mehr gab, könnte ich ja fragen, ob wir nicht zusammen einen trinken gehen wollten, schoss es mir durch den Kopf, einfach so, doch Lea wandte sich schon ab.

»Der nächste Vortrag geht los«, sagte sie, zum Glück ohne auf mein Dissertationsthema einzugehen, und ging zurück zum Seminarraum. Ich blieb einfach stehen, mein Kopf völlig leer, gedankenlos. Nach ein paar Metern drehte sie sich um und schaute zu mir zurück. »Kommst du mit?«

»Ja, klar, ich komme«, sagte ich und folgte ihr.

Rituale beruhigten mich. Jeden Morgen der Weg zur Universität, mit der altehrwürdigen U3 durch Westberlin. Die monumentalen Bahnhöfe – Heidelberger Platz, Rüdesheimer Platz, Breitenbachplatz. Wie es oben aussah, was für Plätze sich hinter den Namen versteckten, ich hatte keine Ahnung. Manchmal, auf der Rückfahrt, überlegte ich, einfach auszusteigen, aber tat es nie.

Diese Routine, jeden Tag die gleiche Strecke zu fahren, manchmal sogar die gleichen Gesichter in der U-Bahn zu sehen, bereitete mir ein seltsames Hochgefühl, das ich mit nichts vergleichen konnte außer anderen Routinevorgängen: zum Briefkasten gehen, die Zeitung aufschlagen, der erste Schluck Kaffee morgens im Stehen, aus dem Küchenfenster blickend. Sogar so etwas wie die Schuhe parallel ausgerichtet neben der Wohnungstür anzuordnen, vermochte dieses sanfte Glücksgefühl auszulösen. Ich schämte mich für diese kleinen Freuden, obwohl es Johanna ähnlich ging, wie sie freimütig zugab. Wenn sie zum Beispiel jeden Morgen sorgfältig das Bett machte oder das Besteck im Geschirrspüler sortierte. »Ich komme mir schon fast vor wie meine Mutter«, sagte sie. »Deine Mutter ist eine esoterische Alt-Achtundsechzigerin und besitzt nicht mal einen Geschirrspüler«, antwortete ich.

Mein liebstes Ritual wurde der kurze Weg von der U-Bahn-Haltestelle zum Institut. Die Luft schien mir reiner, und es war stiller als in der Innenstadt, trotz der Studenten, denen man hier überall begegnete. Wenn man nur eine Querstraße von den üblichen Wegen abwich, fand man sich plötzlich allein zwischen scheinbar unbewohnten Villen wieder. Auf den Gehwegen sammelte sich im Herbst das Laub der hohen Bäume, die jede der kleinen Straßen säumten, und morgens roch es fast das ganze Jahr über nach feuchtem Gras.

An diesem Morgen in Leipzig, eingesperrt in ein viel zu kleines Zimmer eines Billighotels, sehnte ich mich nach meinen morgendlichen Ritualen, nach dem Blick aus dem Küchenfenster, dem Weg zur Uni.

Ich duschte in einer Art Plastikkabine, in der ein blaues Neonlicht ansprang, wenn man die Dusche anstellte. Das ganze Zimmer war nur mit unglaublich hässlichen, wahrscheinlich wahnsinnig energiesparenden Lichtquellen ausgestattet und verströmte die Atmosphäre einer Leichenhalle. Kaum erfrischt stieg ich wieder aus der Kabine und sah mir mein Gesicht im Spiegel über dem Waschbecken an. Im unerbittlichen Licht der Energiesparlampen wirkte es noch fahler, als es ohnehin schon war. Weiß wie Wachs. Dieses Gesicht mir gegenüber im Spiegel passte überhaupt nicht in diese fremde Umgebung, in dieses Plastikbadezimmer. Als hätte jemand mit einem schlechten Graphikprogramm ein Foto von mir in eine Computerlandschaft versetzt. Und wann hatte ich eigentlich angefangen, graue Haare zu bekommen? Ich fand nicht viele, vielleicht vier oder fünf an jeder Schläfe. Immerhin verlor ich meine Haare noch nicht.

Der erste Vortrag (schon wieder Walser, wie ich entsetzt feststellte) sollte um Viertel nach acht beginnen, und als ich mich kurz vorher im Seminarraum einfand, sah ich Lea nirgendwo. Nur langsam füllte sich der Raum mit müden Konferenzteilnehmern, wie ich brachte jeder einen Pappbecher mit Kaffee mit. Niemand von diesen übernächtigten Zombies würde im normalen Arbeitsmarkt bestehen (und ich als Letzter).

Ich bemerkte sie erst, als sie sich direkt hinter mir auf einen Stuhl fallen ließ und ihren Pappbecher auf den Tisch knallte.

»Guten Morgen«, rief sie und wirkte viel wacher als alle anderen. Ihre Haare trug sie heute als Pferdeschwanz, ein riesiger Schal, den sie kunstvoll um ihren Hals arrangiert hatte, verdeckte fast ihr ganzes Gesicht. Den Parka hängte sie über ihre Stuhllehne.

»Danach bist du dran, oder?«

Ich nickte müde und nahm einen Schluck aus meinem Becher.

Der Vortrag über Walser ließ sich überraschenderweise furios an. Dieses Mal ging es um *Ein fliehendes Pferd*, das einzige Buch von ihm, das ich halbwegs erträglich fand.

Diese ganzen Bücher verschwommen zusehends. Ich konnte mich kaum noch an die Handlung erinnern, wenn ich ein Buch zu Ende gelesen hatte, schon gar nicht an den Anfang. Einmal begann ich aus Versehen ein Buch ein zweites Mal zu lesen, das ich vielleicht zwei Monaten vorher beendet hatte – es fiel mir erst nach hundertfünfzig Seiten auf. Also hatte ich beschlossen, einfach keine Bücher mehr zu lesen, beziehungsweise: Es war natürlich kein bewusster Entschluss gewesen – ich las einfach nicht mehr. Mein ganzes Leben lang hatte ich Bücher verschlungen, doch seit etwa einem Jahr rührte ich kein Buch mehr an. Ich wollte einfach keine Geschichten mehr hören. Ziemlich schlecht für einen Literaturwissenschaftler.

Der Vortrag handelte hauptsächlich von Liebe. Von sterbender Liebe. Mein Thema. Leider. Die alternden Pärchen am Bodensee, das verlogene Leben, der spießige Habitus, ich dachte an Elke und Jon – zu meiner Überraschung fand es der Vortragende allerdings gar nicht hoffnungslos. Das eine Paar fände einen Ausweg aus der peinlichen und festgefahrenen Situation, indem sie am Ende wieder miteinander reden würden. »Frei und wie gleichberechtigte Partner«, sagte er mit leuchtenden Augen. Beinahe hätte ich mich gemeldet und ihn darauf hingewiesen, dass das alles doch die immer gleichen, hilflosen Ausbruchsversuche seien, da gebe es ja wohl schon von Anfang an keine Hoffnung.

Der Referent schien tatsächlich begeistert von seinem Thema, er mochte dieses Buch wirklich und zitierte ständig irgendwelche Sätze Walsers, die er besonders treffend fand. »Man ist ja viel länger tot als lebendig«, zum Beispiel. Das hätte Emrald auch nicht besser sagen können. Leidenschaft für ein Thema findet man selten an der Uni. Dabei sah der Vortragende mit seiner blassen Haut und dem ausgebeulten Cordanzug wie ein Bilderbuch-Akademiker aus. Und mehr graue Haare als ich hatte er auch.

Ich war plötzlich viel wacher. Gespannt folgte ich den Ausführungen über den schrecklichen Walser und hätte mir beinahe sogar Notizen gemacht – wenn ich einen Stift dabeigehabt hätte. Ich spürte Leas Augen auf mir, auch wenn ich mich nicht traute, mich umzuschauen und ihren Blick zu erwidern. Falls sie mich überhaupt ansah. Ihre Gegenwart hatte mich wacher gemacht, als zwei Liter Kaffee es vermochten.

Der fünfundvierzigminütige Vortrag mit anschließender Fragerunde (Lea fragte nichts, ich natürlich auch nicht) verging wie im Flug, schon bedankte sich der Cord-Akademiker, und wir klopften anerkennend auf die Tische. Schließlich drehte ich mich doch zu ihr um, sie war bereits aufgestanden und wechselte ein paar Worte mit dem Referenten, sie schienen sich zu kennen. Sie verabschiedete sich schnell von ihm, wandte sich um und sah zu mir herunter, ich saß ja noch immer. Ruckartig stand ich auf – und plötzlich waren wir uns viel zu nah.

Wenn ich mich jetzt nach vorn beugte, hätte ich sie küssen können.

Warum dachte ich das?

Mir kam ein besonders schlimmer Satz aus dem Vortrag in den Sinn: »Jeder noch lebendige Mann will sich von seiner Frau trennen, nur Tote sind treu.«

Walser kotzte mich wirklich an.

Mein Vortrag sollte ebenfalls eine Dreiviertelstunde dauern, danach Fragen, wenn es welche gab – und es gab immer welche. Falls sich niemand von den Zuhörern meldete, improvisierte grundsätzlich einer der Organisatoren der Konferenz eine allgemeine Frage. Auch der Unibetrieb wird von Ritualen beherrscht.

Ich hielt den gleichen Vortrag wie immer, änderte bei jeder Konferenz nur den Titel, variierte die Reihenfolge und manchmal die besprochenen Texte. Ein Prinzip, das sich bei meinen Seminaren in Berlin bewährt hatte. Die Wiederholung brachte auch den Vorteil mit sich, dass ich gelassen und kompetent wirkte. Bloß nicht den Faden verlieren und anfangen zu stottern, sonst dachte jeder, man wäre schlecht vorbereitet oder noch schlimmer: dumm. Inhalte wurden überschätzt, denn, Emrald hatte es gesagt, es hört ohnehin keiner zu.

Heute lief mein Vortrag allerdings nicht ganz so rund. Ich versprach mich immer wieder und musste mich korrigieren, weil ich im Manuskript verrutschte. Fahrig manövrierte ich mich durch meine Argumentation, und als ich zum Ende kam, schielte ich zum ersten Mal auf mein Handy. Es war schon kurz vor zwölf. Gut, ich hatte aus dem Stegreif einen Exkurs zu Bernhards *Holzfällen* eingefügt, das ich gerade im Seminar besprach und das eigentlich überhaupt nichts mit meinem Thema zu tun hatte; aber das sollte eine Viertelstunde Überlänge verursacht haben?

»Tut mir leid«, stotterte ich und blickte auf die etwa dreißig anwesenden Zuhörer, weniger als gestern Nachmittag, das gleiche Phänomen bei jeder Konferenz: Am Morgen des zweiten Tages erscheint nur noch ein Bruchteil. Sie starrten mich apathisch an. »Gibt es noch Fragen?«

Murmeln setzte ein, und ich hoffte inständig, dass niemand meine Berechtigung, *Holzfällen* in einen Vortrag mit dem Titel *Konzeptionen der Liebe* aufzunehmen, kritisierte. Tatsächlich rang sich nicht einmal einer der Organisatoren zu einer Frage durch, vielleicht war gar keiner anwesend. Nach einem kurzen Blick in die Runde beendete ich die Sitzung.

»Schöner Vortrag.« Lea hatte ihren Parka bereits wieder angezogen, und wir verließen zusammen den Seminarraum. Zum ersten Mal stellte ich mir die Frage nach ihrem Alter. Ich hatte keinen blassen Schimmer. Irgendwann in den letzten zehn Jahren hatte ich jegliches Gefühl dafür verloren, ob jemand in meinem Alter war oder nicht.

»Ach, ich halte eigentlich immer den gleichen Vortrag, bis jetzt hat's nur noch niemand gemerkt.«

Sie lachte zum Glück. »Immer noch müde?«, fragte sie. »Ich hab gesehen, dass es neuen Kaffee gibt.«

Auf dem Gang drängten sich schon sämtliche Zuhörer um zwei Kaffeekannen. Den Teller mit den billigen Keksen hatten sie bereits leer gegessen. Der Gedanke, hier zwischen den Leuten herumzustehen, die gerade meinen langweiligen Vortrag mehr oder weniger verfolgt hatten und mich womöglich sogar darauf ansprachen, ließ augenblicklich Panik in mir aufsteigen.

»Ich kenne ein nettes Café hier ganz in der Nähe«, erriet Lea meine Gedanken. Dankbar folgte ich ihr die Treppen hinunter zum Ausgang.

»Kommst du aus Leipzig?«, fragte ich sie, als wir den Campus hinter uns ließen und in eine schmale Straße einbogen. Ich verlor sofort die Orientierung.

»Nein, ich hab hier nur studiert. Ich will eigentlich auch weg. Jetzt habe ich mich erst mal für ein Stipendium woanders beworben.«

Ich nickte. Und vergaß zu fragen, wo dieses Woanders denn sei.

Wir erreichten ein winziges Café, in dem nur ein paar kleine Tische standen. »Mein Zufluchtsort vor den ganzen Unileuten.« Lea grinste.

Wir bestellten Kaffee und ein spätes Frühstück, und sie begann zu erzählen. Ich brauchte sie nicht zu ermuntern, sie legte einfach los. Während ich langsam einen Avocado-Bagel verdrückte und zwei Tassen Kaffee trank, rührte sie ihr Croissant nicht an und nippte nur hin und wieder an ihrem Tee, wenn sie gerade kurz Luft holte. Sie erzählte von den unzähligen Stunden, die sie in der Bibliothek beim Schreiben ihrer Doktorarbeit verbrachte. Und vom Überdruss, der sich inzwischen eingestellt hatte. *K. schläft – Wach- und Schlafzustände im Werk Franz Kafkas*, deklamierte sie den Titel ihrer Arbeit. So interessant konnte ein Diss-Thema also auch klingen, keine Ahnung, warum sie das langweilig fand.

Sie machte eine kurze Pause, um von ihrem Croissant abzubeißen. »Ich rede zu viel«, sagte sie mit vollem Mund.

Ich sah sie an, sie wirkte auch dann gut gelaunt, wenn sie gar nicht lächelte oder lachte.

»Ich mag, wenn Leute viel reden, dann muss ich nicht so viel sagen.«

»Wie du meinst.« Es schien unmöglich, sie aus dem Konzept zu bringen. Sie zog ihre Augenbrauen hoch und erzählte ungerührt weiter. Zuerst von ihrer anscheinend anstrengenden Mitbewohnerin, mit der sie schon fünf Jahre zusammenwohnte. »Mit zweiunddreißig sollte man doch langsam eine eigene Wohnung haben, aber das ist selbst in Leipzig einfach zu teuer, wenn man nichts ›Richtiges‹ arbeitet.« Ich war verblüfft, wie einfach sich die Altersfrage klärte. Die Jobaussichten seien für Geisteswissenschaftler hierzulande ja nicht gerade rosig, wie ich sicher wüsste – ich nickte beflissen –, sie hätte im Grunde keine Ahnung, wie es weitergehen solle, wenn ihr Doktoranden-Stipendium in drei Monaten auslief. »Vielleicht klappt wenigstens das New-York-Stipendium, aber das bringt mir auch nur ein paar Monate.« Und auch das hatte sich geklärt: Woanders bedeutete New York.

Sie nahm einen Schluck Tee, sah mich über den Rand der Tasse mit ihren grau-blauen Augen an und sprach dann noch von ihrer Heimatstadt Frankfurt (schlimm), Tanzen in Clubs (bei ihrem »hohen« Alter inzwischen peinlich), der Qualität der Croissants in diesem Café und im Allgemeinen in Deutschland (schlecht), ihrem Doktorvater (Arschloch, aber leider genial), Lou Reed (ebenfalls Arschloch und genial) und den Romanen Paul Austers (meistens gut, aber immer gleich).

Plötzlich verstummte sie und stellte mir eine Frage, die erste, seitdem wir hier saßen: »Wie lange bleibst du eigentlich in Leipzig?«

Ich antwortete nicht sofort, deswegen redete sie einfach weiter. »Wir müssen mal langsam zurück zur Uni. Fängt nicht gleich der Abschlussvortrag an?« Sie nahm einen riesigen, bunten Geldbeutel aus ihrer ebenfalls riesigen Tasche und begann wahllos Kleingeld auf dem Tisch zu verteilen. Dann sah sie mich wieder an und fuhr sich, vielleicht etwas verlegen, durch ihre Haare. »Wenn du willst, können wir uns heute Abend noch mal auf ein Bier treffen oder so?«

Wie zufällig berührte sie mit ihren Schuhen mein Schienbein unter dem Tisch. Ganz kurz nur, wahrscheinlich aus Versehen, doch ich war plötzlich wie elektrisiert. Lea interessierte mich. Und dieses Gefühl, dass mich jemand, den ich nicht kannte, interessierte, wirklich, ganz und vollkommen, das hatte ich schon lange nicht mehr erlebt. Ob es ihr auch so ging? Und wenn ja, warum?

»Ich fahre erst morgen zurück.«

Ich dachte nicht an Emrald und an mein Seminar morgen Vormittag, als ich das sagte. Ich dachte nicht an den Zug, den ich gebucht hatte und der in ein paar Stunden nach Berlin fuhr. Ich dachte nicht an Johanna. Genauso wie gestern, als ich Lea zum ersten Mal begegnet war, dachte ich einfach gar nichts.

3

Zum Gefühl der Taubheit gehörte auch der Blick zurück. Vielleicht bedingten sich diese beiden Stimmungen. Besonders in den wachen Nächten drifteten meine Gedanken irgendwann ab, und ich verlor mich in unbestimmten Erinnerungen. Paradoxerweise erinnerte ich mich am stärksten an die Erinnerung selbst. Schon als Kind, so kam es mir vor, hatte ich darüber nachgedacht, wie ich mich später, wenn ich älter wäre, an meine Kindheit erinnern würde. Ich hatte mir damals vorgestellt, in ein paar Jahren aufzuwachen und an diesen Moment zurückzudenken, an dem ich dachte, dass ich mich daran erinnern würde. Von diesem Gedankenexperiment kam ich lange nicht los. Ich versuchte mir vorzustellen, wie mein *Ich jetzt* für mein *Ich in vier Wochen* aussehen würde. Dabei durchströmte mich ein Gefühl der Zeitlosigkeit, als würde sich Zeit überhaupt auflösen. Es schien fast so, als existiere ich gar nicht. Davor fürchtete ich mich früher am meisten: Dass ich in Wahrheit gar nicht lebte, nicht *da* wäre.

Und in diesem Zusammenhang stand auch eine seltsame Kindheitserinnerung. Sie wirkte inzwischen wie ein Traum – doch einer, der bereits ins Bewusstsein übergegangen ist und von dem man nicht mit hundertprozentiger Sicherheit sagen kann, ob er nicht doch Realität ist. Wie ein altes, vergessenes Foto, auf dem man sich selbst erst nach einer Weile erkennt.

Ich sah es deutlich vor mir: Wir befinden uns auf einer Wanderung im Wald, ich muss so etwa zehn Jahre alt gewesen sein. Ein Ausflug mit meiner Fußballmannschaft, samt Trainern und Eltern. Wo genau wir hinwandern, weiß ich nicht mehr. Bei einer Rast, wir essen auf moosigen Baumstämmen sitzend schweigend unsere Vesperbrote, spüre ich plötzlich zum ersten Mal dieses Schaudern. Es fühlt sich an, als würde ich an einem Abgrund stehen, hinunterblicken und im nächsten Moment befände ich mich schon im freien Fall. Ich weiß auf einmal, dass ich sterben muss. Selbst für einen Zehnjährigen keine ganz neue Erkenntnis, doch in diesem Moment geht mir die Konsequenz daraus auf: Es würde eine Zeit geben, in der ich und alles und jeder, der mit mir zu tun hatte, verschwunden wäre. Ein Ende, ein Nichts. Ich blicke meine Freunde an, die um mich herum sitzen und ihre Brote verspeisen, ihre Eltern, die sich über etwas unterhalten, was mich als Kind nichts angeht, und ich weiß auf einmal, dass ich mit ihnen nicht darüber sprechen kann. Sie würden es nicht verstehen, oder vielleicht würden sie es zu gut verstehen und deswegen nicht darüber reden wollen. Es gibt im Grunde auch nicht viel zu sagen.

Wahrscheinlich verfiel ich dann auf die Idee mit den Gedankenexperimenten. Weil ich damit scheinbar meine Zukunft eingrenzen konnte. Oder wie der alte Walser sagt: »Man ist ja viel länger tot als lebendig.«

Auf dem Weg zur Freien Universität las mir gegenüber eine junge Frau, wahrscheinlich Studentin, ein Buch meiner Schwester. Das kam öfter vor, Irene verkaufte ziemlich gut, trotzdem erschrak ich immer wieder, wenn ich ihren – und damit auch meinen – Namen auf einem Buchcover sah.

Meine Schwester war Historikerin und hatte schon vor knapp acht Jahren promoviert – obwohl sie nur dreieinhalb Jahre älter war als ich. Schon während des Studiums hatte sie begonnen, in einer unglaublichen Geschwindigkeit dicke Bücher über wichtige geschichtliche Persönlichkeiten zu schreiben. Allgemein verständliche Bücher für ein großes Publikum und trotzdem akademisch relevant, hieß es oft in den Rezensionen. Sie brauchte immer genau zwei Jahre zum Schreiben, davor hatte sie bereits ein Jahr lang recherchiert. Diesen Zeitplan wollte sie unbedingt einhalten, was sie dank ihrer asketischen Lebensweise sogar schaffte.

Die Frau in der U-Bahn las ihr neuestes Buch über Fürst Metternich. Hatte sie nicht schon ihr letztes Buch über Metternich geschrieben? Ich konnte diese ganzen historischen Figuren einfach nicht auseinanderhalten. Vor allem wenn sie klangen wie Sektsorten.

Irene machte auf fremde Leute oft einen unglücklichen Eindruck, sie lächelte so gut wie nie, selbst wenn es die Konventionen erfordert hätten. Augenkontakt mit ihren Gesprächspartnern vermied sie, so gut es ging. Damit stieß sie einige Leute vor den Kopf, was sie in der Regel nicht einmal bemerkte. Doch trotz ihres sozialen Ungeschicks überzeugte sie alle schnell mit ihrer Brillanz. Sie führte auch kein unglückliches Leben, selbst wenn es manchmal sogar auf mich so wirkte. Meine Schwester ging in dem auf, was sie schuf – und dieses Schaffen machte sie glücklich. Sie reihte ihre Bücher in einem eigenen Regal im Arbeitszimmer auf und nahm sie nie wieder heraus. Sie brauchte nur ihren Blick kurz vom Computer abzuwenden und sah sofort, was sie schon alles geschafft und damit auch geschaffen hatte. Ich habe es zwar noch nie in diesem Zusammenhang erlebt, aber ich bin mir sicher: Dann huschte sogar ein zufriedenes Lächeln über ihr fahles Gesicht, das dringend mal wieder ein paar Sonnenstrahlen vertragen könnte.

Aber da gab es ja diese Liste in der obersten Schublade ihres beeindruckenden Gründerzeitschreibtisches, ich konnte einmal einen kurzen Blick darauf werfen, als Irene sie gerade wegräumte. Auf der Liste stand eine lange Reihe mit Namen historischer Persönlichkeiten, über die sie Bücher schreiben wollte. Das musste sie noch alles schaffen – also blieb nicht viel Zeit für sonstige Bedürfnisse, vor allem weil die Liste kontinuierlich wuchs. Es dauerte schließlich nur drei Sekunden, einen neuen Namen auf die Liste zu setzen, aber drei Jahre, ein neues Buch zu schreiben. Zudem unterrichtete sie an der Hamburger Universität – und es schien nur eine Frage der Zeit, bis sie dort ordentliche Professorin werden würde.

Mein eigenes akademisches Versagen wirkte im Hinblick auf meine Schwester fast plakativ groß, sodass ich lieber gar nicht darüber nachdachte. Ungeachtet dieses Umstandes verstanden wir uns ziemlich gut.

Der Mann meiner Schwester hieß tatsächlich Helmut und sah leider auch so aus (grauer Backenbart, Glatze, dick, eckige Brille), war aber ein herzensguter Chemieprofessor und zehn Jahre älter als sie. Ich hatte mit ihm noch kein einziges interessantes Gespräch geführt, was mich nicht im Geringsten störte. Die beiden hatten keine Kinder, und so waren Robert, Johanna und ich beliebte Gäste in der riesigen Altonaer Wohnung, die sich die beiden vor nicht allzu langer Zeit gekauft hatten und die viel erwachsener eingerichtet war als unsere: ausschließlich antike Möbel, schwere, dunkle Vorhänge, durch die kaum Sonnenlicht auf die braunen Dielen fiel, dazu teure elektronische Geräte, an denen Helmut unablässig herumspielte.

Die Frau mir gegenüber klappte das Buch zu, und wir stiegen an der gleichen Haltestelle aus. Mein Seminar begann in genau einer Stunde, und ich machte mich erst einmal auf den Weg in mein Büro.

Vor der philologischen Bibliothek kam mir Emrald entgegen, er roch verdächtig nach Vanille. Wie immer trug er sein abgewetztes

Tweedsakko und eine zerbeulte beige Hose, darüber einen nagelneuen, dunkelblauen Dufflecoat. Seine grauen Haare standen am Hinterkopf wirr ab, als wäre er gerade aufgestanden. Er sollte sich dringend von Schenker ein paar Frisiertipps geben lassen.

»Emrald, Sie sehen mal wieder aus wie das Klischee eines verrückten Professors.«

»Kommen Sie mit in mein Büro, Ferber!«, rief er, und ein paar Studenten drehten sich nach ihm um. »Und hören Sie auf mit Ihrem oberflächlichen Geschwätz!« Er schob mich in Richtung seines Büros. »Sie müssen mir noch von der Konferenz in Leipzig berichten«, fügte er etwas leiser hinzu.

In seinem Büro machte sich Emrald an seinem Alkoholschrank zu schaffen.

»Es ist zu früh für Rum.« Ich ließ mich auf den einzigen nicht von hohen Bücherstapeln belegten Stuhl fallen.

»Was haben Sie denn für eine Laune!« Er knallte die Schranktüren wieder zu und stellte nur die Kaffeekanne auf den Tisch. »Na gut. Wie war es?«

»Was denken Sie? Langweilig, eintönig, ermüdend, unnötig. Eine literaturwissenschaftliche Konferenz eben. Der Vortrag zum *Fliehenden Pferd* war halbwegs interessant, zu Bernhard habe ich allerdings selten etwas Dümmeres gehört.«

Emrald schlug mit der flachen Hand auf den Tisch, sodass die Tassen klirrten. »Walser interessant! Sind Sie verrückt geworden?« Es gab kaum einen Schriftsteller, den Emrald mehr hasste als Walser. Und er hasste viele Schriftsteller. Vorsichtig nahm er einen Schluck heißen Kaffee und schien mit dem Gedanken zu spielen, sich doch einen kleinen Spritzer Rum zu gönnen.

»Ich fand den Vortrag gut, nicht das Buch«, versuchte ich die Wogen zu glätten, doch Emrald schüttelte nur den Kopf.

»Und Bernhard naturgemäß fürchterlich«, sagte er mehr zu sich selbst. »Die Wissenschaftslangweiler vergewaltigen ihn immer wieder aufs Neue. Es ist ein Skandal!«

Ich nickte nur und kratzte etwas Dreck vom Rand meiner Tasse. »*Ein fliehendes Pferd* ist kein schlechtes Buch«, murmelte ich ohne ihn anzusehen.

»Was ist nur mit Ihnen los, Ferber? Werden Sie schon senil, oder sind Sie verliebt?«

Ich zuckte zusammen. Man durfte Emrald nicht unterschätzen und sich von seinem Poltern in die Irre führen lassen, er besaß eine gute Menschenkenntnis und reagierte äußerst sensibel auf seine Mitmenschen. Jedenfalls manchmal.

»Aber das ist ohnehin das Gleiche!« Er lachte. »Es wird immer schlimmer mit Ihnen, Ferber!«

Ich lehnte mich in meinem Stuhl zurück, schielte auf die Uhr an der Wand und zog die elf Minuten ab, die sie seit Jahren vorging. Mein Seminar würde erst in einer Dreiviertelstunde beginnen, er hatte noch genug Zeit für eine seiner gefürchteten Standpauken.

»Sie können nicht ewig unterbezahlt langweilige Seminare für einfältige Studenten geben.«

»Das machen Sie doch auch.« Ich ging zum Schrank, holte die Rumflasche heraus und goss uns beiden einen kräftigen Schluck ein. Emrald sah mich dabei verwundert an. Ein Gespräch mit ihm über mein verkorkstes Leben konnte ich nur angetrunken ertragen. »Allerdings sind Sie nicht unterbezahlt«, fügte ich hinzu, als ich mich wieder hinsetzte.

»Na, na«, rief er. »Sie sollten sich nicht mit mir vergleichen, da kann es ja nur einen Verlierer geben! Ich habe ein bahnbrechendes Buch über Thomas Bernhard geschrieben! Und war dreimal verheiratet. Oder sogar viermal? Egal. Ich habe in Paris in den frühen Achtzigern mit Foucault zusammengearbeitet!«

Diese Geschichte wieder. Es existierte kein Beweis für eine Zusammenarbeit mit dem großen Michel Foucault, auch wenn Emrald sich damals tatsächlich als wissenschaftlicher Mitarbeiter in Paris aufgehalten haben musste. Mit genauen Informationen hielt er auch auf Nachfrage stets hinterm Berg, also hatte ich mir angewöhnt, es einfach zu ignorieren.

»Vielleicht sollten Sie mal für eine Zeit lang aus Berlin abhauen, sich eine Auszeit gönnen. Das hört sich vielleicht abgeschmackt an, aber man muss sich immer wieder in neue, unbekannte Situationen versetzen, erst dann kann man etwas erreichen.«

Dass sich etwas ändern musste, damit hatte Emrald wahrscheinlich recht. Doch bei seinen vermeintlich wohlmeinenden Ratschlägen musste man vorsichtig sein. Er war ein großer Scharlatan und behauptete an einem Tag etwas und am nächsten Tag das komplette Gegenteil. Immer klang es überzeugend und einleuchtend. Er hätte seinen Studenten alles erzählen können – und ich wusste, dass er es auch tat. Sie lauschten begierig seinen Sentenzen und schrieben eifrig alles mit. Wenn er wieder in besonders süffisanter Laune war und ich ihn nach einer Vorlesung auf dem Gang traf, rief er mir immer schon von Weitem zu: »Wissen Sie, was ich denen heute wieder erzählt habe? Man kann Menschen alles verkaufen, man muss es nur schön verpacken, dann schlucken sie jeden Schwachsinn. Nehmen Sie sich ein Beispiel an den Politikern!«

Ich sah Emrald an. »Wohin soll ich denn gehen? Und außerdem: Was soll denn das heißen: ›etwas erreichen‹?« Das klingt mir zu ökonomisch, das Leben ist doch keine Kosten-Nutzen-Rechnung.«

»Sie müssen aufhören, alles immer mit Begriffen zu kategorisieren.« Er streckte sich auf seinem Schreibtischstuhl aus. »Begriffe sind immer unscharf. Die Praxis dagegen ist eindeutig. Was Sie machen, wie Sie leben, das ist real. Diese ganze Theorie ist gut für Vorlesungen, damit können Sie Ihre Studenten einschläfern. Denken wird überschätzt.« Scheppernd schoss er eine Lachsalve ab und griff zu seinen Vanille-Zigarillos. Nur in Ausnahmesituationen gönnte er sich einen im Büro, Rauchen war in der Universität strengstens verboten. Anscheinend handelte es sich gerade nicht um solch eine Situation, denn er spielte nur kurz mit der Packung und legte sie dann wieder zurück auf den Tisch.

»So, langsam muss ich mal etwas essen. Und Sie müssen Ihr Seminar halten.« Er hob seine Tasse, auf der, wie ich jetzt sah, tatsächlich ein Elefant prangte, und prostete mir theatralisch zu. Dann leerte er sie mit einem Zug und wuchtete sich aus seinem Sessel.

»Walser interessant!«, murmelte er noch, als er sich ein Pfefferminzbonbon in den Mund steckte. »Sie sind wirklich verrückt geworden.«

Wir verließen sein Büro, und ich schlug den Weg zum Seminarraum ein. Verliebt oder senil. Emrald hatte wieder einmal ins Schwarze getroffen. Trotzdem würde ich ihm auf gar keinen Fall von Lea erzählen.

Als Erstes stand das obligatorische Referat an. Lukas und Marie, wenn ich mich recht erinnerte, zweites Semester Germanistik auf Bachelor und damit höchstens zarte zwanzig Jahre alt, bauten sich schon vorne neben meinem Pult auf und nickten mir schüchtern zu.

»Dann legen Sie mal los«, ermunterte ich die beiden. Heute stand Max Frischs *Mein Name sei Gantenbein* auf dem Seminarplan, erfahrungsgemäß interessierten sich die Studenten nicht gerade übermäßig für diesen über fünfzig Jahre alten Roman.

Der Vortrag begann wie immer furchtbar. Ich sollte die Referate am Anfang jeder Sitzung dringend abschaffen, dachte ich jedes Mal, doch mit ihnen ließ sich so gut Zeit totschlagen. Man konnte ja nicht jede Woche einen Film zeigen.

Marie las erst einmal fast den kompletten Wikipedia-Eintrag zu Max Frisch vor. Ich hatte es aufgegeben, zu intervenieren, anscheinend ging es nicht ohne, jedes Referat begann so. Zum Glück sprach sie so schnell, dass es kaum fünf Minuten dauerte, die komplette Biographie Frischs herunterzurattern. Ich betrachtete dabei die nach der Mittagspause besonders schläfrigen Studenten, etwa fünfundzwanzig. Am Anfang des Semesters waren es doppelt so viele gewesen. Bei den meisten war mir rätselhaft, warum sie Literatur studierten, ich vermutete, weil ihnen nichts Besseres eingefallen war. Wahrscheinlich ahnten sie, dass ich sie auch nur unterrichtete, weil mir wiederum nichts Besseres einfiel. Eigentlich konnte man bei solch einer Ausgangssituation recht gut miteinander auskommen.

Nach Maries Wikipedia-Einstieg übernahm zum Glück Lukas, der sich wohl eingehender mit dem Roman beschäftigt hatte. Er schien mir ohnehin einer der Belesensten im Seminar (was nicht viel bedeutete), er meldete sich manchmal sogar freiwillig und versuchte sich an umständlichen Theorien, was ich stets unterstützte. Zur Feier des Tages trug er heute ein Cordjackett und ein mindestens zwei Nummern zu großes, hellblaues Hemd, in dem er aussah wie ein kleiner Junge, der für eine Familienfeier zurechtgemacht worden war.

»Frisch zeigt, wie sich die Identität einer Figur in verschiedene Rollen aufspaltet und wie das Spielen einer Rolle zwischenmenschliche Beziehungen verändert. Der nicht klar gekennzeichnete Erzähler des Romans erfindet sich dazu zum Beispiel als Gantenbein, der sich als Blinder ausgibt.« Lukas räusperte sich theatralisch. »Ein sehender Blinder könne nämlich die Menschen ohne ihre Masken betrachten. Ich zitiere: ›Vor allem aber, so hofft Gantenbein, werden die Leute sich vor einem Blinden weniger tarnen, so daß man sie besser kennenlernt, und es entsteht ein wirkliches Verhältnis, indem man auch ihre Lügen gelten lässt …‹«

»Bedeutet das, man soll den Leuten ihre Lebenslügen lassen?«, konnte ich mich nicht beherrschen, Lukas zu unterbrechen.

»Wahrscheinlich geht es eher um Rollen, um Geschichten, die man sich zu seinen Erfahrungen erfindet. So wie der Pechvogel, von dem im Roman auch die Rede ist. Er gewinnt irgendwann im Lotto. Und plötzlich stimmt er nicht mehr mit seiner Geschichte, seinem Selbstbildnis als Pechvogel überein, was ihn völlig aus der Fassung bringt – bis er sein Portemonnaie mit dem Gewinn verliert.«

Lukas grinste breit, und zwei Studenten in der ersten Reihe taten ihm den Gefallen, kurz zu lachen.

»Der Erzähler sagt selbst, er probiere Geschichten wie Kleider an«, deklamierte Lukas. »Ich zitiere wieder: ›Jeder Mensch erfindet sich früher oder später eine Geschichte, die er für sein Leben hält.‹«

An diese Stelle konnte ich mich gar nicht mehr erinnern. Wahrscheinlich hätte ich mich besser vorbereiten sollen, statt das ganze Wochenende in Leipzig zu verbringen.

Ich nickte Lukas wohlwollend zu, Marie mischte sich jedoch plötzlich ein, ich hatte sie schon ganz vergessen.

»Seine Frau Lila betrügt er damit doch. Er erzählt ihr, er sei blind, und spielt ihr etwas vor, was er gar nicht ist.«

Lukas blickte sie eine Sekunde zu lang an, ich vermutete, er hatte sich bei der Referatsvorbereitung in sie verliebt.

Sie klang ehrlich empört, als hätte Frisch über reale Personen geschrieben, die so etwas Böses nicht verdienten. Und der böseste von allen sei Frisch selbst, der darüber schrieb. Bleiben Sie beim Text, bläute ich meinen Studenten fast jede Sitzung ein – vergebens natürlich. Sie interessierte vor allem der Autor und seine persönliche Meinung.

»Eine steile These«, warf ich ein. »Immerhin betrügt Lila ja auch Gantenbein. Und er muss sogar vorspielen, er würde es nicht sehen.«

Marie schüttelte aufgeregt den Kopf. War sie überhaupt schon zwanzig? Sie wirkte eher wie dreizehn. »Er benutzt sie doch von Anfang an als Versuchskaninchen. Sie kennt den wahren Gantenbein gar nicht, wie soll sie ihn da überhaupt lieben können?«

Das wird ja immer schlimmer, dachte ich. Welchen »wahren Gantenbein« denn überhaupt?

»Hat jemand im Plenum dazu eine Meinung?« Doch die vor sich hin dösenden Studenten starrten nur apathisch ins Leere. Der verliebte Lukas schien diesem gefühligen Schwachsinn ebenfalls nicht widersprechen zu wollen. Wahrscheinlich waren er und Marie die Einzigen, die den Roman überhaupt gelesen hatten.

Lukas kam mir doch noch zu Hilfe. »Ich habe hier ein Zitat aus dem Roman«, stotterte er und las von seinen Laptop ab: »›Vielleicht weiß Lila schon lang, daß ich nicht blind bin, und sie läßt mir meine Rolle nur aus Liebe?‹«

»Genau!«, rief ich zu laut. »Man muss die Masken oder Tarnungen seiner Mitmenschen akzeptieren, will man mit ihnen auskommen.«

Marie schien nicht zufrieden. »Natürlich spielen wir die ganze Zeit Rollen und probieren Geschichten aus, die zu unserem Erleben passen und mit denen wir uns wohlfühlen. Aber sollte sich nicht gerade die Liebe dagegen wehren und das Wahre sein?«

Lukas und ich starrten sie an. Ich dachte an den Walser-Vortrag. So viel Leidenschaft bei einem Referat war ziemlich ungewöhnlich. Sollte ich sie daran erinnern, dass es nicht einmal eine Note gab?

»Hat Frisch nicht auch gesagt, man solle sich kein Bild machen?«, fuhr sie energisch fort. Sie errötete vor Aufregung. »Vor allem von seinem Partner in einer Beziehung. Die Liebe sollte der Ausweg sein aus dem Spiel. Ich glaube, Lila erkennt das – im Gegensatz zu Gantenbein. Am Ende, als herauskommt, dass er seine Blindheit nur gespielt hat, sagt sie: ›Du hast mich nie geliebt.‹« Marie schluckte. »Wer eine Rolle spielt, der kann gar nicht lieben.«

Ich blickte zu Lukas, der keine Anstalten mehr machte, etwas zu sagen. Marie setzte sich hin und blätterte aufgebracht in ihren Unterlagen. Selbst die anderen Seminarteilnehmer wirkten noch erschöpfter als zu Beginn. Hatte diese völlig unerfahrene Zweitsemester-Studentin vielleicht sogar recht?, fragte ich mich plötzlich. Für eine Sekunde fühlte ich mich ertappt. Doch im Grunde waren das nur kindlich romantische Gedanken. Glaubte sie tatsächlich an ein wahres Ich, das die Liebe offenlegen konnte, das sogar die Grundlage bildete für eine Beziehung?

Ich blickte auf meine Notizen aus dem vorletzten Semester, die ich heute Morgen noch irgendwo in einer Schublade gefunden hatte, darauf das Zitat: »Erst das Geheimnis, das ein Mann und ein Weib voreinander hüten, macht sie zum Paar.«

»Wir wissen ja letztlich gar nichts Objektives von Lila«, sagte ich schließlich. »Wir kennen sie nur aus der Sicht von Gantenbein, wir sehen sie nur durch seine Blindenbrille, die – abgeschmackterweise – alles lila färbt. Im Grunde erfindet er nicht nur seine Geschichte, sondern auch ihre …«

»Aber so ein Übergriff muss ja nicht gut sein!«, unterbrach mich Marie.

»Nein, das hat niemand behauptet«, sagte ich und klang dabei resignierter, als ich es beabsichtigt hatte. Marie nickte und sah sich zu Lukas um, der schlaff auf einem Stuhl hing. Das Referat hatte er sich wohl anders vorgestellt.

Ich beendete das Seminar eine halbe Stunde zu früh.

Am Nachmittag saß ich allein im Wohnzimmer auf dem Sofa und wusste nicht so recht, was ich tun sollte. Es gab kein Seminar mehr vorzubereiten, keine Klausuren zu korrigieren, ich hatte sogar schon das Bad geputzt. Johanna war immer noch im Büro, und in einer halben Stunde musste ich Robert von der Kita abholen. Darauf freute ich mich immerhin. Draußen war es bereits dunkel, die Straßenlaternen sprangen an, in ihrem gelblichen Licht sah der Nieselregen wie schmale Bleistiftstriche in einem Comic aus. Die Tage gingen so unglaublich schnell vorbei, ich hätte sie gern festgehalten, damit sie mir nicht immer entglitten.

Diese Ereignislosigkeit schien mir seltsam zwangsläufig. Natürlich konnte man frei wählen in der viel beschworenen westlichen Welt. Niemand zwang mich zu etwas, zumindest im sogenannten

Privaten nicht. Ich hatte mich frei entschieden, Literatur zu studieren und danach zu promovieren. Trotzdem schien es mir im Nachhinein nicht so, als hätte ich eine Wahl gehabt. Ich hatte eben das studiert, was ich einigermaßen gut konnte, und nicht an die Zukunft gedacht. Emrald hatte mir vorgeschlagen, bei ihm eine Doktorarbeit zu schreiben, und ich hatte angenommen. So ein Angebot schlägt man schließlich nicht aus. Eine gerade Linie, die immer weiter führte, keine Widerstände, die sich mir in den Weg stellten. Zeichnete nicht die meisten Entscheidungen genau dieser Charakter der scheinbaren Zwangsläufigkeit aus? Entscheidungen widerfuhren einem. Man machte es eben, weil man es machte.

Ich stand auf, ging in den Flur, nahm meine Jacke von der Garderobe und suchte meinen Schlüssel.

Auch einer dieser seltsam befriedigenden Routinevorgänge: Robert von der Kita abholen. Manchmal plauderte ich mit anderen Eltern über Belangloses, während die Kinder sich ihre Schuhe anzogen. Dann der Weg nach Hause mit Robert an meiner Hand, der mir atemlos von seinem Tag erzählte. »Lars und Ayshe haben sich gestritten, bis Lars mit Bauklötzen geworfen hat, Frau Heizung ist voll ausgerastet.« So nannte er die Kindergärtnerin, die eigentlich Frau Haizing hieß, Johanna und ich übernahmen seine Bezeichnung, und ich musste immer aufpassen, sie nicht so anzusprechen.

Ich trat auf die Straße und zog mir meine Kapuze tief ins Gesicht. Länger in Leipzig zu bleiben war im Grunde auch keine bewusste Entscheidung gewesen. Ich folgte einfach Lea. Das sollte keine Entschuldigung sein. Alles hier in Berlin hatte so wenig mit dem zu tun, was in Leipzig passiert war, dass es schien, nicht ich hätte es erlebt, sondern jemand anderes.

Am Abend las ich Robert aus dem zweiten Band von *Jim Knopf* vor. Wir hatten die beiden Bücher schon einmal durch, aber er mochte sie so sehr, dass wir einfach noch einmal von vorne begonnen hatten. Das rührte mich ein wenig, denn auch ich hatte früher als Kind meine Lieblingsbücher mehrmals hintereinander gelesen, weil ich nicht aus dieser Welt auftauchen wollte, in die mich die Geschichten mitnahmen. Johanna hatte sogar schon begonnen, Robert das Lesen beizubringen, und er war mit Eifer dabei, da er *Jim Knopf* gern alleine lesen wollte. Doch so weit war er noch nicht.

Natürlich las ich ihm auch aus anderen Büchern vor, ein Durchgang genügte ihm aber. Von Astrid Lindgren fand er nur *Pippi Langstrumpf* gut, *Michel* wollte er gar nicht erst anfangen. »Was ist das denn für ein komischer Name?«, war sein einziger Kommentar dazu gewesen, bevor er wieder *Jim Knopf* aus dem Regal hervorholte und sich in sein Bett kuschelte.

Heute war ich nicht recht bei der Sache, und er schien es zu merken. Die einzigen Bücher, die ich noch las, waren Kinderbücher, fiel mir auf.

Robert sah mich mit vor Müdigkeit glasigen Augen an und fragte leise: »Bist du auch müde, Paul?«

Ich nickte, legte das Buch beiseite und strich ihm seine braunen Haare aus der Stirn. Robert nannte mich nicht Papa. Zu seinem wirklichen Vater sagte er ebenfalls nicht »Papa«, auch ihn sprach er nur mit Vornamen an. Johanna dagegen war selbstverständlich »Mama«.

Sie war bereits mit Robert schwanger, als wir zusammenkamen. Allerdings kannten wir uns schon länger. Meine Schwester und sie hatten an der gleichen Universität studiert, und als ich einmal Irene in Hamburg besuchte, trafen wir sie zufällig in einem Restaurant. Wir mochten uns auf Anhieb und verabredeten uns für ein Treffen zu zweit ein paar Tage später. Sie studierte damals noch, nahm es aber nicht besonders ernst, jedenfalls wirkte es so, und trieb sich die halbe Woche in den Bars auf der Schanze rum. Außerdem schrieb sie an einem Stück, es sollte sogar an einem Off-Theater aufgeführt werden, sie in der Hauptrolle, doch es kam nie dazu, weil sich das komplette Ensemble zerstritt oder so. Ich fand sie ziemlich faszinierend, vielleicht hatte ich auch etwas Angst vor ihr, denn sie schien – im Gegensatz zu mir – genau zu wissen, was sie wollte. Ich war mir sicher, dass sie einen Freund hatte – mindestens. Komischerweise hatte sie das Gleiche von mir gedacht (es stimmte bei uns beiden nicht), und so verloren wir uns aus den Augen, auch Irene und Johanna wurden erst später Freundinnen.

Es dauerte knapp drei Jahre, bis wir uns wiedertrafen, zufällig in einer Bar, dieses Mal in Berlin, wohin sie inzwischen gezogen war. Auf den ersten Blick erkannte ich, dass sie sich verändert hatte. Sie wirkte viel ruhiger, aber auch abwesend. Offensichtlich war viel passiert in der Zwischenzeit. Es dauerte eine Weile, bis ich die ganze Geschichte erfuhr. Und ich weiß bis heute nicht, ob sie mir wirklich alles erzählt hatte.

Unsere beiden zufälligen Zusammentreffen erschienen uns als Schicksal, eine romantische Fügung, die zeigte, dass wir zusammengehörten. Was man eben so denkt, wenn man frisch verliebt ist. Schon an unserem zweiten Abend erzählte sie mir, dass sie im vierten Monat schwanger war, mit dem Vater aber nicht zusammenlebte. Mehr nicht. Ich fragte damals nicht nach – und eigentlich sprachen wir auch später kaum darüber. Seltsamerweise sei nach dem ersten Schock für sie sofort klar gewesen, dass sie das Kind bekommen wolle, hatte sie weitererzählt. Das hätte sie selbst am meisten überrascht.

So wurde ich von einem Tag auf den anderen Teil einer Familie.

Robert fielen die Augen zu, als ich ihn schweigend ansah. Wann er wohl die gleiche Entdeckung machen würde wie ich auf der Wanderung im Wald, fragte ich mich plötzlich. Und würde er dann mit mir darüber reden? Ich strich ihm noch einmal über die Stirn und ging ins Wohnzimmer. Johanna hatte ihren Laptop zugeklappt. Ich setzte mich zu ihr aufs Sofa und lehnte meinen Kopf an ihre Schulter.

»Wie war dein Tag?«, fragte sie.

»Alles wie immer. Routine. Und bei dir?«

»Der Regisseur des neuen Hörbuchs, weißt du, das über den sexsüchtigen Mittdreißiger in Afrika, treibt mich in den Wahnsinn. Er möchte eine Art Hörspiel daraus machen und ständig Löwenbrüllen und Elefantentröten einspielen.«

Ich sah sie skeptisch an. »Von sexsüchtig hast du bis jetzt aber nichts gesagt.«

»Na klar. Er geht ja nur nach Afrika, weil er vor den Zuhältern in Paris fliehen muss, weil sich alle Prostituierten immer in ihn verlieben und nicht mehr arbeiten wollen.«

Ich schüttelte den Kopf. »Das ist doch totaler Schwachsinn.« Aber sie lächelte mich nur an, und ich wusste wieder nicht, was sie dachte.

Das erste Jahr hatten Johanna permanent Schuldgefühle geplagt, mich in etwas hineingezogen zu haben, was ich vielleicht gar nicht wollte. Ich konnte ihr noch so oft versichern, dass ich glücklich sei mit ihr und Robert. Dass ich ihn liebte wie mein eigenes Kind. Doch die Schuldgefühle verschwanden nicht. Nach Roberts erstem Geburtstag zogen wir dann in die Kreuzberger Wohnung, und es hörte einfach auf, fast plötzlich. Diese Anfangszeit, leidenschaftlich und traurig zugleich, intensiv, belastend und neu, schien nun – und eigentlich auch schon kurz danach – wie eine ferne Erinnerung, die nichts mit uns zu tun hatte.

»Ich habe mit Emrald gesprochen«, sagte ich. Ich hatte mir nichts zurechtgelegt, aber auf einmal sprudelte es aus mir heraus. »Ich muss nächstes Wochenende wieder nach Leipzig, ich weiß, es ist nervig. Die Fachbereiche sollen anscheinend kooperieren, und ich muss da irgendetwas vorbesprechen. Emrald wälzt natürlich alles auf mich ab.«

Sie sah mich nur an und sagte nichts. Ich wusste, dass sie der wichtigste Mensch in meinem Leben war, doch das hielt mich nicht davon ab weiterzusprechen. »Du weißt, meine Stelle hängt von ihm ab, ich kann ihm nichts abschlagen.«

Sie schwieg immer noch, und für einen Moment wollte ich ihr alles offenbaren, wollte von Lea erzählen und warum ich wirklich länger geblieben war (nicht die Geschichte wiederholen, die ich ihr bei meinem Anruf aus Leipzig erzählt hatte: »Ich komme erst morgen, es gibt doch noch weitere Vorträge, die für die Diss wichtig sind, obwohl sie mich nicht besonders interessieren. Tut mir leid!«), aber dann nickte sie, als würde sie alles verstehen.

»Das ist doch gut«, sagte sie schließlich. »Du hast doch immer Angst, dass sie dich rausschmeißen, und wenn sie dir eine neue Aufgabe übertragen, dann geht das ja nicht mehr so einfach.«

Ich redete weiter, verfeinerte meine Ausrede, und Johanna schien überzeugt. Warum sollte sie mir auch misstrauen?

»Ich habe ohnehin genug zu tun am Wochenende. Und Robert ist ja am Samstag bei der Geburtstagsfeier von Lars eingeladen.«

Ich legte den Arm um sie und schloss müde meine Augen. Alles war in Ordnung.

4

»Wir haben uns von allem verabschiedet«, deklamierte Emrald und sah mir direkt in die Augen. Auf seinem frisch rasierten Gesicht erkannte ich eine winzige blutige Kruste. Wir saßen in seinem Büro, Freitagvormittag, die Uniwoche neigte sich dem Ende zu. Meine Reisetasche stand gepackt neben mir.

»Wer ist schon wieder dieses ›Wir‹, von dem Sie so selbstverständlich sprechen?«, unterbrach ich ihn.

Er wischte meine Frage mit einer energischen Handbewegung beiseite, die aussah, als wollte er irgendwem den Kopf abschlagen. »Die sich angesprochen fühlen, werden es schon merken.«

Ich nickte. Im Zweifelsfall war bei Emralds großen Reden vor allem ich angesprochen.

»Zum Beispiel Gott«, rief er viel zu laut, als wolle er die ihm verhassten Religionswissenschaftler drei Gänge weiter erschrecken. »Wir haben uns von den Heilsversprechen der Religionen verabschiedet, das hat schon Nietzsche bedauert – ich verwende hier mit Absicht das Wort ›bedauert‹: ›Gott ist tot‹ war kein Triumphgeheul, sondern ein Warnruf. Wir müssen etwas anderes finden, das uns Sinn spendet. Und kommen Sie mir nicht mit den islamistischen Extremisten, das sind auch nur Nihilisten. Nur wer an nichts glaubt, kann zum Massenmord aufrufen. Und die Mörder sind dann einfach nur verrückt.«

»Und was spendet Ihnen Sinn, großer Professor? Das Lehren an einer Universität?«

»Ferber! Halten Sie jetzt endlich den Mund, ich versuche hier einen Gedanken zu entwickeln! Können Sie dann gern in Ihren bescheuerten Seminaren zitieren.« Er grinste mich an und warf sich theatralisch seinen karierten Schal um den Hals. »Es zieht hier.«

»Die Kälte der existenziellen Leere weht durch Ihr Büro.«

Er verdrehte die Augen. »Was haben wir denn heute noch? Was lässt uns jeden Morgen aufstehen und die Absurdität des Daseins ertragen? Die Familie vielleicht?« Er machte eine Kunstpause. Ich entdeckte ein paar Bartstoppeln an seinem Hals. Das hätte er sich früher nicht durchgehen lassen.

»Wohl kaum!«, fuhr er fort. »Lassen sich doch alle scheiden, ich spreche da aus eigener Erfahrung, wie Sie wissen. Oder Solidarität? Und eine damit zusammenhängende wie auch immer geartete linke Utopie? Im Moment sieht es eher so aus, als würde der Nationalismus wieder aus den dunkelsten Ecken der Geschichte hervorkriechen.« Er schnaubte verächtlich. »Gemeinschaft ist nicht mehr gefragt. Gemeinschaft heißt jetzt Teamwork. Und Teamwork bedeutet gleichzeitig Konkurrenz. Wettkampf zwischen den Teams und innerhalb des Teams, denn heute übernehmen die Selbstverwirklicher und Selbstoptimierer das Kommando, man ist zum Unternehmer des eigenen Ichs geworden. Es zählt nur noch das Verkaufen, selbst unsere kleinen, dummen Studenten werden schon darauf getrimmt. Ihr seid allein auf dem großen Markt der Individuen, heißt es, macht euch bereit für den Wettbewerb, verbessert euch!«

Er hustete sein schepperndes Husten so laut, dass die Kaffeetassen im Regal leise klirrten. Ich dachte an das Wochenende, das bald anbrechen würde. Emralds Theorien schienen noch weiter entfernt von mir als sonst.

»Was haben wir dann noch? Was bleibt übrig, wenn alle Heilsversprechen, alle großen Erzählungen, die Sinn stiften könnten, dem kapitalistischen Realismus geopfert werden?«

»Die Liebe?«, fragte ich. »Das hat kürzlich zumindest eine meiner Studentinnen behauptet.«

Emrald sackte in sich zusammen, alle Energie schien aus ihm zu weichen. »Ach, Ferber.« Er goss einen Hauch Rum in unsere Tassen, schließlich war es noch vor zwölf, und wir stießen an.

»Ich muss los«, sagte ich dann.

Ich nahm meine Tasche und meine Jacke und öffnete die Bürotür. Emrald machte keine Anstalten aufzustehen und nach Hause zu fahren. »Sie bleiben noch?«

Er nickte. »Gehen Sie jetzt endlich! Sie werden erwartet, vermute ich.« Er wedelte mit beiden Händen, als wolle er mich verscheuchen.

Draußen vor dem speckigen Zugfenster flog die brandenburgische Einöde vorbei, weite, kahle Felder, manchmal ein See, selten ein Dorf mit kleinen Häuschen und verfallenen Plattenbauten. Unzählige Windräder bevölkerten beständig den Horizont. Manche drehten sich schnell, manche nur gemächlich, die meisten standen vollkommen still; wenn die Sonne durch ihre riesigen Rotoren schien, sah es sogar schön aus.

Ich blickte auf mein Handy. Nur etwas länger als eine Stunde würde die Fahrt dauern. Gerade als ich es wieder in die Tasche stecken wollte, rief Irene an. Schnell stellte ich den Ton ab und beobachtete, wie nach ein paar Sekunden der Schriftzug »Verpasster Anruf« aufleuchtete.

Wir erreichten unseren einzigen Halt, Lutherstadt Wittenberg, etwa in der Mitte der Strecke. Der Schaffner sagte es in krächzendem Sächsisch durch. Soweit ich es erkennen konnte, stieg niemand ein oder aus. Auf dem Bahnsteig saßen jugendliche Pärchen auf den Bänken und tranken Energydrinks aus bunten Dosen. Sie machten allerdings nicht den Eindruck, auf einen Zug zu warten, sondern einfach nur so, auf irgendwas, egal was, sie würden es wahrscheinlich nicht mal selbst erklären können.

Neben mir saß ein dicker Mann, wahrscheinlich in meinem Alter, auch wenn er viel älter wirkte (redete ich mir immerhin ein, er hatte eine Glatze), und starrte auf einen laut vor sich hin surrenden Laptop. Es lief ein brutaler Film oder irgendeine amerikanische Serie. Anscheinend ging es um Zombies und eine Gruppe Menschen, die, um sich vor den Monstern zu schützen, in ein altes Gefängnis flohen. Auch ohne Ton fiel mir die bittere Ironie dieser Konstellation auf: Die Menschen müssen sich selber einsperren, um Schutz zu finden. Der dicke Mann sah mich plötzlich misstrauisch an. Ich wandte mich ab und betrachtete wieder die Windräder. Nach einer Weile spürte ich erneut das Vibrieren in der Tasche. Dieses Mal ging ich ran.

»Ich bin im Zug, wahrscheinlich bricht gleich die Verbindung ab«, sagte ich zur Begrüßung. »Was gibt's denn?«

»Wohin fährst du?«, fragte Irene, ohne sich aus der Ruhe bringen zu lassen. »Bist du allein unterwegs?«

»Ja. Ich fahre nach Leipzig.« Jetzt musste ich also auch meiner Schwester die Geschichte über die angebliche Kooperation der Universitäten erzählen. Sie nahm es kommentarlos hin.

»Ich wollte nur fragen, ob ihr weiterhin plant, nächstes Wochenende nach Hamburg zu kommen?«

Was wusste ich, was nächstes Wochenende sein würde? Letztes Wochenende hätte ich mir ja auch nicht ausmalen können, ein paar Tage später schon wieder in einem ICE nach Leipzig zu sitzen. Auf keinen Fall wollte ich über nächstes Wochenende nachdenken, nicht einmal über nächsten Montag. Ich hatte schon genug damit zu tun, damit klarzukommen, in einer halben Stunde Lea wiederzusehen.

»Kann ich dich nächste Woche anrufen? Weiß noch nicht, ob das klappt. Johanna und ich müssen viel arbeiten.«

Irene sagte nichts dazu, obwohl sie wusste, dass höchstens Johanna viel zu tun hatte.

»Paul, ist alles gut bei dir?« Natürlich merkte sie, dass ich mich nicht normal verhielt. Niemand kannte mich so gut wie sie.

»Klar. Die Verbindung ist nur so schlecht«, log ich. »Übrigens sehe ich andauernd Leute, die dein neues Buch lesen.«

»Hast *du* es denn gelesen?«

»Bin fast durch.«

»Natürlich. Dann kannst du mir ja nächstes Mal erzählen, wie du es fandest.«

Wir verabschiedeten uns, und ich widmete mich wieder der ereignislosen Landschaft und meiner Nervosität. Noch knapp zwanzig Minuten.

Ich suchte den Bahnsteig nach ihr ab und sah sie schließlich, wie sie ein paar Meter weiter ihrerseits nach mir Ausschau hielt. Meine Nervosität erreichte ihren Höhepunkt. Doch sie schien entspannt, als ich sie umarmte, und auf eine beruhigende Art gut gelaunt. Mein erster Gedanke: Nichts hatte sich verändert. Wir würden einfach da weitermachen, wo wir letzten Montagmorgen aufgehört hatten. Wir küssten uns gleich auf dem Bahnsteig.

Mit der Straßenbahn fuhren wir zu ihrer Wohnung. Als wir nach ein paar Stationen ausstiegen, liefen wir eine breite Allee hinunter, imposante Altbauten auf beiden Seiten, die meisten saniert, einige noch mit romantisch abbröckelnden Fassaden. Die Orientierung hatte ich sofort verloren, konnte nicht einmal mehr sagen, in welcher Richtung der Bahnhof lag. Schließlich blieben wir vor einem der sanierten Altbauten stehen, und in letzter Sekunde erkannte ich, wo wir waren – hier wohnte Lea. Wir stiegen die Treppen hinauf und küssten uns noch einmal, bevor sie die Tür aufschloss.

»Alice ist da«, flüsterte sie, als wir unsere Schuhe im Flur auszogen. Leas Mitbewohnerin, die ich vor einer Woche nicht getroffen hatte.

Doch die Wohnung lag ruhig, von Alice keine Spur. Wir setzten uns in die Küche und tranken Tee. Lea erzählte von ihrer Doktorarbeit und der Bewerbung für ihr Stipendium in New York. Es sah wohl so aus, dass sie es bekommen würde. Plötzlich schlug die Küchentür auf, und eine sehr große, sehr blonde Frau stürmte in die Küche.

»Aha«, rief sie viel zu laut, als sie mich entdeckte. »Der Neue! Ich bin die Alice.« Sie hatte eine raue, dunkle Stimme, die nicht so recht zu ihrem Körper passte. Obwohl, wenn ich einen Moment darüber nachdachte, eigentlich passte sie perfekt.

»Meine Mitbewohnerin Alice«, ergänzte Lea, gequält lächelnd.

Ich gab ihr die Hand und nannte meinen Namen, den sie schon zu kennen schien. Sie war wirklich sehr groß, größer als ich, ziemlich dünn noch dazu, ihre langen blonden Haare ließen ihr Gesicht fahler wirken, als es wahrscheinlich war. Sie grinste die ganze Zeit, aber vielleicht gehörte das auch einfach zu ihrem normalen Gesichtsausdruck. Trotzdem wirkte sie hinter ihrer penetrant guten Laune auf mich sofort traurig oder gar verbittert.

Sie machte sich ohne erkennbares Ziel an den Küchenschränken zu schaffen und redete dabei weiter auf mich ein: »Ich habe alle Bücher deiner Schwester gelesen. Total seltsam, dass ihr Bruder jetzt bei uns in der Küche sitzt.« Sie drehte sich zu uns um und lachte gekünstelt. »Du schreibst keine Bücher, oder?«

Ich schüttelte den Kopf. Ich lese nicht einmal welche, hätte ich beinahe gesagt, sie schien jedoch keine Antwort zu erwarten und wuchtete unter lautem Getöse einen riesigen Wok auf den Gasherd, befüllte einen Topf mit Wasser und stellte ihn daneben. »Ich glaube das einfach nicht! Irene Ferbers Bruder!«

»Alice ist Historikerin«, sagte Lea leise. Sofort nachdem Alice in der Küche aufgekreuzt war, hatte Lea eine Weinflasche geöffnet, sie trank bereits am zweiten Glas. Sie wirkte in Gegenwart von Alice viel ruhiger und verletzlicher. Sie trug wieder einen Pferdeschwanz und hatte ihren riesigen Schal auch in der Wohnung nicht abgelegt. Überhaupt schien sie immer sehr viele Kleider übereinanderzutragen, unter ihrem Anorak mindestens noch einen Kapuzenpulli, eine Strickjacke, ein Hemd und ein T-Shirt.

»Als Lea deinen Namen sagte, da klingelte es sofort bei mir. Hallo, Irene Ferber! Die kennt man, die ist berühmt. Übrigens: Wollt ihr was essen?«

Ich sah zu Lea, sie rollte mit den Augen und schnitt sich mit der Hand symbolisch den Hals durch. Alice wirbelte auf einmal herum und grinste uns breit an, Lea fuhr erschrocken zusammen. Alice' Präsenz war wirklich umwerfend. Alle Dinge in der Küche schienen sich ihr zuzuneigen, sie füllte den Raum vollkommen aus, und wir wurden an den Rand gedrängt.

»Ich versteh schon«, rief sie mit ihrer erstaunlichen Stimme. »Ihr wollt lieber unter euch bleiben.« Sie zwinkerte uns zu.

Lea stand auf und rief nur: »Alice!«

Es dämmerte bereits, als wir die Wohnung wieder verließen. Wir hatten einen geheimen, nicht ausgesprochenen Pakt geschlossen, Leas Zimmer erst einmal zu meiden. Und damit auch ihr Bett.

»Ich habe Alice nichts erzählt, sie findet alles einfach heraus. Ich kann eigentlich immer nur bestätigen, was sie ohnehin schon weiß«, entschuldigte sich Lea.

Wir aßen in einem kleinen arabischen Imbiss, in dem laut die neuesten Charthits liefen. Auf dem Bildschirm hinter der Theke war dazu ein ausländischer Musiksender zu sehen, allerdings stumm gestaltet, trotzdem schienen die bunten Videoclips perfekt zu den Hits zu passen. Wir berührten uns ständig, beiläufig am Arm, oder unsere Schuhe unterm Tisch verhakten sich wie zufällig. Dunkel konnte ich mich erinnern, wie wichtig und intensiv es sich früher angefühlt hatte, wenn man jemand Neues kennenlernte. Die ersten Abende und Nächte zusammen, dieser Taumel, permanentes Glücksgefühl. Natürlich war es auch mit Johanna so gewesen ... Doch das ging alles so schnell vorbei, und man lernte mit den Jahren, dass andere Dinge viel mehr zählten, und fand es lächerlich, wenn jemand im Bekanntenkreis das Verliebtsein wiederentdeckte. Diese anderen Dinge, die mehr zählten, ich dachte kurz darüber nach, ohne auf ein gutes Beispiel zu kommen. Vertrauen. Ja, bestimmt, doch ich vertraute auch Lea, obwohl ich sie ja gar nicht kannte. Geborgenheit. Aber ich fühlte mich auch an der Uni in meinem Büro geborgen oder bei Irene in ihrer düsteren Hamburger Wohnung.

Unsere jugendliche Albernheit war uns durchaus bewusst, wir redeten sogar darüber. »Wie Teenies«, rief Lea, als wir nach dem Essen händchenhaltend durch die inzwischen dunklen Straßen schlenderten, ziellos, und immer wieder anhielten, um uns zu küssen. Manchmal sahen wir uns aber auch nur schweigend an, bis einer von uns die Stille durchbrach. Lea lachte viel und immer zu laut, aber es störte mich nicht. Wir redeten über Bücher, und ich vergaß meinen Unwillen fast. Plötzlich konnte ich wieder begeistert über Jonathan Franzen und sogar Max Frisch reden.

»Lass uns noch in die Kneipe da vorne gehen«, schlug ich vor, als es uns draußen langsam zu kalt wurde. Ich zeigte auf eine schäbige Eckkneipe. Auf einmal hatte ich Lust, Dinge zu tun, die ich in Berlin nie machte. Wir bestellten Wodkashots beim dicken, bärtigen Barkeeper, der uns misstrauisch beäugte, ebenso seine einzigen beiden Gäste, komplett in Beige gekleidet, die mit halb leeren Biergläsern vor sich müde auf Barhockern hingen, als gehörten sie zum Inventar.

Wir tranken den Wodka stehend an der Theke. Betrunken fühlte ich mich nicht, Lea schien ohnehin sehr viel mehr Alkohol zu vertragen als ich, das hatte ich schon letztes Wochenende festgestellt. Ich schnorrte mir sogar eine Zigarette bei einem der Trinker neben uns. Er drehte sie gewissenhaft und reichte sie mir fast feierlich. Der freundliche Barkeeper stellte uns ungefragt neuen Wodka vor die Nase und zwinkerte mir verschwörerisch zu. Beim Rauchen wurde mir angenehm schwindlig, und Lea lachte darüber, wie ich die Zigarette vorsichtig zwischen den Fingern balancierte.

Wir setzten uns an einen speckigen Holztisch unter dem mit Fußballwimpeln behängten Fenster.

»Warst du schon mal in New York?«, fragte sie und zog sich einen ihrer Pullover aus.

Ich schüttelte den Kopf.

»Ich auch nicht. Keine Ahnung, ob ich so eine große Stadt aushalte, aber im Prinzip ist es mir egal, ich will nur hier weg.«

»Hier ist es doch schön«, rief ich lauter, als ich eigentlich beabsichtigt hatte, und zeigte in den holzvertäfelten Raum. Bläulichgrau hing Zigarettenqualm zwischen den rustikalen Stühlen und Tischen, wahrscheinlich noch aus DDR-Zeiten. »Hier würde ich nie weggehen.«

Die Trinker an der Theke nickten zustimmend.

Viel später, oder auch nicht, Zeit spielte keine Rolle an diesem Abend, stiegen wir wieder die Treppen zu Leas Wohnung hinauf, immer in der Angst, Alice wäre noch wach. Doch sie schlief schon oder war gar nicht zu Hause. In der Wohnung brannte kein Licht, und wir stürmten in Leas Zimmer.

Alice sah ich nur noch ein einziges Mal, am Samstagabend, meinem zweiten Tag in Leipzig. Natürlich in der Küche. Sie kochte schon wieder, und in verschiedenen Töpfen und Pfannen brutzelte es vor sich hin. Ich wartete auf Lea, die sich gerade im Bad fertig machte, wir wollten in eine Bar um die Ecke, eine richtige dieses Mal, um die Wohnung an diesem Tag überhaupt einmal zu verlassen. Alice lief aufgekratzt in der Küche umher, sah in Schränke, aus denen sie dann gar nichts nahm, und trank Rotwein aus einem Wasserglas. Ich lehnte am Türrahmen und versuchte so unbeteiligt wie möglich zu wirken. Nach ein paar Floskeln war uns der Gesprächsstoff ausgegangen.

Plötzlich blieb sie vor mir stehen, gefühlt viel zu nah, in Wirklichkeit aber mindestens zwei Meter von mir entfernt. »Paul«, sagte sie mit tiefer Stimme und sah mich mit ihren seltsamen blauen Augen an, die traurig und fröhlich zugleich wirkten. Ihre Zähne waren rot vom Wein. »Pass auf. Pass einfach auf, ja?«

Was wollte sie mir sagen? Dass ich auf Lea aufpassen sollte? Auf mich? Wollte sie Lea vor mir in Schutz nehmen? Immerhin klang sie nicht unfreundlich.

»Was meinst du?« Bevor sie antworten konnte, ging die Badezimmertür auf, und Lea kam lächelnd in die Küche.

»Na, versteht ihr euch gut?«, fragte sie mit hochgezogenen Augenbrauen, und Alice begann sofort schallend zu lachen, und ich ersparte mir eine Antwort.

»Lass uns losgehen«, rief Lea in das Lachen hinein, und ich nickte nur.

In der Bar sahen alle so aus wie wir und waren genauso alt. Im Gegensatz zur Kneipe gestern war das eingestreute DDR-Inventar hier nur noch ein ironisches Zitat. Wir tranken jeder ein Bier, unterhielten uns dabei ausnahmsweise kaum, sondern beobachteten die Leute an ihren Tischen und uns selbst. Erstaunt darüber, dass wir hier so selbstverständlich standen – ohne uns eigentlich wirklich zu kennen. Was wusste ich schon von ihr? Sie erzählte viel, natürlich, ich kannte ihre literarischen Vorlieben (naheliegend: Kafka sowie südamerikanische Autoren aus dem zwanzigsten Jahrhundert), ich wusste, was für Musik sie am liebsten hörte (David Bowie und Lou Reed, kaum neuere Sachen), ich hatte ein älteres Urlaubsfoto mit ihren Eltern gesehen. Sie sah ihrem Vater ähnlicher als ihrer hageren und kränklich wirkenden Mutter. Seine Augen wirkten ähnlich schelmisch wie ihre, auch wenn ich dieses antiquierte Adjektiv immer noch unpassend fand, doch mir fiel kein besseres ein.

Wie viel mehr wusste ich von Johanna. Ich erkannte in Sekundenschnelle, wie sie sich fühlte, ich konnte mit an Sicherheit grenzender Wahrscheinlichkeit sagen, woran sie in einem bestimmten Moment dachte. Dabei hätte ich die Veränderungen in ihrem Gesicht nicht beschreiben können, die mich diese Vermutungen anstellen ließen, ich konnte nicht einmal sagen, ob sie überhaupt anders aussah oder anders schaute. Und es funktionierte ebenso umgekehrt. Wir konnten uns ohne zu sprechen verständigen. Trotzdem existierten zwischen Johanna und mir diese Momente, in denen wir auf eine seltsame Art und Weise voneinander getrennt schienen. Nicht nur, wenn sie ihre Geschichten erzählte, die ich nicht recht glauben konnte. Ich erinnerte mich an eine Begebenheit, die mir im Gedächtnis geblieben war, obwohl sie schon zwei Jahre zurücklag. Johanna und ich hatten Robert aus der Kita abgeholt, und er wirkte vollkommen verstört. Ein älterer Junge hatte ihn geschlagen, berichtete Frau Heizung, sie hatte das aber schon alles mit dem betreffenden Kind und Robert besprochen. Robert klammerte sich an Johanna und begann zu weinen. Ich war außer mir, konnte nur noch mit Anstrengung eine halbwegs höfliche Fassade aufrechterhalten und begann auf die Kindergärtnerin einzureden und wohl auch ihre Kompetenz infrage zu stellen. Ich wollte, dass sie den vollständigen Namen des Jungen herausrückte, damit wir seine Eltern kontaktieren konnten. Die Frau wehrte ab, und als ich nicht lockerließ, zog mich Johanna einfach aus der Kita. »Das wird nicht das letzte Mal sein, dass Robert etwas Schlimmes passiert«, zischte sie mir ins Ohr. Als wir zu Hause ankamen, hatte sich Robert wieder beruhigt, Johanna hatte ihn abgelenkt, über das Abendessen und unsere Fahrt nach Hamburg am nächsten Wochenende gesprochen, sodass er den Vorfall scheinbar vergessen hatte. Ich verstand ihren Gleichmut nicht, und wir diskutierten in der Nacht noch lange darüber. »Es ist nun mal passiert, und Robert wird damit fertig werden. Was bringt es, wenn wir in der Kita einen Aufstand machen?« Das kam mir unglaublich kalt vor. Meiner Meinung nach nahm sie etwas einfach so hin, das man nicht hinnehmen durfte, auch wenn es nichts änderte. Sie baute Distanz zwischen sich und der Welt auf, auf Kosten von Robert, wie ich fand. Und damit distanzierte sie sich auch von mir.

Nach einer Weile nervte Lea und mich die laute Musik, und wir verließen die Bar wieder. Draußen setzten wir uns auf eine Bank an einem kleinen Park.

»Alice ist komisch«, sagte ich. Sie nickte schwach und schien keine große Lust zu verspüren, über ihre Mitbewohnerin zu reden. »Sie hat gesagt, ich solle aufpassen.«

»Vergiss es einfach. Alice redet viel, das muss man nicht ernst nehmen.«

Damit schien das Thema für sie erledigt, und ich beließ es dabei. Trotzdem beunruhigte mich Alice, ihre aufdringliche Art, ihre zugleich verzweifelte und fröhliche Stimmung. Wahrscheinlich fand ich sie eine Zumutung, weil ich keine Zeugen haben und meine Handlungen nicht in den Augen anderer gespiegelt sehen wollte. Sondern nur in Lea.

Auch wenn das Wochenende anfangs unendlich schien, verging es doch wie im Flug. In einer Stunde würde mein Zug zurück nach Berlin fahren. Draußen regnete es, und wir lagen auf dem Bett in Leas Zimmer, das noch wie aus ihrer Studentenzeit wirkte. Sie hatte zwar alle Poster abgerissen, man konnte aber noch an den etwas weißeren Rechtecken an der Wand erkennen, wo sie früher gehangen hatten. Das Zimmer sah aus, als hätte sie schon lange nichts mehr verändert, weil sie wusste, dass sie bald ausziehen würde.

»Was hingen denn da früher für Poster?«

»Das geht dich nichts an!« Sie küsste mich in den Nacken. »In meinem Kinderzimmer in Frankfurt hingen ausschließlich Poster von Take That, der einzig wahren Boyband.«

Ich lachte. »Und auf welchen der Boys standest du?«

»Ich würde jetzt gern sagen: Robbie Williams. Aber …«
»Wer?«
»Howard! Ich weiß, das ist peinlich.«
»War der nicht bei den Backstreet Boys?«
»So ein Quatsch! Ich war sogar mal bei einem Konzert, ich bin Expertin.«

Sie stand auf und ging zum Fenster. »Meine Eltern haben es natürlich gehasst, wie jede Art von Popmusik. Und dann weigerte ich mich auch noch, Geige zu lernen.«

Sie hatte schon gestern erzählt, dass ihr Vater als Juraprofessor an der Frankfurter Universität lehrte und ihre Mutter früher Lehrerin gewesen war, aber sich mittlerweile im Vorruhestand befand wegen psychischer Probleme (Genaueres wollte sie nicht sagen). Sie wohnten in der Nähe von Frankfurt in einer viel zu großen Villa.

»Ich weiß, es sind meine Eltern, und natürlich liebe ich sie deswegen. Und dieses ›deswegen‹ ist wahrscheinlich das Problem. Ich habe wirklich keinerlei Bezug mehr zu ihnen.« Sie öffnete das Fenster, kalte Luft strömte ins Zimmer, und sie legte sich wieder zu mir ins Bett. »Natürlich bin ich ihnen dankbar, weil sie mein sinnloses Studium finanziert haben. Na ja.«

Ich erzählte von meiner Schwester, ihrem sturen Arbeitseifer, wie sie in ihrem Schreiben vollkommen aufgehen konnte – und wir waren uns einig, dass das bei uns leider nicht so lief. Kurz erwähnte ich auch Emrald, ohne seinen Namen zu nennen. Wahrscheinlich kannte sie ihn sogar, in Germanistenkreisen war er durchaus berühmt.

Fast zu spät standen wir endlich auf, ich packte meine Tasche, und wir machten uns auf zum Bahnhof.

»Wann sehen wir uns denn das nächste Mal?«, flüsterte sie in mein Ohr, als wir uns schließlich auf dem Bahnsteig umarmten.

»Ich weiß nicht.«

Was sollte ich Johanna sagen? Was sollte ich Emrald sagen?

»Ich kann auch mal zu dir nach Berlin kommen«, hatte Lea gestern sogar vorgeschlagen.

»Ich komme wieder«, sagte ich. Das klang wie Arnold Schwarzenegger, und wir lachten befreit. Wir umarmten uns noch einmal, und ich sprang im letzten Moment, die Türen schlossen schon, in den Zug.

Ich ergatterte nur noch einen Platz in einem stickigen, voll besetzten Sechserabteil, der ICE war jetzt am Sonntagnachmittag völlig überfüllt. Die Frau mir gegenüber, deren einziges hervorstechendes Merkmal ihre schwarzen, an den Spitzen lila gefärbten Haare waren, starrte mich an, als wäre ich ein berühmtes Gemälde im Museum. Sah man mir irgendetwas an, oder schaute sie eigentlich durch mich hindurch, wie sie auch durch die *Mona Lisa* hindurchgesehen hätte?

Lea und ihre Wohnung schienen auf einmal weit weg, obwohl der ICE gerade erst losfuhr. Mir fielen die Augen zu, wir hatten kaum geschlafen. Ich betrachtete ein letztes Mal die Frau gegenüber, die mich unbeirrt anstarrte, dann schlief ich ein. Als ich wieder aufwachte, fuhren wir bereits durch die Außenbezirke Berlins. Die Frau mit den lila Haaren war verschwunden.

Ich holte mein Handy aus der Tasche. Das ganze Wochenende über hatte es dort vergraben gelegen.

Der Zug bremste quietschend, und wir hielten an.

»Wir erreichen nun Berlin Hauptbahnhof. Vielen Dank für Ihre Reise mit der Deutschen Bahn. Auf Wiedersehen.«

Vier Anrufe in Abwesenheit zählte die Anrufliste. Einer von Emrald und drei von Johanna.

Zweiter Teil

Parallele

Die Geschichte mit Foucault war natürlich eine Lüge. Man konnte den Leuten alles erzählen, vor allem als Professor einer berühmten Universität. Als ob es eine Auszeichnung wäre, einfältige Studenten zu unterrichten und alle paar Jahre ein Buch zu schreiben, das ungelesen in den Bibliotheken verschwindet. Doch die klingenden Namen der Institutionen verliehen mir eine fast unerschütterliche Glaubwürdigkeit und Autorität.

Ja, ich hatte zwar eine Vorlesung von Michel Foucault Anfang der achtziger Jahre am Collège de France besucht, doch weder für ihn gearbeitet noch überhaupt ein Wort mit ihm gewechselt. Selbstverständlich hatte er keine Ahnung, wer ich war. Irgendein unbedeutender Student eben, Teil der anonymen Masse seiner Zuhörer. Sogar im Auditorium wagte ich es nicht, eine Frage zu stellen, sein legendärer Ruf schüchterte mich zwar nicht ein, aber mir fiel einfach nichts Intelligentes ein. Ich konnte mich nicht einmal mehr daran erinnern, worum es in der Vorlesung ging. Mitgeschrieben hatte ich natürlich nicht. Foucault schien damals schon krank, ziemlich schmal sah er aus, seine Haut blass und seltsam durchsichtig. Vielleicht bildete ich mir das aber auch in der Retrospektive ein.

Paris stellte sich als ein einziger Reinfall heraus. Ein Jahr lang vegetierte ich in einem dunklen und winzigen Zimmerchen vor mich hin, zwar in Montmartre - doch was nützte das, wenn ich durch das winzige Fenster auf eine graue Brandschutzmauer schaute?

Verschwommen erinnere ich mich an einen Tag ganz am Anfang meiner Paris-Zeit. Es regnete schon seit einer Woche, und ich fuhr mit der Metro nach Montparnasse. Ich wollte zum Grab von Sartre. Eine halbe Stunde irrte ich zwischen den Gräbern umher, meine Schuhe komplett durchnässt, bis ich es endlich fand. Er war vor genau einem Jahr gestorben, und es lagen Blumen auf dem Grab, rote Nelken. Ich war definitiv zu spät gekommen.

Das Paris meiner Vorstellung, genährt aus Büchern und Filmen, die meisten vor 1960 veröffentlicht, hatte rein gar nichts mehr mit dieser Touristenmetropole zu tun, die die ganze Zeit nur ihren eigenen Mythos verkaufte. Letztlich ging es in Paris - wie in allen anderen sogenannten Weltstädten auch - nur ums Geld. Wer hatte genug davon, um in den richtigen Restaurants zu speisen, in den angesagten Vierteln zu wohnen, die wichtigsten Platten zu kaufen, den besten Wein zu trinken, die schönsten Frauen zu unterhalten? Ich damals bestimmt nicht. Und ja, die Französinnen entpuppten sich ebenfalls als Mythos. Vielleicht lag mein Misserfolg bei den Pariserinnen auch an meinem viel zu offensichtlichen Deutschtum. Ich trug tatsächlich noch Cordanzüge und hatte mir wild wuchernde Koteletten wachsen lassen.

Doch ich bereute mein Jahr in Paris keineswegs. Schnell, noch als Doktorand wieder zurück in Berlin, hatte ich gelernt, dass es an der Universität auf Legendenbildung ankam. Da nützte so eine Foucault-Sage. Man musste ein wenig exzentrisch wirken, aber nicht zu sehr; außerdem Verachtung zeigen für alles, was nicht mit der hohen Wissenschaft zu tun hatte. Das fiel mir nicht besonders schwer: Verachtung konnte ich gut. Und wenn ich eins hasste, dann Bürokratie; zum Glück fand ich schnell Schenker, der mir die Last der Organisationsarbeit vollständig abnahm. Einen Kreis von Jüngern um sich zu scharen schadete der Legendenbildung natürlich ebenfalls nicht. Wer Schüler hervorbrachte, wurde gleich in die Tradition von Stefan George oder wer weiß wem gestellt, es klang eben gut, von seinen »Schülern« zu sprechen. An Oberflächlichkeit stand die Universität jeder anderen verkommenen Institution in Deutschland in nichts nach.

Und es wurde immer schlimmer! Die letzten Jahre an der Universität empfand ich die meiste Zeit als Qual. Die Studenten wurden jünger, mussten schneller studieren und interessierten sich ausschließlich für ihren Lebenslauf. Gleichzeitig wurden sie dümmer. Wenn ich ihnen erzählte, dass Kafka ein verkappter Homosexueller gewesen war, dann schrieben sie das eifrig mit, seit Neuestem nicht mehr auf Papier, sondern auf winzigen Tabletcomputern oder schmalen Laptops. Wer weiß, vielleicht surften sie auch im Internet und sahen sich irgendwelche Pornos an. Wozu noch selbst denken, wenn ein elektronisches Gerät permanent Intelligenz simulierte? Wenn doch mal einer eine Frage stellte, dann ging es nur um die Leistungspunkte, »Points«, wie es neuerdings im BWL-Sprech hieß, die es für dieses Modul (so nannten die stumpfsinnigen Bürokraten jetzt die Kurse) gab.

Wie sollte man das alles ohne Rum ertragen?

Meine Vorlesungen quollen noch immer vor Studenten über – dank meines nur langsam verblassenden Ruhms als exzentrischer Professor der alten Schule. Ich würde kurzweilig referieren, hieß es, und hätte Humor, tatsächlich lachten die hirnrissigen Studentenidioten (Studierende hieß es ja neuerdings politisch korrekt, dann eben: Studierendenidioten) noch über die abgeschmacktesten Witze. Doch es gab auch Lichtblicke. Die kurzen Hotpants der Studentinnen zum Beispiel. Hoho. Sexismus ging an deutschen Universitäten seit jeher gut, da halfen auch keine neuen Sprachregelungen. So einfältig, etwas mit Studentinnen anzufangen, war ich jedoch nie gewesen.

Ich hegte sogar den Verdacht, dass mein werter »Schüler«, der liebe Ferber, sich zu solch einem Fauxpas verstiegen hatte. Die Nachmittage mit ihm in meinem Büro zählten inzwischen zu den seltenen Lichtblicken im langweiligen Universitätsalltag. Ferber unterschied sich wohltuend von den ganzen anderen Karrieristen. Wahrscheinlich war genau das sein Problem.

Neuerdings wirkte er fahrig und nervös und sprach dem Alkohol fast so sehr zu wie ich, vertrug ihn jedoch naturgemäß viel schlechter. Ich hatte seine seltsamen Lebensverhältnisse ohnehin nie so recht verstanden: Er lebte mit einer Frau und ihrem Sohn zusammen. Und zwar seit der Geburt des Kindes. Was zum Teufel sollte das? Kinder waren ja schon schlimm genug, aber dann nicht einmal das eigene - was hatte man davon? Der Sohn meiner Frau war zum Glück schon erwachsen und wohnte in einer anderen Stadt, die ich mir nicht merken konnte.

Ohne Ferber würde alles nur noch eintöniger werden. Dass es mit seiner Doktorarbeit nicht voranging, gut, das interessierte mich nicht, solange er Seminare gab, konnte ich seine Anstellung den beschränkten Bürokraten in der Verwaltung schon verklickern, ein Verhältnis mit einer Studentin jedoch, das funktionierte als einfacher Dozent nicht mehr. Jedenfalls, wenn es rauskam. Die Mätzchen eines Foucault würden heute nicht mehr geduldet. Offiziell waren Sex und Politik an der Uni verpönt. Auch hier ging es nur ums Geld. Mein Doktorvater hatte noch zwei dreißig Jahre jüngere Studentinnen geschwängert (innerhalb eines Semesters), und die Uni-Oberen hatten sich in Schweigen gehüllt. Schweigen, das galt damals noch als hohes Gut. Inzwischen wurde die ganze Zeit nur noch geredet, dabei allerdings noch weniger gesagt als damals. Ein Allgemeinplatz, es brachte nichts, sich darüber aufzuregen. Ich regte mich in letzter Zeit ohnehin kaum noch auf, meinen Arzt und meine Untergebenen freute das wahrscheinlich. Ohnehin kam mir mein Ärger nur noch wie ein mieser Abklatsch meiner früheren Wut vor. Der große Thomas Bernhard hatte sein ganzes literarisches Werk auf Empörung aufgebaut, nicht umsonst hieß die Hauptfigur in *Alte Meister*, einem seiner größten Werke, Reger. Die ganze Zeit regt er sich auf, ohne Unterlass, immer mit dem Bewusstsein, dass es nichts bringt. So wie er und sein Schüler Atzbacher am Ende ins Burgtheater gehen, obwohl sie das Burgtheater hassen und wissen, dass dort nur die abgeschmacktesten Inszenierungen gespielt werden. Der letzte Satz, als sie schließlich das Theater wieder verlassen, lautet dann auch folgerichtig: »Die Vorstellung war entsetzlich.« Das konnte man über das ganze Leben sagen, über unsere ganze Welt. Übles, entsetzliches Provinztheater, wohin man auch sah – die Universität eingeschlossen. Und doch ging ich jeden Morgen wieder hin, freute mich sogar auf meine Vorlesungen.

Vielleicht gab es trotzdem Hoffnung. Selbst bei Bernhard verbarg sich unter der oberflächigen Empörungsschicht meist Freundschaft und Liebe. Zart gezeichnete zwischenmenschliche Begegnungen, Unterhaltungen, immer kurz vor dem Zusammenbruch; Freundschaften als einzige Lichtblicke in seinem fürchterlichen Österreich. Das könnte ja Ferber einmal genauer in seiner halben Doktorarbeit klären, wäre immerhin ein origineller Blick auf den alten Bernhard.

Ich hatte mir gleich gedacht, dass bei solch einem schwammigen Riesenthema nichts herauskommen würde. »Ferber, das ist zu groß«, hatte ich gesagt. »Liebe, das ist alles und nichts, nicht einmal ich weiß, was das genau sein soll – und der Schmalzfabrikant Max Frisch erst recht nicht!«

Das erste Jahr über schien er noch von seinem Thema überzeugt, recherchierte unermüdlich in den Bibliotheken, las unzählige Bücher, schrieb ein hervorragendes Exposé – doch nach ein, zwei Jahren ging es bergab. Wir diskutierten immer seltener über seine Arbeit, bis er schließlich nur noch abwinkte, wenn ich ihn darauf ansprach, also ließ ich es bald ganz. Was zerbrach ich mir überhaupt darüber den Kopf? Selber schuld, auch das hatte ich ihm mehr als einmal verkündet. Wie es seine Art war, hatte er nur sanft gelächelt, uns Rum nachgeschenkt und das Thema gewechselt.

Obwohl ich seit Jahren die Nachmittage mit Ferber in meinem Büro verbrachte, wusste ich fast nichts von ihm, von seiner Vergangenheit, seinen Ansichten zu Themen, die nichts mit der Universität und Literatur zu tun hatten, seinen Plänen für die Zukunft. Falls er denn welche hatte. Nur über seine halbwegs berühmte Schwester redete er manchmal. Sie schrieb über langweilige historische Typen langatmige Biographien, von denen mir Ferber stets die neueste mitbrachte. Ich gab sie immer ungelesen an Schenker weiter, der ausschließlich langatmige und langweilige Sachbücher las und sich tatsächlich über diese Geschenke freute - wenn man bei einem gefühlskalten Menschen wie Schenker von Freude überhaupt sprechen konnte.

Nach dieser Konferenz in Leipzig versiegten auch noch die letzten vernünftigen Gespräche mit Ferber. Er wollte auch nicht darüber sprechen, was vorgefallen war, doch im Grunde wusste ich es: Er hatte seine Freundin betrogen - anders war sein Verhalten nicht zu erklären -, ich hoffte nur inständig, nicht mit irgendeiner halbwüchsigen Studentin. Doch es spielte keine Rolle, mit wem er ins Bett gestiegen war. Sein wackliges Konstrukt würde ohnehin implodieren. Wahrscheinlich hatte er immer noch nicht die Hoffnung aufgegeben, so etwas wie dauerhaftes Glück zu finden. Es war wirklich entsetzlich.

Mich erinnerte diese Geschichte an Paris, an eine Frau, die ich damals kennengelernt hatte. Keine Französin, während meines ganzes Aufenthalts sagte ich nie mehr als zwei vollständige Sätze zu einer Pariserin, und so gut wie immer handelte es sich dabei um eine Kellnerin, der ich meinen Getränkewunsch verkündete.

An ihren Namen kann ich mich nicht mehr erinnern, wir hatten uns höchstens vier- oder fünfmal getroffen, meistens in meinem kleinen Zimmer mit Blick auf die Brandschutzmauer. Ich besaß nur ein schmales Einzelbett, ein anderes hätte gar nicht reingepasst, und wir mussten aufpassen, dass wir nicht herausfielen, während wir miteinander schliefen. Sie kam aus Dänemark und absolvierte mit ihrem ebenfalls dänischen Freund, von dem ich anfangs gar nichts wusste, ein Auslandssemester in Paris. Wir waren uns an der Uni zufällig begegnet und hatten zweimal in der Mensa zusammen gegessen. Ich hatte ihr wunderschönes weißes Gesicht bewundert, die dunkelblauen, klaren Augen, die makellose Haut, und mich schließlich dazu durchgerungen, sie zu fragen, ob wir uns nicht am Abend auf Montmartre treffen wollten, ich würde da eine günstige und nicht allzu schäbige Weinbar kennen. Sie überlegte lange und willigte schließlich ein.

Ich wartete fast eine Stunde in der Bar auf sie, trank unter den missbilligenden Blicken des selbstverständlich arroganten Kellners in unglaublicher Geschwindigkeit fünf Gläser des billigsten Rotweins und wollte gerade aufbrechen, als sie plötzlich vor meinem Tisch stand. Ihre Augen schienen gerötet, als hätte sie geweint. Nachdem auch sie fünf Gläser Wein heruntergestürzt hatte, schwankten wir über die Straße zu meiner Wohnung und zwängten uns auf das schmale Bett.

Ein paar Tage später traf ich sie an der Universität wieder – zusammen mit ihrem Freund. Ich starrte die beiden völlig perplex an. Sie stellte ihn mir vor, als sei es das Normalste auf der Welt. Er sah, wie sie, sehr gut aus, gab sich überaus charmant und sprach im Gegensatz zu ihr und mir perfekt Französisch. Eigentlich fand ich ihn sogar noch sympathischer als sie. Selbst in dieser peinlichen Situation wirkten die beiden wie ein glückliches Bilderbuchpaar.

Es dauerte nicht lange, bis ich wieder von ihr hörte. Ich hatte die Sache nach der Begegnung mit dem perfekten Freund längst abgeschrieben und keine Sekunde damit gerechnet, sie noch einmal nach Montmartre locken zu können. Sie schien jedoch entschlossen, die kleine Affäre fortzuführen.

Bei unserer dritten Verabredung hielt ich es nicht mehr aus, und nach ein paar Gläsern Wein, wir lagen bereits verknotet auf meinem winzigen Bett, fragte ich sie, warum zum Teufel sie ihren perfekten Freund mit mir langweiligem Deutschen betrog und ihre doch so glücklich wirkende Beziehung aufs Spiel setzte.

Sie sah mich lange mit ihren unwahrscheinlich blauen Augen an und antwortete schließlich in ihrem niedlichen Deutsch, mit schwerem, ebenso niedlichen dänischen Akzent: »Weil das doch noch nicht alles gewesen sein kann.«

5

Das Untergeschoss des Berliner Hauptbahnhofs strahlte eisigen Science-Fiction-Charme aus. Riesige Betonpfeiler ragten zur massiven Decke auf, dazwischen runde Glasaufzüge und geschwungene Metallbänke. Sonnenstrahlen drangen nicht bis hier herunter, und aus den schwarzen Tunneln wehte selbst an warmen Tagen unablässig kalter Wind. Immerhin roch es nicht nach Urin. Wahrscheinlich dank modernster Überwachungssysteme stank der Hauptbahnhof, als einziger öffentlicher Ort in Berlin, nicht nach Pisse.

Zum Glück fuhr der ICE ein, und ich zwängte mich durch die mit Koffern zugestellten Abteile, bis ich endlich einen freien Fensterplatz fand. Gerade als der Zug sich in Bewegung setzte, klingelte mein Handy.

»Wo sind Sie?«, rief Emrald ohne Begrüßung so laut, dass mein Sitznachbar vor Schreck zusammenfuhr. »Es ist Freitagmittag, und Sie sind nicht an der Uni? Was ist das für eine Arbeitsauffassung?«, setzte er kaum leiser hinzu.

»Wie Sie wissen, gebe ich meine Seminare am Montag, Mittwoch und Donnerstag. Und Sie kennen meine Arbeitsauffassung, die ist wie Ihre eher eine Arbeitsvermeidungsauffassung.«

»Sie sind nicht mehr bei Sinnen, Ferber! Seit Wochen schon. Kommen Sie am Montag sofort in mein Büro! Ich muss dringend mit Ihnen sprechen.«

Natürlich dringend. Emrald legte, wiederum ohne sich zu verabschieden, einfach auf. In letzter Zeit ging ich ihm ein wenig aus dem Weg, was natürlich nur leidlich klappte. Obwohl ich die meiste Zeit in meinem kleinen Büro im Erdgeschoss des Unigebäudes verbrachte, in das Emrald nur ungern ging – »Sie haben keinen Ausblick hier unten, das deprimiert mich« –, schaffte er es doch immer wieder, mich abzufangen, ohne dass es so aussah, als hätte er auf mich gewartet.

Ich verließ höchstens noch zum Mittagessen und zu meinen Seminarzeiten das Büro, meistens saß ich ohnehin vor dem Computer und schrieb Lea E-Mails. Oder wir telefonierten. Oder schrieben uns wenigstens SMS. Das erlaubte ich mir meist nur während der Arbeitszeit, zu Hause versuchte ich den Kontakt weitestgehend zu vermeiden. Erst nachts, wenn Johanna und Robert längst schliefen und ich noch im Wohnzimmer saß, rief ich sie manchmal an. Es war riskant, trotzdem passierte nie etwas, ich musste mich nie rausreden, kam nie in Erklärungsnot. Nur meine zweiwöchentlichen Leipzig-Aufenthalte musste ich vor Johanna mit Lügen decken, allerdings nur selten, wir redeten kaum darüber. Ich hatte meine erste Idee ausgebaut, eine Kooperation zwischen unseren Universitäten erfunden, am Wochenende traf man sich, um Anträge zu schreiben und über anstehende Projekte zu diskutieren.

Manchmal hatte ich einfach Glück. Zum Beispiel, als ich einmal nachts wieder mit Lea telefonierte und Robert plötzlich in der Tür stand, in seinem Schlafanzug mit den bunten Autos. Er hatte schlecht geträumt. Seltsamerweise war er zu mir gekommen, statt Johanna im Schlafzimmer zu wecken. Sonst hätte sie mich wahrscheinlich entdeckt, wie ich mitten in der Nacht telefonierte. Robert dagegen schien das nicht verwunderlich zu finden. Lea erzählte ich, er wäre der Neffe meines Mitbewohners, der gerade zu Besuch in Berlin sei (ich nannte ihn übrigens Michael, den Mitbewohner, denn ich kannte keinen echten Michael, das machte es leichter, eine Geschichte für ihn zu erfinden).

Die verpassten Anrufe von Johanna bei meinem zweiten Besuch in Leipzig erwähnte ich nicht. Sie ebenfalls nicht. Nur einmal schien sie daran zu denken, ein oder zwei Tage später. Ich saß mit Robert am Küchentisch und spielte Karten, Johanna sortierte fein säuberlich das Besteck in den Geschirrspüler.

»Geht dein Handy eigentlich noch?«, fragte sie beiläufig ohne mich anzusehen.

Ich zuckte zusammen. »Ja, wieso?«

Sie steckte ein letztes Messer in den Geschirrspüler und drehte sich um. »Egal. Wer gewinnt?«

»Ich!«, rief Robert. Es stimmte. Und ich ließ ihn nicht mal gewinnen.

Lea ahnte etwas. Sie wollte es jedoch – glaube ich zumindest – nicht so genau wissen. Ich erfand immer neue Gründe, warum sie mich nicht in Berlin besuchen konnte: Meine Wohnung würde gerade renoviert, alte Schulfreunde wären zu Besuch, mein Mitbewohner wäre wahnsinnig, käme nachts immer in mein Zimmer und erzählte mir stundenlang wirre Geschichten über Außerirdische, die ihn kidnappen wollten. Anfangs wunderte ich mich noch über meine Erfindungsgabe, doch meine Geschichten, so obskur sie auch klangen, wurden geglaubt. Wahrscheinlich hatte ich das von Emrald gelernt: Du kannst allen alles erzählen, du musst es nur gut erzählen. Ich hatte mein ganzes Leben lang Romane gelesen, und nun, so kam es mir vor, schrieb ich meinen eigenen, erfand Figuren und dachte mir Geschichten aus. Waren Schriftsteller nicht Lügner? Eine steile These, die ich ja mal in einem Aufsatz hätte ausarbeiten können, wenn ich nicht schon lange meine wissenschaftliche Tätigkeit auf ein Minimum – und Veröffentlichungen gehörten sicher nicht dazu – reduziert hätte.

Nach einiger Zeit hörte Lea auf, sanft auf einen Besuch in Berlin zu drängen, und wir redeten nicht mehr darüber.

Ich sah aus dem Zugfenster, die unvermeidlichen Windräder zogen vorbei, die Strecke war mir schon vertraut, obwohl ich nicht die geringste Ahnung hatte, wo in Brandenburg wir uns gerade befanden. Meine Mitreisenden interessierten mich nicht – wenn sie sich, wie meistens in ICEs, halbwegs zurückhaltend verhielten. Um Familien mit Kindern oder Personen mit großer Tupperdose vor sich auf dem Tisch machte ich schon bei der Platzsuche einen Bogen.

Ab Wittenberg wurde ich immer leicht nervös. Ich mochte diese Anspannung, die eher Vorfreude bedeutete und mich die restliche halbe Stunde Fahrt vom Zeitunglesen, oder womit ich sonst die Zeit totschlug, abhielt.

Anders die unangenehme Nervosität auf der Rückfahrt, die im Prinzip in einer einzigen Frage kulminierte: Hatte Johanna wieder nichts gemerkt? Würde sie Fragen stellen, die ich mit Lügen beantworten musste? Oder reichte Verschweigen, ein dezentes Kopfschütteln? Selbstverständlich »vergaß« ich nicht, dass ich gerade noch in Leipzig bei Lea gewesen war – ich dachte einfach nicht mehr daran. Meine Nervosität verschwand, wenn ich unsere Wohnung betrat. Robert freute sich ohnehin verlässlich, wenn ich am Sonntagabend zurückkam, und ich konnte mit ihm in seinem Zimmer verschwinden und beim Ausbau der Legoburg helfen.

Wir näherten uns Leipzig, und parallel zu unserem Schienenstrang erschienen weitere Gleise. Wir wurden langsamer und holten einen zweiten ICE ein, der eine Weile in gleicher Geschwindigkeit neben uns fuhr. Wären die Fenster nicht verspiegelt, hätte man die anderen Fahrgäste erkennen können, die wie wir wahrscheinlich gerade aus dem Fenster starrten – so sah ich nur mein eigenes Spiegelbild. Schließlich wurde der andere Zug wieder schneller und verschwand aus meinem Sichtfeld.

Es war mein sechster Besuch. Ich sah Lea sofort, als ich aus dem Zug stieg. Ihre Augen streiften die Gesichter der Leute neben mir, doch mich bemerkte sie nicht. Ich blieb stehen und beobachtete, wie sie ihren Blick über den Bahnsteig schweifen ließ. Noch nicht besorgt, vielleicht etwas ungeduldig. Der Wind wehte ihr die Haare immer wieder ins Gesicht, und sie strich sie genervt hinters Ohr. Natürlich fand ich sie schön. Schöner als Johanna? Ständig drängten sich diese Vergleiche auf, aber ich hatte schon ganz am Anfang beschlossen, nie, wirklich nie, die beiden miteinander zu vergleichen.

Über Leas Gesicht huschte ein Ausdruck des Erkennens. Sie kam auf mich zu, und wir küssten uns.

»Hast du mich auch nicht gesehen?«

Was wäre, wenn Lea in Berlin wohnen würde und nicht in Leipzig? Wir müssten uns verstecken, immer Angst haben, entdeckt zu werden. Diese Stunde Zugfahrt, diese knapp zweihundert Kilometer bedeuteten Unbeschwertheit und Freiheit für uns. Ich wurde das Gefühl nicht los, dass das unfair war.

»Doch«, sagte ich leise, aber sie hatte schon begonnen zu erzählen. Es ging um Alice, sie hatte Lea heute Morgen darum gebeten, sie auf eine Party zu begleiten.

»Natürlich habe ich keine Lust, aber wir haben schon lange nichts mehr zusammen gemacht. Die Party ist von einem Bekannten, er arbeitet am Institut, und ich glaube, sie mag ihn.«

»Okay, lass uns da hingehen«, sagte ich. Johanna hätte ich diesen Wunsch sofort abgeschlagen. Ich vertrug schon lange keine Privatpartys mehr, diese Art von ironischem Small Talk, der dort grundsätzlich gepflegt wurde, zumindest in Berlin, beherrschte ich einfach nicht mehr.

Als wir bei ihr in der Wohnung ankamen, hatten wir, wie immer, sofort Sex. Ohne wieder vergleichen zu wollen, Sex mit Lea war nicht besser als mit Johanna, auch nicht besonders anders. Es war auch nicht so, dass ich mit Johanna keinen Sex mehr hatte. Ich fuhr nicht nach Leipzig wegen Sex.

Während wir miteinander schliefen, hörte ich Alice in der Küche. Zuerst hatte mich das abgelenkt, doch inzwischen war ich daran gewöhnt, nicht mit Lea allein in der Wohnung zu sein. Die Küche war Alice' Heiligtum. Sie besetzte sie mit aufwendigen Kochorgien manchmal stundenlang. Lea und ich versuchten ihr, so gut es ging, aus dem Weg zu gehen und aßen unten in dem kleinen arabischen Imbiss Falafel-Teller, bis ich keine Kichererbsen mehr sehen konnte. Ich wusste, dass sich Lea deswegen schlecht fühlte, aber so oft besuchte ich sie ja auch wieder nicht.

Die Party war gar keine Party. Höchstens fünfzehn Gäste standen oder saßen in Wohnzimmer und Küche. Alle schienen sich zu kennen. Alice hatte sofort das Kommando über die Küchengruppe übernommen, packte mitgebrachtes Essen aus, verteilte Getränke an Neuankömmlinge und erzählte dabei lautstark irgendetwas über den besonderen Rotwein, den sie gerade trank. Man hätte denken können, es wäre ihre Party. Der eigentliche Gastgeber war etwa einen Kopf kleiner als sie und wirkte eher schüchtern. Ich konnte mir kaum ein unpassenderes Paar vorstellen. Lea und ich flüchteten ins Wohnzimmer, quetschten uns auf das Sofa neben zwei in ein ernstes Gespräch vertiefte Sakkoträger und tranken innerhalb einer halben Stunde eine Flasche Weißwein. Ich fühlte mich wohl.

»Die New-York-Sache ist so gut wie sicher«, sagte Lea, schon mit etwas schwerer Zunge, als wir die zweite Weinflasche öffneten, die sie in der Küche unter Alice' missbilligendem Blick geklaut hatte. »Die Bewerbung ist fertig, und mein Professor glaubt, dass es klappt.«

Ich sagte ihr, dass ich mich für sie freute, und traute mich nicht zu fragen, was dann aus uns werden würde. New York war schließlich mehr als eine Stunde mit dem ICE entfernt. Und besuchen konnte ich sie bestimmt nicht – wie sollte ich Johanna eine Reise in die USA erklären?

Der Gastgeber setzte sich uns gegenüber auf einen Sessel, und ich sah ihn mir zum ersten Mal genauer an. Er hatte eine Halbglatze, trug ein Cordjackett und darunter ein ausgewaschenes schwarzes T-Shirt. Seine Bewegungen wirkten merkwürdig exaltiert, mein erster Eindruck von ihm stimmte wohl nicht: Wahrscheinlich war er doch nicht schüchtern, sondern arrogant. Außerdem schien er ziemlich betrunken.

»Das ist Michael«, stellte Lea ihn mir vor. Ich gab ihm die Hand. Michael – ich musste an meinen imaginären Mitbewohner denken.

»Ich hab deinen Vortrag bei der Konferenz zur Nachkriegsliteratur gehört«, sagte er und fuhr sich mit der Hand über seinen Kopf. »Interessantes Thema, aber was hatte Thomas Bernhard damit zu tun?« Er kicherte kindisch.

Ich suchte gerade nach einer schlagfertigen Antwort, da erkannte ich ihn: Unser seltsamer Gastgeber Michael hatte damals auf der Konferenz diesen überraschend kurzweiligen Vortrag zu Walsers *Ein fliehendes Pferd* gehalten.

»Und du warst Walser«, sagte ich, und Lea und Michael lachten. Mir wurde schummrig, und ich ärgerte mich, den Weißwein so schnell getrunken zu haben.

»Ich will euch was zeigen.« Michael stand auf, und wir folgten ihm in den Flur. Er führte uns ins Treppenhaus, und er und Lea unterhielten sich über irgendwelche Leute von der Leipziger Uni, die ich nicht kannte. Am Ende der Treppe kletterten wir eine schmale Leiter hinauf und standen plötzlich auf dem Dach. Der Altbau, in dem Michael wohnte, musste bestimmt sechs Stockwerke hoch sein, und wir konnten weit über die Stadt blicken. Die Lichter des Hochhauses neben der Uni sah man, dahinter erahnte ich den Hauptbahnhof.

Wir nahmen alle einen Schluck aus der Weinflasche, die Lea aus der Wohnung mitgenommen hatte, und Michael führte uns über das Dach zu einer weiteren Leiter, über die wir in ein anderes Treppenhaus gelangten.

»Ist das hier das leere Haus?«, fragte Lea.

»Genau. Unten ist alles verrammelt, da kommt man nicht rein, aber vor ein paar Wochen habe ich diese Leiter hier entdeckt.« Er grinste uns an, und ich merkte, dass er betrunkener war, als ich vermutet hatte. Er schwankte sogar ein wenig, als er die Treppen hinunterstieg. Ich beschloss auf ihn zu achten, falls wir wieder über das Dach zurückgingen. Obwohl ich ja selbst auch nicht mehr besonders nüchtern war.

Michael machte vor einer Tür, ich glaube im dritten Stock, halt. »Hier war nicht einmal abgeschlossen.« Er trat mit dem Fuß gegen die Tür, und sie öffnete sich knarrend, Farbe blätterte ab.

Wir betraten die Wohnung. Es roch leicht abgestanden und ein wenig süßlich. Viel sehen konnte man nicht. Ich versuchte Licht zu machen, doch anscheinend war der Strom abgestellt. Wir folgten Michael durch den Flur in ein Zimmer, das nach vorn auf die Straße zeigte. Durch die Fenster fiel fahles Licht der Straßenlaternen, und ich konnte erkennen, dass der Raum möbliert war, es gab ein Sofa und zwei Sessel, einen niedrigen Couchtisch mit einer vergilbten Stickdecke, sogar ein alter Fernseher mit braunem Kunstholzrahmen stand auf einem Sideboard neben einem großen, ebenfalls braunen Schrank. An den Wänden hingen kitschige Gemälde von Wäldern und ein paar Kupferstiche von Leipziger Sehenswürdigkeiten.

Als Michael sich auf einen Sessel fallen ließ, wirbelte eine Staubwolke auf. »Unberührt seit was weiß ich wie vielen Jahren.« Er kicherte wieder.

Lea und ich setzten uns vorsichtig auf das alte Sofa, Staub stob auf, und wir ließen die Weinflasche kreisen.

»Ich komme mindestens zweimal pro Woche hierher«, sagte er, »setze mich ins Wohnzimmer oder in die Küche – jeder Raum ist noch komplett eingerichtet – und stelle mir vor, hier zu leben. Und für eine Stunde bin ich jemand anderes, führe das Leben eines Fremden in einer längst vergangenen Zeit.«

Ich blickte zu Lea, die sich neugierig im Zimmer umsah.

Michael seufzte laut, nahm dann einen langen Schluck aus der Weinflasche und ließ sie einfach auf den Boden fallen. Der Rest Wein sickerte in den dicken, staubigen Teppich.

»Was ist jetzt eigentlich mit dir und Alice?«, fragte Lea und grinste Michael an.

Er machte eine wegwerfende Handbewegung. »Lass uns wieder rübergehen, ich brauche neuen Wein.« Er kickte die Flasche unters Sofa. Erst jetzt bemerkte ich die anderen, leeren Weinflaschen der gleichen Marke, die auf dem Boden standen und lagen.

Auf dem Rückweg, wieder übers Dach, stolperte Michael. Ich fasste ihn sofort am Arm, und ohne sein Gleichgewicht zu verlieren, kletterte er die Leiter zurück ins andere Treppenhaus. Als wir auf die Party zurückkehrten – inzwischen hatten sich fast alle Gäste verabschiedet –, streifte mich Alice' Blick. Sie schaute verbissen und traurig, die fröhliche Fassade war verschwunden.

Später, wieder zu Hause, hatten Lea und ich noch einmal Sex, danach lagen wir betrunken auf dem Bett und wollten noch nicht schlafen.

»Ich weiß nichts von dir«, sagte Lea auf einmal. »Was du in Berlin machst. Du könntest eine Familie haben oder Serienmörder sein. Ich kenne dich nur hier.«

Ich sah sie panisch an, obwohl es nur ein Witz war. Sie bemerkte es nicht.

»Fehlt dir das? Alltag zusammen?«

»Bis jetzt noch nicht, aber irgendwann bestimmt.«

»Wenn du nach New York gehst, wird sowieso alles anders.« Jetzt war es doch raus.

Lea drehte sich zu mir um und sah mich spöttisch an. Ich roch ihren säuerlichen Weinatem. »Dann habe ich eben auch mein eigenes Leben, von dem du nichts weißt.«

»Es gibt nichts in Berlin«, sagte ich schwach.

Darauf reagierte sie nicht und betrachtete meinen nackten Körper.

»In ein paar Jahren sind wir richtig alt.«

»Das denkst du, wenn du mich ansiehst?« Ich versuchte zu lachen.

»Vielleicht ist das hier das letzte Mal.«

»Das letzte Mal was?«

»Dass wir so etwas erleben, wie wir es gerade erleben. So etwas Unschuldiges.« Sie drehte sich auf den Rücken. »Und Alice sehnt sich genau danach. Deswegen gönnt sie es uns nicht. Ich weiß gar nicht, wann sie ihre letzte Beziehung hatte, das ist bestimmt schon Jahre her.«

»Was Alice denkt, ist mir vollkommen egal.« Ich war plötzlich wütend, natürlich nicht auf Alice, sondern weil ich mit Lea nicht offen sprechen konnte. Auch wenn ich nicht eigentlich log, ich musste permanent etwas verschweigen.

Ich sagte nicht, dass ich wollte, dass sie nicht nach New York ging.

Ich sagte nicht, dass ich nicht unschuldig war.

Ich sagte nicht, dass ich ihr nicht alles sagte.

Ich sagte nicht, dass ich auch so eine Wohnung hatte, wo ich jemand anders sein konnte. Ihre Wohnung.

Am Sonntagmorgen wachte Lea krank auf. Wir hatten den Samstag damit verbracht, in Cafés zu sitzen. Lea hatte viel von ihrer Dissertation erzählt, von den nächtlichen Schreibexzessen Kafkas, die ihn dazu zwangen, seinen Schlaf tagsüber nachzuholen, und ihm beständige Müdigkeit bescherten. Von der großen Bedeutung des Aufwachens in seinen Texten und von der Schlüsselszene im *Schloss*, in der K. von einem Schlossbeamten lange herbeigesehnte Antworten auf seine Fragen bekommen könnte, wenn er nicht so unendlich müde wäre und sich schließlich nicht dem erlösenden Schlaf hingeben würde. Sie hatte mich über meine Arbeit ausgefragt, und ich war wie immer ausgewichen, hatte stattdessen über die dummen Studenten in meinen Seminaren gelästert, die sich im Grunde gar nicht für Literatur interessierten, sondern nur »Deutsch« – wie sie es nannten – studierten, weil ihnen nichts Besseres einfiel. Und »Deutsch« konnte ja jeder.

Lea lag im Bett, ihre Wangen waren gerötet, und sie hatte offensichtlich Fieber. Schläfrig blickte sie mich an und lächelte sanft. Krank fand ich sie fast noch schöner.

Ich musste zum Bahnhof, ich hatte Johanna versprochen, schon mittags wieder in Berlin zu sein, sie wollte sich am Nachmittag mit einer Freundin treffen, und ich sollte auf Robert aufpassen. Ich machte Lea einen Tee – zum Glück begegnete ich Alice nicht in der Küche. Sie wich uns seit der Party aus, so kam es mir wenigstens vor, manchmal hörten wir sie in ihrem Zimmer irgendetwas umräumen. Wenn es ihr nicht gut ging, dann fing sie an, ihr Zimmer umzugestalten, hatte Lea gemeint. Ein nervöser Tick von vielen.

Ich wollte Lea nicht alleine lassen, doch die einzige Möglichkeit, länger in Leipzig zu bleiben, wäre, selbst eine Krankheit vorzutäuschen, und ich hatte mir vorgenommen, nicht noch weitere Lügengebäude für Johanna zu errichten. Lea spielte ich vor, dass ich in Berlin noch arbeiten musste, obwohl ich mich nicht erinnern konnte, wann ich zum letzten Mal am Sonntag irgendetwas gearbeitet hatte.

»Ist okay, wenn du gehst«, sagte sie, »ich will sowieso nur schlafen.«

»Ich schreib dir, wenn ich zu Hause bin.«

Ich machte mich auf den Weg zum Bahnhof. Als ich aus der Tür trat, fiel mir auf, dass ich mich, außer am ersten Tag der Konferenz, nie allein durch Leipzig bewegt hatte. Ich war immer nur Lea gefolgt.

Die Straßenbahnhaltestelle in der Nähe ihrer Wohnung fand ich noch. Ich stieg in eine Bahn der Linie ein, die wir sonst auch immer nahmen, wenn wir Richtung Hauptbahnhof fuhren. Vermutete ich jedenfalls. Zuerst erkannte ich die Haltestellen auch wieder, und ich schlug *Das Schloss* auf. Lea hatte mir ihr zerlesenes Exemplar in den Rucksack gesteckt, ich wollte es noch mal versuchen. Als ich ein paar Minuten später aus dem Fenster sah, kam mir die Gegend plötzlich unbekannt vor.

Ich stieg an der nächsten Haltestelle aus, um einfach wieder zurückzufahren. Erst kam lange keine Bahn, dann eine mit einer anderen Nummer, die nur noch eine Station weiterfuhr – »wegen Bauarbeiten«, schepperte eine Computerstimme aus dem Lautsprecher, und ich beschloss, zu Fuß zum Bahnhof zu gehen. Wahrscheinlich die einzige Chance, meinen Zug nach Berlin noch zu erreichen. Es konnte nicht so weit sein.

Die Straßen waren wie ausgestorben, zehn Minuten begegnete ich keinem Menschen, nur hin und wieder fuhr ein Auto vorbei. Ich ging an schäbigen Sechziger-Jahre-Häusern vorbei und an heruntergekommenen, alten Jugendstilgebäuden, in denen, wie in Michaels Nachbarhaus, niemand zu wohnen schien. Es nieselte leicht. An einer Kreuzung, die mir bekannt vorkam – vielleicht war ich hier schon einmal mit Lea langgegangen, oder hatte ich sie vor fünf Minuten bereits passiert? –, kam mir endlich eine ältere Frau entgegen, die ich nach dem Weg zum Bahnhof fragte. Sie zeigte stumm in die andere Richtung, also drehte ich wieder um.

Die Straßen schienen keinem System zu gehorchen, verliefen nie parallel zueinander, sondern schnitten sich in den unmöglichsten Winkeln. Plötzlich stand ich vor einem großen, graubraunen Gebäude, das ich nur zu gut kannte.

Hier wohnte Lea.

Ich schrieb Johanna eine SMS, dass ich mir wohl eine Magen-Darm-Grippe eingefangen hatte und noch mindestens einen Tag länger in Leipzig bleiben musste. Nachher würde ich Schenker mitteilen, dass mein Seminar morgen ausfallen musste. Und damit auch das »dringende« Gespräch mit Emrald. Ich klingelte, die schwere Tür öffnete sich, und ich trat ins Treppenhaus.

6

In jeder Beziehungen gibt es Momente, die sich ins Gedächtnis einschreiben und zu Bildern werden. Ereignisse, die wirken, als wären sie erst gestern passiert, obwohl sie schon Jahre zurückliegen; aus dem Alltag herausgelöst, Ausnahmezustände wie Reisen, Ausflüge, Feste. Natürlich erinnert man sich auch an viel Schmerzhaftes, das man schnell wieder vergessen – oder noch lieber – rückgängig machen würde. Bei den positiven Erinnerungen funktioniert es selbstverständlich umgekehrt: Man durchlebt diese Momente immer wieder, gemeinsam oder allein – sie werden zu Chiffren für Glück und definieren, wie man inzwischen lebt. Wahrscheinlich bedeuten sie auch ein Ankämpfen gegen das Willkürliche der Begegnung.

»Die Menschen und Dinge entziehen sich unserer Einflussnahme. Das unterscheidet sie von den Romanen, über die wir unsere Seminare halten. Da prangt über allem ein schöner Sinn, denn es gibt einen Autor, der die Figuren steuert. Doch uns steuert niemand. Wir taumeln einfach durch diese Welt, und manchmal prallen wir mit jemandem zusammen, und dann entsteht etwas. Eine Beziehung oder so etwas Ähnliches. Vielleicht. Vielleicht aber auch nicht«, sagte Emrald einmal, vor ein paar Jahren, als wir noch über meine Arbeit diskutierten.

Diese allgegenwärtigen Erinnerungen, die man teilt, wenn man zusammen ist, spielen auch bei den Romanen, die ich in der Diss behandle, eine nicht unwesentliche Rolle. Emrald hat mir mehr als einmal vorgeworfen, mich nur für das »Gefühlige« zu interessieren und die Augen zu verschließen vor Themen wie Krieg, Tod, Politik, die natürlich gerade in den Romanen, die kurz nach dem Zweiten Weltkrieg veröffentlich wurden, präsent waren. Doch meiner ursprünglichen Idee widerspricht das gar nicht. Die »Liebe« (die Anführungszeichen bekomme ich einfach nicht mehr weg) schafft die Grundlage, auf der alles andere basiert. Das hätte die romantische Marie in ihrem Referat nicht besser sagen können. Der Blick der Liebenden unterscheidet sich vom einsamen Blick des Einzelgängers, das beweisen die gemeinsamen Erinnerungen. Das mag kitschig klingen, doch auch der französische Philosoph Alain Badiou, dessen Überlegungen zur »Liebe« ich in meiner Dissertation zitiere, geht von diesem paradoxen Blick des Paares aus, der einerseits Parallelität schafft, denn man sieht ja das Gleiche, andererseits handelt es sich um zwei unterschiedliche Personen, die schauen. »Identischen Unterschied« nennt Badiou das. »Denn sie und ich, wir sind Teil dieses einzigen Subjekts, dieses Liebessubjekts, das die Entfaltung der Welt durch das Prisma unseres Unterschieds sieht, sodass die Welt sich ereignet und geboren wird, anstatt nur das zu sein, was meinen persönlichen Blick erfüllt.«

Emrald hasste diese Stelle regelrecht. Wahrscheinlich stimme ich ihm inzwischen sogar zu – entwertet nicht die Zufälligkeit des »Liebessubjekts« alles?

Johanna saß mir gegenüber, sah unablässig aus dem Fenster und hörte gar nicht mehr auf zu grinsen.

»Du kennst die Strecke doch schon in- und auswendig«, sagte ich und legte das Badiou-Buch weg. Fünfzehn Minuten ohne Unterbrechung lesen – ein neuer Rekord.

»Ja, und? Ich mag einfach diesen Moment, wenn man in die Stadt einfährt, der Zug langsamer wird und man die Kräne am Hafen und die Elbphilharmonie sieht. Dann die Tennisplätze vom Rothenbaum direkt neben den Schienen, die immer neuen Graffiti an den Mauern, bevor man schließlich im Bahnhof hält. Obwohl ich hier nicht mehr zu Hause bin, fühlt es sich trotzdem wie heimkommen an.«

»Robert, hör auf die Stifte anzukauen!« Warum sagte ich das? Es interessierte mich überhaupt nicht, ob er seine Buntstifte ankaute oder nicht. Man sollte nicht zu viel reflektieren, wenn man so etwas wie ein Vater war. Robert beachtete mich ohnehin nicht und kaute einfach weiter.

Vor dem Zugfenster spielte sich nun alles ab, was Johanna gerade noch beschrieben hatte, wir sahen schweigend zu. Am Bahnhof holten uns Irene und Helmut ab. Wir kämpften uns durch die Menschenmassen zur U-Bahn und fuhren zu ihrer Wohnung in Eimsbüttel.

»Robert, renn die Treppen nicht so schnell hoch, du fällst noch hin!«

Irene schüttelte grinsend den Kopf, Robert und Johanna ignorierten mich einfach.

Helmut hatte sich schon wieder einen neuen Beamer gekauft, »3-D-fähig«, verkündete er, dazu »den besten Blu-Ray-Player auf dem Markt«. Er führte Robert stolz alles vor, während Irene uns Rotwein einschenkte. Sie hatte sich von ihrem Lieblingsitaliener Antipasti und mediterranen Nudelsalat liefern lassen, dazu Nachtisch mit viel Schokolade, im Kühlschrank stapelte sich alles. Fürs Kochen hatte sie sich noch nie interessiert, im Gegensatz zu Helmut, der aber bis gerade eben noch ein Seminar hatte geben müssen und deswegen dieses Mal keines seiner raffinierten

Menüs zubereiten konnte. Ich deckte den Tisch, während Irene und Johanna anstießen. Robert und Helmut waren in Helmuts Arbeitszimmer verschwunden, wahrscheinlich um weitere technische Geräte in Augenschein zu nehmen.

»Du bist jetzt viel in Leipzig, oder?«, fragte Irene, als ich den Salat auf den Tisch im Esszimmer stellte. »Es ist schon eine Ewigkeit her, dass ihr das letzte Mal zu Besuch wart.«

»Ja, diese Kooperation wird immer arbeitsintensiver.« Ich wich ihrem Blick aus. »Wie geht es mit deinem neuen Buch voran?«

»Interessiert dich das wirklich?« Meine Schwester sah mich spöttisch an.

Mir fiel ihr neues Thema wieder ein. Sie schrieb dieses Mal nicht über eine bestimmte historische Persönlichkeit, sondern über mehrere Personen, den sogenannten Prager Kreis. Ein Zirkel von Schriftstellern und Intellektuellen, der am Anfang des zwanzigsten Jahrhunderts die Kaffeehäuser der tschechischen Hauptstadt frequentierte. Der bekannteste Repräsentant: Franz Kafka. Mein Themenwechsel hatte mich doch wieder zu Lea geführt. Ohne zu antworten, ging ich zurück in die Küche.

Beim Essen erzählte Irene von der komplizierten Lage an der Hamburger Universität. »Ich habe überhaupt keine Lust, mich bei den wichtigen Funktionsträgern, übrigens fast ausschließlich Männer, anzubiedern. Ich weiß, dass das ein Fehler ist, wenn man eine Professur will. Meine Kollegen sind da um einiges schamloser.«

Ich beobachtete Robert, wie er aus den getrockneten Tomaten und den schwarzen, eingelegten Oliven Gesichter auf seinem Teller baute, statt sie zu essen. Mit meiner Gabel spießte ich ein Olivenauge auf und steckte es mir in den Mund.

»Essenklauen hätte früher bei uns mindestens eine Ohrfeige gegeben«, sagte Johanna.

»Genau!«, rief Robert und griff erneut nach den Oliven.

»Das ist doch Blödsinn. Deine Hippie-Mutter hätte dich höchstens mit ihren Klangschalen neu ausbalanciert.«

»Wohnt sie eigentlich immer noch auf Teneriffa?«, mischte sich Irene ein.

»Ja, aber ich glaube, sie hat sich schon wieder von ihrem Freund getrennt. Aber so richtig verrät sie es mir am Telefon nicht.«

»Wir könnten auch mal wieder in Urlaub fahren«, warf Helmut ein und kratzte sich an seinem grauen Bart. »Teneriffa, Meer und Strand, von so was kann ich nur träumen!«

Ein Running Gag zwischen Irene und Helmut. Meine Schwester weigerte sich grundsätzlich, in den Urlaub zu fahren. »Was soll ich am Strand liegen, lesen kann ich auch zu Hause«, lautete ihr Mantra. Sie ließ nur hin und wieder Städtetrips an Orte gelten, die für ihre Forschung halbwegs relevant waren. Meistens nicht gerade die reizvollsten Touristenziele. Immerhin waren die beiden kürzlich für ein paar Tage in Prag gewesen – aus Recherchegründen für das neue Buch von Irene selbstverständlich. Es hatte wohl die ganze Zeit geregnet, wie Helmut resigniert erzählte.

»Im Prinzip saßen wir nur in irgendwelchen Bibliotheken und haben alte Bücher gewälzt.«

»Du magst doch gar keine Oliven, Robert«, unterbrach ich Helmut.

»Doch!«

»Dann iss mal eine.«

Er starrte mich panisch an.

»Du bist fies, Paul!« Meine Schwester steckte sich zwei Oliven von Roberts Teller in den Mund, die noch nicht als Augen verbaut waren. »Der Junge ist eben kreativ.«

»Lass dich nicht von den Unileuten nerven. Du bist zu gut, um dich mit so etwas abzugeben.« Johanna sah Irene auf einmal ernst an.

»Das hast du zu mir noch nie gesagt«, rief ich gespielt beleidigt.

»Du denkst ja auch, dass du zu gut bist, deine Diss zu Ende zu schreiben. Da muss man dich nicht noch unterstützen«, sagte

Irene und grinste mich an. Robert pickte schon wieder eine Olive aus der Schale.

»Sei doch nicht so gemein zu Paul«, sagte Johanna und lachte. »Es geht doch gerade vorwärts mit seiner Karriere.«

»Macht euch nur über mich lustig.«

»Ich meine das ernst.« Sie sah mich ausdruckslos an. Keine Ahnung, was sie gerade dachte.

»Robert, hör auf, dir immer Oliven zu nehmen, wenn du sie nicht essen willst!«

Robert grinste inzwischen ebenfalls und streckte seine Hand schon wieder nach der Olivenschale aus.

»Willst du ihm gleich noch androhen, dass er sofort ins Bett muss, wenn er weiter Oliven klaut?« Irene lud Robert noch mehr Nudelsalat auf den Teller, den er sofort zu essen begann.

»Es tut mir leid, ich kann einfach nicht anders.«

»Es wird Zeit, dass ihr ein Kind bekommt, damit Robert nicht mehr allein die ganze Autorität von Paul abbekommt«, sagte Irene.

Johanna und ich ließen gleichzeitig unser Besteck fallen.

»War nur ein Witz, war nur ein Witz.« Irene lachte. »So, wer will Nachtisch?«

»Ich!«, rief Robert. Ich verkniff mir den Elternsatz schlechthin: Erst, wenn du aufgegessen hast!

Später, die anderen waren schon ins Bett gegangen, saß ich allein mit Irene am Küchentisch. Wir hatten bis eben noch zusammen den Abwasch gemacht und gönnten uns nun ein letztes Glas Rotwein. Zum ersten Mal heute Abend sah ich meine Schwester richtig an.

»Du siehst müde aus«, sagte ich.

»Es ist auch schon spät. Und ich bin so viel Wein nicht gewohnt.«

»Ich meine nicht müde im Sinne von, dass du langsam schlafen gehen solltest, sondern eher allgemein.«

»Sehr charmant.« Sie nahm einen großen Schluck Rotwein.

»Du mutest dir zu viel zu.«

»Ich weiß, das sagt Helmut auch die ganze Zeit. Aber wenn ich mir mal einen Tag freinehme, oder auch nur ein paar Stunden, wird mir sofort langweilig, und ich sehne mich zurück an meinen Schreibtisch. Du kennst mich.«

Ich schenkte uns beiden den letzten Rest aus der Weinflasche ein. »Brauchst du wirklich beides? Das Unterrichten und das Schreiben? Du könntest dich ja einfach auf deine Bücher konzentrieren.«

»Vielleicht mache ich das.« Es klang nicht besonders überzeugend. Ja, ich kannte sie und wusste, dass sie unglücklich würde, wenn ihr Tag nur halb mit Arbeit ausgefüllt wäre. Darum beneidete ich sie. Anfangs hatte mich immerhin die Doktorarbeit noch in Beschlag genommen, ich konnte mich tagelang in Romane vergraben und Sekundärliteratur vergleichen. Neid traf es eigentlich nicht, ich bewunderte Irene. Sie hatte nie damit gehadert, Helmut geheiratet, eine vorzeigbare Wohnung bezogen zu haben, die gleiche Arbeit ihr Leben lang zu machen.

Ich fand es immer erstrebenswert, ein geordnetes Leben zu führen, nicht weil ich irgendwelche seltsamen konservativen Werte verwirklichen wollte, sondern weil ich diese Übersicht mochte. Wie auf einem Berg oder Hochhaus zu stehen, dabei auf eine Stadt herunterzublicken und mit einem Mal zu verstehen, wie sie angeordnet war, wie verschiedene Plätze miteinander verbunden waren, welche Straßen parallel, welche quer zueinander verliefen, und endlich zu erfassen, was man unten, zwischen den Häusern, nicht verstanden hatte. Es ging mir nicht um Berechenbarkeit, weil ich natürlich wusste, dass auch die beste Ehe nicht davor gefeit war, irgendwann in die Brüche zu gehen. Oder die Kinder wurden drogensüchtig oder machten eine Banklehre. Es konnte immer viel schiefgehen. Nein, es ging mir um diesen Überblick, um Klarheit.

»Du siehst dagegen total frisch aus.« Irene lächelte mich müde an. Auch Müdigkeit konnte ein Schutz sein vor der ewigen Reflexion.

»Sehr witzig!«

»Nein, ich meine das ernst. Du wirkst wirklich – wie soll ich das sagen, ohne dass es blöd klingt – ausgeglichen vielleicht. Zufrieden. Das freut mich.«

Ich zuckte mit den Schultern, aber ich ahnte, was sie meinte.

»Lass uns schlafen gehen.« Irene stellte unsere leeren Gläser in die Spüle.

Ich nickte, und wir tapsten durch die dunkle Wohnung in unsere Zimmer.

Ich mochte die Hamburger. Ich mochte ihre entspannte, freundliche Art, die fast schon skandinavische Zurückhaltung und ihren abgeklärten Humor. Nie lachten sie über, sondern nur mit einem. Ich ging gern in die winzigen Kneipen auf der Schanze und in St. Pauli, wo man Bier aus kleinen Flaschen trank, und die eine Gemütlichkeit ausstrahlten, die ich von Berliner Bars nicht kannte. Ich fuhr immer sehr gern nach Hamburg – genauso gern fuhr ich aber auch wieder zurück in meine Heimatstadt.

Johannas Familie stammte eigentlich aus einem kleinen Kaff in Hessen, sie war erst zum Studieren hierhergekommen. Ihre Mutter hatte sich vor über zehn Jahren, nach dem Tod ihres Mannes, Johannas Vater, auf Teneriffa niedergelassen, betrieb dort ein ausgesprochen lukratives Yogastudio und wechselte ihre meist jüngeren Verehrer im Monatstakt. Wir hatten sie einmal besucht, Johanna und sie verstanden sich nicht besonders gut, ihre Mutter warf ihr mehr oder weniger subtil vor, kein so freies und ungebundenes Leben zu führen wie sie. Mit Robert konnte sie auch nicht viel anfangen, und so hatten wir die meiste Zeit zu dritt am Strand verbracht und ihre Mutter kaum gesehen. Johannas Familie bestand nun aus Robert und mir.

Die ikonischen Momente unserer Beziehung hatten woanders stattgefunden, nicht auf Teneriffa und nicht in Hamburg. Wir waren einmal ohne Robert, den wir bei Irene und Helmut gelassen hatten, nach Island geflogen. Nur für ein paar Tage im Herbst, eigentlich keine besonders gute Zeit für einen Urlaub auf dieser kargen Insel. Schon im Sommer erreichten die Temperaturen selten mehr als fünfzehn Grad. Die ersten drei Tage verbrachten wir in Reykjavik, das vielleicht so groß wie Kreuzberg war, und hatten schon nach achtundvierzig Stunden das Gefühl, alles gesehen zu haben, was in dieser winzigen Stadt als »Sehenswürdigkeit« galt. Die Straßen wimmelten vor deutschen Touristen in teurer Trekkingausrüstung, die sich in den unzähligen Outdoor-Läden noch mehr Multifunktionskleidung kauften.

Für die verbleibenden zwei Tage unseres Urlaubs mieteten wir uns ein kleines Auto, mit dem wir auf der malerischen Küstenstraße bis zum Vulkan Snæfellsjökull fahren wollten, dessen schneebedeckten Gipfel man bei schönem Wetter schon von Reykjavik aus im blauen Dunst erkennen konnte. Ein Vulkan, wie man sich einen Vulkan vorstellt, perfekte Kegelform, auf einer malerischen Halbinsel gelegen, die wir mit dem Auto umrunden wollten. Doch je näher wir unserem Ziel kamen, desto bewölkter wurde es, und schließlich verschwand der Gipfel komplett in grauen Wolken, die sich zu riesigen, düsteren Formationen auftürmten. Auch die Straße wurde immer schlechter, unser Kleinwagen schaukelte auf der unebenen Schotterpiste hin und her. Man konnte höchstens fünfzig Stundenkilometer fahren, sonst wurde das Prasseln der Steine am Unterboden des Autos zu laut, zudem musste man permanent erstaunlich tiefen Schlaglöchern ausweichen. Als wir endlich die Halbinsel erreichten, war es bereits früher Nachmittag, und die Umrundung des Snæfellsjökull würden wir heute auf keinen Fall mehr schaffen.

Wir hielten an einem kleinen Parkplatz an. Der Vulkan war jetzt gar nicht mehr zu sehen, verschluckt von tief hängenden Wolken. Ein eisiger Wind ging, wahrscheinlich würde es bald anfangen zu regnen, im Moment schien immerhin noch die Sonne.

»Wie bescheuert, Ende Oktober nach Island zu fliegen.« Johanna schüttelte den Kopf. Es war meine Idee gewesen, sie hatte eher für Südfrankreich oder Italien plädiert.

»Lass uns wenigstens die letzten Sonnenstrahlen ausnutzen.«

Sie nickte, wir zogen unsere Jacken an und wanderten an einem Strand mit fast schwarzem Sand entlang. Das beständige Rauschen der Brandung und des Windes waren die einzigen Geräusche.

»Vielleicht sehen wir ja wenigstens ein paar Seehunde, wenn es schon nichts mit unserer Vulkantour wird«, sagte sie, wieder etwas besser gelaunt. »Im Reiseführer stand, dass es hier jede Menge geben soll.«

Wir ließen unsere Blicke über das dunkelblaue Meer schweifen, ein paar Felsen in der Nähe des Strands, sonst gab es nichts zu sehen. Enttäuscht gingen wir weiter, kletterten über große Steine, die im seichten Wasser lagen, als hätte sie irgendjemand hier einfach hingerollt, überzogen von glitschigen, hellgrünen Algen. Weit und breit war niemand zu sehen.

»Vergiss es, hier gibt es keine Seehunde.« Wir waren bestimmt schon eine halbe Stunde unterwegs. »Es tut mir leid, Island ist furchtbar. Lass uns umkehren, es regnet bestimmt gleich.«

Johanna schüttelte den Kopf. »So schnell gebe ich nicht auf.«

Ich stellte mich auf einen breiten, hohen Felsen und sah auf das Meer. Zwischen hier und Amerika lag nur noch Wasser. Ein paar Möwen kreisten über uns, die Sonne verschwand langsam hinter einer dunklen Wolke, die aus Richtung des Vulkans zum Meer zog. Der Wind wurde noch stärker.

Plötzlich bewegte sich einer der Felsen direkt vor mir.

»Johanna«, rief ich, »das da im Wasser sind gar nicht nur Felsen.« Sie kletterte zu mir hoch, und wir sahen zusammen mit an, wie ein Felsen nach dem anderen zum Leben erwachte. Natürlich nicht die Felsen selbst, sondern nur die riesigen, weiß-grauen Seehunde, die unbeweglich auf ihnen gelegen und sich wahrscheinlich gesonnt hatten. Langsam ließen sie sich nun ins Wasser gleiten.

Es mussten Dutzende sein, der nächste war kaum fünf Meter von uns entfernt. Die ganze Zeit über hatten sie direkt vor uns gelegen.

Johanna trug unsere Taschen die Treppen hinauf, ich den schlafenden Robert. Wir hatten den letzten Zug aus Hamburg genommen, morgen früh würde unser Alltag wieder losgehen.

Wenn wir, nachdem wir verreist waren, die kühle und stille Wohnung betraten, die seltsam vertraut roch, musste ich immer daran denken, wie ich früher vom Urlaub mit meinen Eltern nach Hause kam. Das, auf was ich mich so lange gefreut hatte, war nun unwiederbringlich vorbei; am nächsten Morgen musste ich wieder in die Schule. Nur noch das kalte Bett wartete auf mich. Fremde Orte waren für mich als Kind verträumte, mystische Plätze, unsere Wohnung in Berlin strahlte zwar Geborgenheit aus, barg jedoch nichts Geheimnisvolles – im Gegensatz zum Ferienhaus oder Zeltplatz, wo wir die letzten drei Wochen verbracht hatten.

»Schön, dass wir mal wieder ein Wochenende zusammen verbracht haben«, murmelte Johanna beiläufig, als wir im Schlafzimmer unsere Sachen auspackten. »Irgendwie habe ich das vermisst in letzter Zeit.«

Ich erschrak. Sollte das ein Vorwurf sein? Fand sie, dass ich zu viel Zeit in Leipzig verbrachte? Ahnte sie etwas? Normalerweise sprach sie nicht gern über ihre Gefühle. Wahrscheinlich gehörte das zu ihrem distanzierten Blick auf das Leben.

»Ich fand es auch schön.« Und dann hätte ich es beinah gesagt, hätte ihr von Leipzig und Lea erzählt.

Sie bemerkte es. »Was ist?«

Sie sah mich misstrauisch an. Wirklich misstrauisch? Ich wollte ihr sagen, dass es nichts mit ihr, nichts mit Robert – und sogar nichts mit mir zu tun hatte. Aber dann sagte ich nur: »Ich muss nächstes Wochenende wieder nach Leipzig. Leider.«

»Okay.« Sie nickte und ging ins Badezimmer, und für einen Moment war ich mir sicher: Sie wusste es.

Dann hörte ich Roberts leise Schritte im Flur, er war anscheinend doch noch einmal aufgewacht. Johanna sagte etwas zu ihm, das ich nicht verstand, und sie gingen in sein Zimmer. Ich legte mich auf die kühle Bettdecke und schlief sofort ein.

Am nächsten Tag saß ich in der Mensa, vor mir ein Teller mit Kartoffeln, brauner Honigsoße (offiziell firmierte sie als Pfeffersud) und seltsamen Fleischbällchen, die unter den Studenten und Unimitarbeitern ob ihrer Härte berüchtigt waren. Ein paar Tische weiter ignorierten mich Marie und Lukas, so gut es ging. Ich dachte erst an das Wochenende in Hamburg, an Roberts Gesichter aus Oliven und getrockneten Tomaten, dann an Leas Wohnung und Alice' Kochorgien.

Von der Essenausgabe hörte ich plötzlich Emralds Stimme: »Dann esse ich lieber gar nichts!«

Wahrscheinlich gab es die anderen Gerichte schon nicht mehr – und Emrald hasste die Fleischbällchen. »Statt mit Pflastersteinen sollten die Autonomen am 1. Mai mit diesen Bällchen die Bullen bewerfen«, hatte er das letzte Mal, als sie auf dem Speiseplan standen, gerufen, und ich konnte ihn gerade noch davon abhalten, die Bällchen gegen die Fensterscheibe der Mensa zu pfeffern.

Natürlich entdeckte er mich sofort unter der Masse der Essenden und marschierte zielstrebig auf mich zu, Schenker im Schlepptau, der im Gegensatz zu ihm ein Tablett mit Fleischbällchen und Kartoffeln durch die Tischreihen balancierte.

»Haben Sie keinen Hunger?«, rief ich ihm entgegen.

»Ich halte diesen Mensafraß einfach nicht mehr aus!« Er ließ sich mir gegenüber auf einen Stuhl fallen. Schenker nahm ebenfalls Platz und nickte mir kurz zu.

»Sie können sich ja von Ihrem Stammfranzosen in Charlottenburg ein paar Froschschenkel liefern lassen«, schlug ich vor und steckte mir noch ein Bällchen in den Mund. Vorsichtig biss ich rein.

»Sehr witzig, Ferber! Aber ich freue mich, Sie mal wieder zu sehen. Sie machen sich ja in letzter Zeit rar. Sind wir uns in der letzten Woche überhaupt einmal über den Weg gelaufen? Ich glaube, das letzte Mal habe ich Sie am Telefon gesprochen, während Sie gerade im Zug saßen.«

Er hatte recht. Seinem »dringenden« Gesprächsgesuch war ich die ganze letzte Woche über nicht gefolgt.

»Warum kommen Sie überhaupt noch hierher?«, lenkte ich ihn ab. Ich beobachtete Schenker, er hatte auf seinem Teller alle Speisen streng geometrisch angeordnet, sie bildeten ein gleichschenkliges Dreieck, Robert wäre es eine Freude gewesen, und aß – wie immer – alles nacheinander: erst den Salat, dann die Kartoffeln mit der Soße, schließlich die Bällchen.

Ich schob meinen leeren Teller zur Seite und sah zu Emrald, der sich auf dem Stuhl ausstreckte. »Diese Mensa ist unser Schicksal«, deklamierte er und schlug mit der flachen Hand auf den Tisch. »Wir hassen es, trotzdem müssen wir jeden Tag hingehen und diesen Fraß in uns hineinstopfen. So ist es doch immer: Wir wollen nicht schon wieder einen grottenschlechten Tatort ansehen, wir wollen nicht einmal pro Spielzeit einen verhunzten Shakespeare im Deutschen Theater ertragen, wir wollen nicht zum tausendsten Mal ein Seminar über Schiller halten – aber wir tun es. Weil wir es schon immer getan haben, weil es Routine geworden ist, und der Mensch liebt Routine. Deswegen gehen wir auch in die Mensa. Es ist ein Ritual, mein lieber Ferber. Wir hassen es, aber wir lieben es auch.«

»Also, ich finde es heute gar nicht so schlecht«, sagte Schenker trocken. Emrald sackte augenblicklich in sich zusammen. Niemand verstand es so gut wie Schenker, ihn mit einem einzigen Satz jeglicher Energie zu berauben.

»Kommen Sie mit nach draußen?« Es klang tatsächlich wie eine Frage und nicht wie einer seiner üblichen Befehle. Schenker war inzwischen bei den Bällchen angekommen. Er nickte uns zu und blieb sitzen.

Wir stellten uns vor den Haupteingang des Instituts in die Kälte, und Emrald steckte sich einen Zigarillo zwischen die Lippen. Er wirkte erschöpft und hustete fast bei jedem Zug.

»Ist bei Ihnen alles in Ordnung? Wollten Sie nicht eigentlich das Rauchen aufgeben?«

Er sah mich drohend an. »Sie benehmen sich ja schon wie meine Frau!«

An uns strömten unablässig Studenten vorbei, die aus der Mensa kamen und sich, ebenso wie Emrald, nun eine Raucherpause gönnten.

»Was machen Sie denn die ganze Zeit?« Schon wieder eine ganz normale Frage. Es ging ihm offensichtlich nicht besonders gut, sonst hätte er mir Vorwürfe gemacht, ihm aus dem Weg zu gehen. Er wirkte nach seiner kleinen Rede in der Mensa vollkommen verwandelt.

»Wir haben das Wochenende bei meiner Schwester in Hamburg verbracht.«

Er nickte, machte jedoch keine Anstalten, etwas zu sagen. Vielleicht erwartete er noch weitere Erklärungen von mir, aber ich würde ihm bestimmt nicht von Lea erzählen. Manchmal, vielleicht alle zwei Monate, hatte Emrald einen wirklich schlechten Tag. Wir konnten dann minutenlang schweigend nebeneinanderstehen.

Er rauchte weiter stumm, hustete und schaute ins Leere, während ich die ebenfalls still rauchenden Studenten neben uns betrachtete. Ich wünschte mir dringend einen Kaffee mit einem gehörigen Schuss Rum. Schließlich warf Emrald seinen Zigarillo auf den Boden und drückte ihn etwas zu heftig mit seinen abgewetzten braunen Budapestern aus.

»Ihnen scheint gar nicht bewusst zu sein«, sagte er plötzlich, leiser und sanfter als sonst, »was das für eine wertvolle Zeit für Sie im Moment ist. Wissen Sie, als ich hier nach meiner Paris-Zeit als Dozent anfing, bekam ich mein erstes eigenes Büro zugesprochen, noch schäbiger und kleiner als Ihres, eigentlich nur eine verdammte Besenkammer, aber ich war stolz. Jedenfalls für ein paar Wochen, bis ich merkte, dass mein langhaariger Hippie-Kollege, mit dem ich das Büro teilen musste, grundsätzlich seine Schuhe auszog und den ganzen Tag seltsame Yoga-Verrenkungen übte. Es war fürchterlich. Trotzdem stellte sich, wenn ich dort am Schreibtisch saß und meine Dissertation zu Ende schrieb, ein Hochgefühl ein. Die Zukunft stand offen, es existierten noch Möglichkeiten, Chancen. Ich weiß, das sehen Sie nicht so, aber ich versichere Ihnen, es wird nicht besser werden, sondern im Gegenteil: Es macht alles immer weniger Spaß. Selbst wenn Sie irgendwann ein großes Büro und devote Mitarbeiter bekommen.«

Er drehte sich um, ohne eine Antwort von mir abzuwarten, stieß die Tür auf und verschwand im Foyer.

7

Der Schaffner sah mich ungläubig an.

»Ich weiß auch nicht«, sagte ich. »Es tut mir leid.« Ich durchsuchte meine Jacken- und Hosentaschen, meinen Rucksack – mein Geldbeutel blieb verschwunden. Der Schaffner hatte bereits alle anderen Fahrgäste in meinem Abteil kontrolliert und wartete jetzt nur noch auf mich.

Ich musste mein Portemonnaie am Bahnhof verloren oder – noch schlimmer – bei Lea vergessen haben. Darin steckte auch meine Hin- und Rückfahrkarte Berlin–Leipzig, die ich am Freitag, bevor ich losgefahren war, am Hauptbahnhof in Berlin am Automaten gelöst hatte.

»Sie können sich auch nicht ausweisen?« Der Kontrolleur trug eine randlose Brille, einen seltsamen Minibart unter der Lippe und musste etwa so alt sein wie ich. Trotzdem kam ich mir wie ein unartiger Schüler vor.

»Mein Ausweis befand sich natürlich auch im Geldbeutel.«

Jetzt schien er ratlos.

»Ich kann Ihnen meinen Namen und meine Adresse aufschreiben, und Sie schicken mir eine Rechnung.« Ich sah zu ihm auf und kam mir dadurch noch unterlegener vor. Er stand breitbeinig im Gang, um bei der schwankenden Fahrt des Zuges das Gleichgewicht zu halten.

»Aber ich weiß ja dann gar nicht, ob Sie das dann wirklich sind.«

Wer soll ich denn sonst sein?, hätte ich fast gefragt.

Er nestelte an seiner hässlichen weinroten Krawatte herum. Ihm schien die ganze Situation ähnlich peinlich wie mir. Ich sah wohl nicht wie der typische Schwarzfahrer aus, trotzdem musste seine Autorität ja gewahrt bleiben.

»Genau genommen«, begann er noch einmal mit bedeutungsschwangerer Stimme und legte seine Hand neben meinen Kopf auf die Rücklehne des Sitzes, »fahren Sie schwarz.«

Ich bemerkte, wie die Business-Frau im grauen Hosenanzug neben mir von ihrem Laptop aufsah. Der Managertyp gegenüber nahm seine Kopfhörer aus den Ohren und sah mich neugierig an. Wer war dieser Mann, der den ganzen Betrieb hier aufhielt? Wer war dieser Mann ohne Fahrkarte, ohne Ausweis, ohne amtlichen Nachweis seiner Existenz?

Kurz entschlossen zog ich eine Hausarbeit aus meinem Rucksack, die ich eigentlich dieses Wochenende hätte kontrollieren müssen. Auf dem Deckblatt stand unter dem Titel (*Geschlechterrollen in den Romanen Uwe Johnsons*) mein Name samt Anschrift am Institut. Paul Ferber. Auf einmal schien mir sogar mein eigener Name fremd. Paul. Ferber. Doktorand an der Freien Universität in Berlin, wohnhaft in einer zu kleinen Wohnung in Kreuzberg, auf dem Weg von Leipzig nach Berlin.

Was hatte dieser Mann überhaupt in Leipzig gewollt?

War ich dieser Mann?

Und wer war ich während der einen Stunde, die ich im Zug saß, zwischen diesen beiden Städten?

»Hier, ich arbeite an der Freien Universität.« Ich hielt ihm die Arbeit unter die Nase und kam mir unfassbar dämlich vor. Er atmete erleichtert auf. Irgendein offiziell wirkendes Dokument, damit konnte er arbeiten. Plötzlich war dieser namenlose Mann wieder zu jemandem geworden, der eine Zugfahrt bezahlen konnte. Ein legitimer Fahrgast – jedenfalls beinahe. Der Manager gegenüber steckte seine Kopfhörer enttäuscht in die Ohren.

Als der Schaffner endlich das Abteil verlassen hatte, ging ich auf den Gang und rief Lea an. Sie meldete sich sofort, als hätte sie auf meinen Anruf gewartet oder mich gerade selbst anrufen wollen.

»Dein Geldbeutel liegt hier«, sagte sie ohne Begrüßung. Mir wurde mulmig. »Ich habe ihn in meinem Zimmer auf dem Boden gefunden, er muss wohl aus deiner Jacke gefallen sein.«

»Zum Glück habe ich ihn nicht am Bahnhof verloren«, log ich.

»Ein paar Sachen sind rausgerutscht, deine Bankkarte und so ein …«

»Macht nichts«, unterbrach ich sie. Wir schwiegen eine Weile. Die Business-Frau drängte sich an mir vorbei zu den Toiletten. Sie musterte mich abfällig.

»Wer ist denn das auf dem Foto?« Leas Stimme klang seltsam. Nicht böse oder gereizt, eher zu ruhig, offensiv gefasst.

»Meine Schwester und … ihr Sohn.« Das hätte ich jetzt nicht sagen sollen, schoss es mir sofort durch den Kopf.

Wieder sagte keiner von uns beiden etwas. Draußen vor dem Fenster huschten ein paar Windräder vorbei. Mir schien es plötzlich vollkommen unmöglich, dass wir uns vor einer halben Stunde noch berührt hatten.

»Soll ich dir den Geldbeutel nach Berlin schicken?«, fragte sie schließlich.

»Das wäre gut.« Ich bemerkte, dass meine Stimme ebenso emotionslos klang. »Am besten ans Institut, ich schick dir die Adresse.«

Wir verabschiedeten uns, und ich legte auf.

Auf der Rückseite der Bücher meiner Schwester prangte natürlich ein Autorenfoto von ihr. Lea brauchte sich nur ein Exemplar von Alice ausleihen, und sie wüsste, dass die Frau auf dem Bild in meinem Geldbeutel natürlich nicht Irene Ferber war.

Durch die weißen Vorhänge schien die Sonne auf mein Gesicht. Das klassische Gefühl der Ortlosigkeit nach dem Aufwachen. Ich drehte mich um, neben mir nur zerwühlte Bettwäsche. Leipzig oder Berlin?

Ich sah auf die Uhr, Viertel nach elf, ich konnte mich nicht erinnern, wann ich das letzte Mal so lange geschlafen hatte. Warum hatte mich Johanna nicht geweckt? Sie wollte Robert zwar heute auf dem Weg ins Büro in die Kita bringen, aber sonst half ich ihr morgens trotzdem. Und Robert verabschiedete sich normalerweise auch immer von mir, selbst wenn ich noch etwas länger im Bett lag. Undeutlich erinnerte ich mich an ein kurzes Gespräch mit Johanna heute früh und an einen Abschiedskuss von Robert. Oder hatte ich das geträumt?

Das Foto, dachte ich plötzlich. Das alte Foto von Robert und Johanna. Ich schaltete mein Handy ein. Kein Anruf in Abwesenheit, keine SMS, keine Mail. Ein gutes Zeichen, versuchte ich mir einzureden.

Langsam stand ich auf, öffnete die Vorhänge, schlurfte in die Küche und setzte Kaffee auf. Obwohl ich heute kein Seminar halten musste, beschloss ich, später in die Uni zu fahren. Ich könnte bei Emrald vorbeischauen, das würde mich zumindest ablenken.

Ich stellte mich ans Küchenfenster, trank den heißen Kaffee und sah in den stillen Hinterhof hinunter. Sollte ich Lea anrufen? Oder wenigstens eine SMS schreiben? Was konnte ich ihr schon sagen? Mir würden tausend Ausreden einfallen, hätte ich nicht schon gestern am Telefon gelogen. Und wüsste Lea das nicht. Man konnte nur die Wahrheit mit einer Lüge verdecken, doch eine Lüge, die schon als Lüge entlarvt worden war, blieb immer eine Lüge. Ich hatte Alice' Ratschlag nicht beachtet, auch wenn sie es sicher anders gemeint hatte.

Ich fuhr mit der U-Bahn zur Universität und versuchte dabei Zeitung zu lesen, konnte mich jedoch kaum auf die Artikel konzentrieren. Als ich am Institut ankam, ging ich sofort zu Emralds Büro. Es war abgeschlossen, obwohl seine nächste Veranstaltung erst in einer Stunde begann. Ich sah auf der Treppe vor dem Institut und im Innenhof nach, seine liebsten Raucherplätze, auch dort fand ich ihn nicht. Er hatte heute Morgen schon eine Vorlesung gehalten, musste also an der Uni sein.

Ich legte meine Sachen im Büro ab und checkte meine E-Mails. Lea hatte nicht geschrieben, ich starrte bestimmt fünf Minuten das Mail-Postfach an. Auf einem Stapel neben dem Computer lagen Hausarbeiten, die ich noch kontrollieren musste, am besten noch diese Woche. Wie immer hatte ich es bis zuletzt aufgeschoben. Ich nahm die Arbeit aus meinem Rucksack, die mich gestern im Zug vor weiteren Demütigungen gerettet hatte, und begann sie zu lesen. Nach drei Absätzen brach ich wieder ab, ich konnte mich noch weniger auf die üblichen, aus Sekundärliteratur zusammenkopierten Interpretationen konzentrieren als sonst.

Ich versuchte es noch einmal bei Emrald, seine Tür war immer noch abgeschlossen. Vielleicht sollte ich es mal in der Mensa probieren, aber eigentlich war längst keine Mittagessenszeit mehr.

Die Tür zu Schenkers Büro, gleich nebenan, stand wie immer offen, und er saß hinter seinem Computer. Sein gelber Fahrradhelm lag auf dem Tisch in der Mitte des Zimmers. Ich klopfte leise an, und er drehte sich zu mir um.

»Ist Emrald schon nach Hause gefahren?«

Plötzlich fiel mir auf, dass ich seinen Vornamen nicht wusste. Wir waren ohnehin per Sie, doch ich kannte diesen Mann schon seit Jahren, ohne ihn je danach gefragt zu haben.

»Sie hat niemand benachrichtigt?« Er sah mich wie immer ausdruckslos an. »Professor Emrald ist für die nächsten Wochen krankgeschrieben. Wahrscheinlich sogar für das ganze restliche Semester.«

Ich setzte mich auf einen Stuhl, der vor dem Tisch in der Mitte stand, und betrachtete den Fahrradhelm.

Schenker stand von seinem Schreibtisch auf. »Er liegt in der Charité. Machen Sie sich keine Sorgen, es war nur ein leichter Herzinfarkt, er wurde gestern Vormittag eingeliefert.«

Ich stand ebenfalls auf und ging auf Schenker zu. Wenn es sich nur um einen leichten Herzinfarkt handelte, warum wurde er dann womöglich bis zum Sommer krankgeschrieben? Ich war unfähig, diese einfache Frage zu stellen. Auf einmal fühlte ich mich schuldig, ihm die letzten Wochen aus dem Weg gegangen zu sein.

»Im Moment kann er noch keinen Besuch empfangen. Außer seiner Frau lassen sie niemanden zu ihm. Wahrscheinlich können Sie ihn im Laufe der Woche besuchen.« Er hielt inne. »Wenn Sie wollen.«

Leise bedankte ich mich und ging zurück zu meinem Büro.

Als Erstes rief ich Lea an, jetzt hatte ich ja einen Grund. Sie ging nicht an ihr Handy, wahrscheinlich saß sie in der Bibliothek. Ich ließ so lange klingeln, bis ihre Mailbox ansprang, und sagte nur, dass sie mich zurückrufen solle.

Johanna nahm dagegen sofort ab. »Was ist los?«

»Emrald liegt im Krankenhaus.«

»Was ist passiert, geht's ihm gut?« Sie klang ehrlich besorgt.

»Ich weiß auch nicht genau, Schenker hat was von einem Herzinfarkt gesagt. Nur leicht. Man darf ihn noch nicht besuchen.«

»Wie alt ist Emrald eigentlich?«

Ich hatte tatsächlich keine Ahnung.

»Sechzig?«, riet ich.

»Gesund hat er nicht gelebt.«

»Was soll das denn heißen? Noch ist er nicht tot!«

»Es tut mir leid. Ist bestimmt nicht so schlimm.«

»Ja«, sagte ich, mehr fiel mir nicht ein. Ich dachte an seine Pläne, mit dem Rauchen aufzuhören. Die Ratschläge seines Arztes, etwas Sport zu treiben, die er natürlich in den Wind geschlagen hatte, die ewigen Vorwürfe seiner Frau, er trinke zu viel. Natürlich lebte Emrald nicht gesund, aber er lebte doch auch nicht gefährlich.

»Mach dir nicht zu viele Sorgen, Paul. Emrald ist zäh.«

Ich nickte unwillkürlich, obwohl das beim Telefonieren natürlich albern war.

»Fährst du nach Hause? Sollen wir uns später treffen?«

»Ich weiß nicht. Ich muss Hausarbeiten kontrollieren. Warum hast du mich eigentlich heute Morgen nicht geweckt?«

»Hab ich versucht. Du warst einfach nicht wach zu kriegen.«

Wir schwiegen ein paar Sekunden.

»Ich muss gleich ins Studio zu einer Aufnahme. Willst du seine Frau anrufen?«

»Eher nicht, ich kenne sie ja kaum.«

Johanna und ich waren ein einziges Mal bei den Emralds zu einem etwas förmlichen Abendessen eingeladen gewesen, sonst beschränkte sich die Beziehung zwischen Emrald und mir auf die Universität. Keiner von uns war je auf die Idee gekommen, das Siezen aufzugeben.

»Dann bis heute Abend.«

Eine Weile saß ich regungslos in meinem Büro, die Hausarbeiten rührte ich nicht an, surfte stattdessen sinnlos im Internet. Wenn Emrald länger wegblieb, geriet meine Stellung hier an der Uni ins Wanken. Ein egoistischer Gedanke vielleicht; doch kam er nicht zurück, ging womöglich in den vorzeitigen Ruhestand, musste ich mich eigentlich sofort nach einem neuen Job umsehen. Allerdings konnte ich mir die Uni sowieso nicht ohne Emrald vorstellen, ohne die Nachmittage in seinem Büro schien mir das alles hier auf einmal ziemlich sinnlos. Ich beschloss, für heute Schluss zu machen, und packte meine Sachen zusammen. Als ich gerade in die U-Bahn stieg, rief Lea zurück.

»Was ist los?«, fragte sie.

Ich konnte erst nicht antworten. Ihr Tonfall klang genauso wie Johannas.

»Hallo?«

»Ich bin in der U-Bahn, die Verbindung ist schlecht«, log ich und erzählte dann von Emralds Herzinfarkt. Ich nannte seinen Namen nicht, bezeichnete ihn wie immer nur als »meinen Chef«. Sie fragte auch jetzt nicht nach und drückte etwas förmlich ihr Mitleid aus, dann ging uns der Gesprächsstoff aus – was sonst eigentlich nie vorkam. Lea erzählte immer irgendwas, oder wir sprachen über Bücher, die wir beide gelesen hatten oder über Serien, die wir noch sehen wollten. Oder versicherten uns überschwänglich, wie sehr wir uns gerade vermissten.

Die U-Bahn fuhr in den nächsten Bahnhof ein, und ich stieg einfach aus.

»Bist du noch dran?«, fragte Lea, als ich die Treppen hochhastete. Rüdesheimer Platz. Einer dieser Namen auf meiner täglichen Fahrt zur Arbeit, und zum ersten Mal stieg ich hier aus. Ein kleiner Park, ruhige Straßen, alles wirkte wie in Westdeutschland.

»Wie alt ist denn dein Chef?« Ich zuckte zusammen. Die gleiche Frage.

»Neunundfünfzig«, antwortete ich.

Ich dachte wieder an das Foto. Die Nachricht von Emralds Herzinfarkt hatte diesen Gedanken kurzzeitig verdrängt. Ich wusste nicht, was ich sagen sollte, ich traute mich nicht einmal, sie zu fragen, ob sie den Geldbeutel schon losgeschickt hatte. Gar nicht erst den Geldbeutel ansprechen, lautete das Mantra, das ich mir ständig im Kopf vorsagte. Sie wird ihn schicken, ich werde mich bedanken, und wir werden die ganze Geschichte vergessen.

»Mach dir keine Sorgen. Wenn es sich nur um einen leichten Infarkt handelt, dann ist er in ein paar Wochen wieder auf dem Damm.«

Mich überkam ein ähnliches Gefühl wie heute Vormittag nach dem Aufwachen, als ich für ein paar Sekunden nicht wusste, wo ich mich befand. Leipzig, Berlin, Johanna, Lea, alles vermischte sich plötzlich. Ich setzte mich auf eine Bank.

Eigentlich musste sie es wissen. Nur war es noch schlimmer, als sie vielleicht schon vorher vermutet hatte: Ich hatte sogar ein Kind – nicht nur eine andere Frau in Berlin, nein, sogar einen süßen kleinen Sohn. Warum hatte ich bloß das Foto im Geldbeutel gelassen? Warum hatte ich es überhaupt jemals reingesteckt? Ich besaß unzählige Fotos auf meinem Handy, von Johanna und vor allem von Robert. Alle natürlich schon vor Wochen auf den Computer kopiert, obwohl ich Lea nie zugetraut hätte, dass sie in meinen Sachen rumschnüffelte. Nur dieses Foto. Uralt, halb zerrissen, Robert darauf knapp drei Jahre alt, hatte ich in meinem Geldbeutel vergessen. Es zeigte ihn im Skianzug, wir waren auf dem Kreuzberg Schlitten fahren gewesen, und er saß mit Johanna im Schnee. Sehr niedlich sah das aus, beide mit vor Kälte leicht geröteten Gesichtern, und Robert grinste breit. Ich hatte das Foto ausnahmsweise ausgedruckt, zuerst an die Wand gegenüber meines Schreibtischs im Büro gepinnt und schließlich in den Geldbeutel gesteckt.

»Paul, bist du noch dran?«, riss mich Lea aus meinen Gedanken.

»Ich vermisse dich«, sagte ich.

Lea sagte nichts. Sagte nicht wie sonst, dass sie mich auch vermisste und dass sie mich am liebsten sofort wiedersehen wollte.

»Lea?«

»Ich muss mal wieder zurück in die Bibliothek.« Wieder dieser kühle Tonfall, wie gestern.

Beinahe hätte ich jetzt doch das Foto angesprochen, hätte irgendwelche Ausreden erfunden, es auf die schlechte Verbindung im Zug geschoben, das Foto sei natürlich nicht von meiner Schwester, sondern von meiner Cousine, was weiß ich – doch Lea hatte schon aufgelegt.

Ich stand auf und schlenderte in den Park, bog schließlich in eine kleine Straße ein. Diesen Teil von Berlin kannte ich nicht, war das Wilmersdorf? Oder ein anderer seltsamer West-Stadtteil, in den man sich nie verirrte, wenn man nicht hier wohnte?

Ohne es zu merken, war ich wohl im Kreis gegangen, denn ich stand plötzlich wieder vor dem Bahnhof Rüdesheimer Platz, unter mir ratterte die U-Bahn. Ich widerstand dem Drang, Lea sofort noch einmal anzurufen, mich zu entschuldigen oder über etwas vollkommen anderes zu reden, sondern setzte mich einfach in die nächste Bahn und fuhr nach Hause.

Als ich die Tür zu unserer Wohnung aufschloss, bekam ich eine SMS. Mir fiel beinahe das Handy aus der Hand, so schnell zog ich es aus der Tasche.

»Übrigens habe ich vorhin erfahren, dass es mit New York klappt. Bald bin ich weg.«

8

Johanna atmete ruhig und regelmäßig. Sie lag neben mir im Bett, unbeweglich und starr, es schien fast, als würde sie sich schlafend stellen. Dabei schien sie zu lächeln. So sah sie immer aus, in Wirklichkeit schlief sie tief und fest. Ich müsste sie im wahrsten Sinne des Wortes wach rütteln, falls ich sie jetzt wecken wollte.

Draußen begannen die ersten Vögel zu zwitschern, obwohl es noch nicht dämmerte. Ich würde nicht mehr einschlafen können. Wie so oft in den letzten Wochen dachte ich auch jetzt wieder über meinen Plan nach, von dem ich Johanna gestern endlich erzählt hatte. Es gab immer wieder Auswege und kafkaeske Büsche, in die man sich schlagen konnte, ich wunderte mich selbst.

Robert sollte während der Semesterferien vier Wochen bei seinem Vater verbringen, erst in Frankfurt, schließlich würden sie zusammen in den Urlaub nach Griechenland fliegen. Für Johanna dagegen würde der Sommer besonders stressig und arbeitsintensiv werden, mehrere aufwendige Hörbuchproduktionen standen an. Ihre Chefin fuhr allerdings in die Ferien, sodass sie im Verlag auf sich allein gestellt war. »Ich werde sie umbringen! Aber erst langsam foltern«, war Johannas einziger Kommentar gewesen.

Alle waren verplant, nur ich hatte nichts zu tun, wenn das Semester in ein paar Wochen zu Ende ging. Wir hatten immerhin überlegt, im Spätsommer zu dritt ein kleines Haus in Brandenburg zu mieten.

Ich stand auf, versuchte besonders leise die Schlafzimmertür zu öffnen, obwohl Johanna ohnehin nicht aufwachen würde, und schlich barfuß in die Küche. Inzwischen war es hell geworden, ein weiterer sonniger Frühsommertag brach an. Ich schaltete mein Handy ein und checkte meine E-Mails, Lea hatte natürlich immer noch nicht geschrieben. Ich wusste nicht einmal, ob sie noch in Deutschland war. Auf dem Küchentisch lag mein Geldbeutel, den sie mir vor ein paar Wochen geschickt hatte, kommentarlos. Das Foto von Robert und Johanna hatte ich herausgenommen und an die Wand neben meinem Schreibtisch gepinnt, auch wenn es jetzt keinen Unterschied mehr machte.

Müde beobachtete ich am Fenster stehend und meinen Kaffee trinkend, wie nach und nach das Hinterhaus erwachte und müde Gestalten in den Fenstern gegenüber auftauchten. Robert hatte sich noch nicht gemeldet, war noch nicht hellwach in die Küche gerauscht – für diese Zeit eher ungewöhnlich. Vielleicht gehörte seine Zeit als Frühaufsteher endlich der Vergangenheit an. Spätestens in einer halben Stunde müsste ich ihn wecken, damit er pünktlich in die Kita kam. Um kurz vor sieben hörte ich schließlich die Schlafzimmertür.

»Bist du schon lange wach?«, fragte Johanna und lehnte sich an den Rahmen der Küchentür. Sie trug ein langes, weißes T-Shirt, das einmal mir gehört hatte, ihre Beine waren nackt. Wie jeden Morgen sah sie frisch und erholt aus, bereit für den Tag, nur ihre Augen wirkten noch ein wenig verschlafen. Eigentlich fand ich sie kurz nach dem Aufwachen am schönsten.

Ich schüttelte den Kopf und goss ihr Kaffee ein. Wir küssten uns beiläufig.

»Ich glaube, ich gehe heute zu Emrald. Schenker meinte, es gehe ihm besser. Was immer das heißen soll.«

Sie nahm vorsichtig einen Schluck aus der Tasse. »Ist Robert noch nicht aufgestanden?«

»Er entwickelt sich zum Langschläfer.«

»Bestimmt nicht.« Sie lächelte. »Willst du Emrald fragen, was er davon hält, dass du nach New York gehst?«

Eigentlich würde mich viel mehr interessieren, was sie davon hält, *wirklich* davon hält. Gestern war ich aus ihrer Reaktion mal wieder nicht so recht schlau geworden. Natürlich passte alles perfekt, und sie unterstützte mich, trotzdem handelte es sich immerhin um eine Entscheidung, die für sie überraschend kommen musste. Doch sie hatte sich nichts anmerken lassen.

»Emrald hatte mal einen Mitarbeiter, der jetzt an der Columbia University in New York Dozent ist. Vielleicht kann er mich mit dem in Kontakt bringen, ich glaube, der forscht sogar über Nachkriegsliteratur.«

Das war nicht einmal gelogen. Johanna nickte nur abwesend, sie schien schon an etwas anderes zu denken, wahrscheinlich an die Aufnahmen, die sie heute betreuen musste. »Ich weck mal Robert«, sagte sie schließlich und stellte die leere Tasse in die Spüle.

Ich sah wieder hinaus in den Hinterhof und trank den letzten Schluck des inzwischen lauwarmen Kaffees.

Auf dem langen Gang war niemand zu sehen. Das Neonlicht der Deckenbeleuchtung spiegelte sich auf dem weißen Linoleumboden. Die hellen, massiven Holztüren, alle geschlossen, erinnerten mich an die Uniflure der FU. Ein fahrbares Bett stand an der Wand, leer natürlich. Es roch nach Desinfektionsmittel und Essen.

Ich studierte die Namensschilder neben den Türen. Krankenhäuser beruhigten mich. Falls mir etwas zustoßen würde, so mein kindlicher Gedanke, hielt ich mich immerhin schon am richtigen Ort auf.

»Prof. Emrald« stand auf dem kleinen Plastikschild, so wie neben seinem Büro. Ich zögerte kurz, bevor ich klopfte. In der Uni hatte ich seine Tür immer einfach aufgerissen. Er saß grundsätzlich an seinem Schreibtisch und sah zur Tür, als hätte er nur auf mich gewartet.

Emrald saß aufrecht im Bett und trug einen grauen Tweed-Dreiteiler mit weinroter Krawatte. Auf seinem Schoß lag die *Auslöschung* von Bernhard, sein Lieblingsbuch seit Jahren. Seine Lesebrille war bis auf die Nasenspitze gerutscht. Die grauen Haare standen leicht wirr vom Kopf ab. Er sah fabelhaft aus.

»Ferber! Das ist ja eine Überraschung!« Ein Lächeln huschte fast unmerklich über sein Gesicht. Auf den zweiten Blick wirkte er älter, vielleicht auch nur erschöpft, jedenfalls nicht mehr ganz so imposant.

»Sie sehen gut aus! Jedenfalls besser, als ich erwartet hatte.«

»Das nehme ich mal als Kompliment.« Er setzte seine Brille ab und betrachtete mich eingehend, als sei ich in Wahrheit der Kranke, den es zu diagnostizieren galt. »Sie sehen dagegen eher so mittel aus, wenn ich das sagen darf.«

Ich ließ mich auf einen Stuhl gegenüber seinem Bett fallen. Emrald hatte sich natürlich ein Einzelzimmer gegönnt. Die Einrichtung entsprach den Krankenhausklischees: ein Holzfurniertisch mit Spitzendecke, drei Stühle darum, das Fenster mit halb geschlossenen Jalousien. Auf einem fahrbaren Plastiknachttisch stapelten sich mehrere Bücher, das Feuilleton der FAZ lag obenauf. Entweder es hatte niemand Blumen mitgebracht, oder er hatte sie gleich an die Schwestern weiterverschenkt.

»Ich habe Ihnen die schrecklichsten Pralinen mitgebracht, die es unten im Kiosk zu kaufen gab.« Ich reichte ihm eine Schachtel mit Pralinen in Meerestierform.

Er lachte sein scheppperndes Lachen, vielleicht etwas leiser und schwächer als sonst. Die Krankenhausgemütlichkeit schien alles zu dämpfen.

»Wenn sie wenigstens mit Schnaps wären! Die weigern sich beharrlich, mir auch nur den kleinsten Tropfen Rum oder Whiskey zu bringen.«

»Wahrscheinlich zu Recht.«

»Ach, was wissen Sie schon?« Er machte eine wegwerfende Handbewegung. »Stellen Sie sich vor, diese jungen, wahnsinnig dynamischen Ärzte hier, gerade von der Universität wahrscheinlich, glauben mir nicht einmal, dass ich längst mit den Zigarillos aufgehört habe.« Er lachte wieder, lauter dieses Mal.

»Ist denn wirklich alles wieder in Ordnung, oder belügen Sie mich wie immer?«

»Mir geht es gut!« Er klopfte sich mit der Faust gegen die Brust und zwinkerte mir dabei zu. »Zweimal täglich kommen die Weißkittel und messen Dutzende Werte, von denen ich noch nie im Leben etwas gehört habe. Ich werde bestens versorgt. Aber Sie, mein lieber Ferber, scheinen völlig verrückt geworden zu sein. Wann wollen Sie denn nach New York fliegen?«

Woher hatte er das schon wieder erfahren? Wahrscheinlich von Schenker, bei dem ich ja meinen Urlaubsantrag einreichen musste.

»Erst in den Semesterferien.«

»Das ist in nicht einmal zwei Wochen! Bleiben Sie dann auch gleich noch die ganzen Ferien weg? Ihre Arbeitsmoral befindet sich im freien Fall, Ferber. Und ich dachte, Sie wären ohnehin schon ganz unten angekommen.«

»Können wir zur Abwechslung einmal über Sie reden? Ich erinnere Sie ungern, aber Sie hatten einen Herzinfarkt! Ich fahre nur in den Urlaub.«

Emrald schüttelte mit gequältem Gesichtsausdruck den Kopf. »Da steckt doch etwas anderes dahinter.«

Ich versuchte es mit vernünftigen Argumenten, die ihn grundsätzlich nicht überzeugten: »Eine neue Umgebung ist doch auch nicht schlecht. Vielleicht kann ich dort sogar wieder mit der Arbeit an der Diss anfangen. Lindemann lebt doch auch in New

York, erinnern Sie sich? Er ist als Dozent an die Columbia gegangen.«

Er schlug mit der Hand auf den Bücherstapel. Wahrscheinlich hatte er nicht einmal zugehört. »So wie sich das anhört, fährt Ihre Freundin nicht mit, was? Einer muss ja Geld verdienen.«

»Sie haben mir doch geraten, aus Berlin abzuhauen«, erinnerte ich ihn an ein Gespräch, das er bestimmt schon längst vergessen hatte.

»Ich?«, rief er, ernsthaft entsetzt. »Wenn ich so etwas gesagt habe, dann habe ich es bestimmt ganz anders gemeint, und Sie haben es wie üblich nicht verstanden. Da muss etwas anderes dahinterstecken, Ferber. Erzählen Sie mir alles!«

»Da steckt nichts dahinter.« Langsam bereute ich es fast, ihn besucht zu haben. Immerhin schien es ihm wieder bestens zu gehen, je länger ich ihn beobachtete, desto gesünder wirkte er. Wahrscheinlich hatte er in seinem Nachttischschrank auch schon wieder eine Rumflasche gebunkert, von seinem Gejammer über anstrengende Jungärzte glaubte ich ohnehin kein Wort. Wie ich ihn kannte, tanzte das Krankenhauspersonal geschlossen nach seiner Pfeife.

»Vielleicht bekommt Ihnen diese ständige Beschäftigung mit Literatur nicht mehr. Ich habe schon ganz andere scheitern sehen. Die Literaturwissenschaft ist vielleicht der härteste Job, den man sich als Schwächling aussuchen kann. Und was sind wir anderes als Schwächlinge?« Seine Augen funkelten. Es ging wieder los.

»Wollen Sie mir damit auf eine besonders nette Weise mitteilen, dass ich mir einen anderen Beruf suchen soll? Oder überhaupt so etwas wie einen Beruf?«

»Das meine ich nicht, Ferber! Denken Sie mit!« Er schüttelte augenrollend seinen Kopf. »Wir Literaturwissenschaftler interpretieren ständig die Ideen und intellektuellen Auswüchse der großen und leider auch nicht allzu großen Autoren. Und was machen die? Sie entwerfen diese Welten, die wir durchleuchten und schließlich kritisieren, wenn sie nicht kohärent sind. Das ändert aber nichts daran, dass wir uns in ihnen aufhalten, in ihnen leben. Es handelt sich nicht um unsere eigenen Welten, wir kennen uns darin viel schlechter aus als die Schöpfer – auch wenn wir die ganze Zeit behaupten, sie besser zu verstehen. Wir sind nur zu Besuch, doch wir sind der Gast, der bis zum Ende der Party bleibt – und noch darüber hinaus, denn niemand schmeißt uns hinaus in die kalte Nacht der Realität. Wir sind wahrscheinlich noch viel größere Phantasten als die Schriftsteller!«

»Auf was wollen Sie hinaus, Emrald?« Selbst im Krankenhaus hielt er Vorlesungen.

»Dass wir uns nicht zufriedengeben mit dieser einen Welt, in der wir leben, wir brauchen mehr. Wir sind süchtig nach Parallelwelten.«

Ich sah ihn verblüfft an.

»Der gute Lindemann also?«, grummelte er dann. »Ja, stimmt, der ist jetzt Dozent in den Staaten. Der war gar nicht mal so dumm. Und im Gegensatz zu Ihnen sehr fleißig. Fragen Sie Schenker, der hat bestimmt eine Adresse. Mit besten Grüßen von mir. Was auch immer das bringen soll …«

»Danke. Ich brauche einfach eine Auszeit, um mir über ein paar Dinge klar zu werden.«

»Über ein paar Dinge klar werden!« Emrald verzog angeekelt das Gesicht. »Hören Sie endlich auf, so komisch daherzureden, das klingt fast wie aus einem dieser furchtbaren Altherren-Romane von Walser, die Sie neuerdings so mögen!« Er beugte sich vor, und das Stahlbett quietschte. »Das alles interessiert mich nicht. Was steckt wirklich hinter dieser Reise? Eine andere Frau, vermute ich!«

Ich lehnte mich in meinen Stuhl zurück. Durch die Jalousien drang plötzlich ein Hauch von Sonnenlicht.

»Wenn Sie ohnehin schon alles wissen.«

Emrald sprang fast aus dem Bett, seine Stimme überschlug sich: »Natürlich! Ich habe es gleich geahnt! Wer ist es?«

»Mehr werde ich dazu nicht sagen.«

In diesem Moment klopfte es, und der Kopf einer besorgt blickenden Krankenschwester erschien im Türspalt. »Herr Professor, Zeit fürs Abendessen.« Sie lächelte, als hätte sie sich seit Stunden darauf gefreut, dem charmanten Herrn Professor Emrald sein Abendessen zu bringen und ein wenig mit ihm zu plaudern.

»Dann mache ich mich mal wieder auf den Weg, *Herr Professor*«, sagte ich und stand schnell auf.

»Wagen Sie es ja nicht!« Emrald streckte seine Hand aus, um mich festzuhalten, doch ich hatte schon die Tür erreicht, durch die die Schwester gerade mit einem voll beladenen Tablett ins Zimmer marschierte. Das Essen roch süßlich wie in der Mensa.

»Guten Appetit und gute Besserung«, rief ich noch und stand schon auf dem leeren Flur. Drinnen hörte ich ihn weiterzetern. Ich drehte mich nicht noch einmal um.

Als ich das Krankenhaus verließ und eine Gruppe rauchender Patienten in Bademänteln neben dem Eingang passierte, einer sogar mit einem Tropfständer neben sich, versuchte ich zum gefühlt tausendsten Mal Lea anzurufen.

Wie immer ging nur ihre Mailbox ran. Ich hinterließ keine Nachrichten mehr. Wahrscheinlich war sie längst nach New York geflogen. Ich musste warten.

Dritter Teil

Abstand

Natürlich hatte mir die Zeit im Krankenhaus zugesetzt. Besonders diese herrlichen Sommernachmittage, wenn die Sonne durch die Jalousien in mein Zimmer schien und ein helles Strichmuster auf den dunkelblauen Linoleumboden zauberte, stießen mich in eine bis jetzt unbekannte Depression. Die Stühle aus billigem Holzfurnier schimmerten fast golden im Sommerlicht, alles sah gar nicht mehr so trist aus, selbst der kleine, quadratische Tisch mit dem unerbittlichen Stickdeckchen und den neongelben Plastikblumen. »Auf der Welt sein: Im Licht sein.« *Homo Faber*, natürlich.

An solchen Tagen überkam mich eine verdammte Angst, hier nicht mehr lebend herauszukommen.

Ein Herzinfarkt, wenn auch nur leicht (darunter konnte ich mir nichts vorstellen, entweder Herzinfarkt oder nicht), »damit ist nicht zu spaßen« - die Ärzte wurden nicht müde, diesen Plattitüde mit ernster Miene immer wieder zu wiederholen. Selbstverständlich Unsinn, den nur Naturwissenschaftler verzapfen konnten: Wenn mit etwas *zu spaßen* ist, dann mit Krankheit und Tod! Oder sollen wir den Tod allein den Kitsch- und Pathos-Fabrikanten überlassen? Oder den Pfaffen mit ihrem Leben-nach-dem-Tod-Gerede?

Ich konnte die Ärzte kaum auseinanderhalten in ihren weißen Kitteln, das Stethoskop lässig um den Hals drapiert, als handle es sich um eine Art Schmuck, der ihnen Wichtigkeit verleiht - und Weisheit. Gütig lächelnd standen sie jeden Morgen vor meinem Bett und sahen auf mich herab, als handelte es sich bei mir um ein besonders interessantes Forschungsobjekt. Grundsätzlich hatten sie es eilig, trotzdem ließen sie sich nicht aus der Ruhe bringen. Das bewunderte ich an ihnen sogar, diese fast majestätische Ruhe, die sie über die alltäglichen Dinge erhob - sie hatten mit Leben und Tod zu tun, da erschien alles andere wohl weniger dramatisch. Manchmal kamen sie auch in Rudeln, mit einem Chefarzt an der Spitze, der mich angrinste, als wären wir vom gleichen Schlag. Ich mochte die jungen Assistenzärzte lieber, sie erinnerten mich an Ferber. Wie er wirkten sie gleichzeitig überfordert und gelangweilt.

Ich ließ ihre Prozeduren über mich ergehen, was blieb mir auch anderes übrig? Immerhin fragten sie nie, wie es »uns« denn heute gehe. Dieses Klischee blieb mir erspart. Ich fragte nicht nach, wie es um mich stand, was sollte ich schon mit irgendwelchen Werten und Statistiken anfangen? Selbst Walter Faber erkennt im Krankenhaus schließlich, dass ihm seine Rationalität, seine Statistiken nicht mehr weiterhelfen. Was nützt einem schon eine 94,6-prozentige Chance auf vollständige Genesung, wenn man zum Rest gehört? Alles nur Zufall, im besten Fall Schicksal. »Es stimmt nichts«, sagt er am Ende. Die Mathematik hat noch niemanden gerettet.

Wobei ich mich auf Zufälligkeiten nicht ausruhen sollte. An Warnungen hatte es schließlich nicht gefehlt: Die Zigarillos! Der Rum! Das fettige Essen! Die Wut! Meine Frau, mein Hausarzt, Schenker, manchmal sogar der immer mehr abwesende Ferber hatten mich beständig auf meinen ach so ungesunden Lebenswandel hingewiesen. Irgendwann versteckte Schenker (ich hatte keine Beweise, aber wer sonst?) sogar den Rum. Selbst meinen Geheimvorrat an Zigarillos (im Regal hinter *Der Atem* von Bernhard) war manchmal verschwunden. Wie abgeschmackt war das denn, wie vorhersehbar? Lag es wirklich an meinem ach so ungesunden Lebenswandel, dass ich einen *leichten* Herzinfarkt erlitt? Das Leben schien noch einfallsloser und langweiliger als ein Roman von Walser. Doch es gab naturgemäß keine Alternative. Sollte ich mich in einen Jogginganzug zwängen und durch den Tiergarten laufen? Im

Biomarkt Vollkornnudeln kaufen? Oder Yoga machen? Jeden Morgen mit einem Sonnengruß beginnen? Noch verfüge ich über einen letzten Rest Selbstachtung.

Darüber hinaus hatte mich an meinem letzten Tag in der Klinik ein Gespenst heimgesucht. Es erschien zwar nicht wie im *Hamlet* im Dunkel der Nacht, versteckt hinter dem Visier einer Ritterrüstung, sondern rief mich ganz profan an. Erst hatte ich gar nicht rangehen wollen, was konnte es schon sein, außer sorgenvolles Nachfragen, wie es mir denn jetzt gehe nach meinem leichten Herzinfarkt? Jegliches Mitleid hatte ich mir von Anfang an verbeten. Noch war ich bei Sinnen, noch war ich nicht in dieser fürchterlichen Entwicklung begriffen, die uns allen naturgemäß bevorsteht: sich zurückzubewegen zum Anfang, wieder zum hilflosen Baby zu werden. Ich bewunderte Hemingway dafür, rechtzeitig Schluss gemacht zu haben. Alles andere an ihm ging mir dagegen gehörig auf die Nerven – sein ganzer Männlichkeitsquatsch! Stierkämpfe? Was soll denn bitte das? Gut, mit seiner reduzierten Sprache konnte ich mich noch anfreunden. Wichtig übrigens für viele deutschsprachige Nachkriegsautoren, dazu hatte Ferber mal einen schönen Text geschrieben vor Jahren, als er noch schrieb. Überhaupt Ferber. Endlich hatte er zugegeben, dass hinter seinem seltsamen Verhalten die Beziehung mit einer anderen Frau stand. Tatsächlich schien er zu glauben, er müsse nichts aufgeben, könne einfach weitermachen wie bisher.

Ich hatte Ferber übrigens nie von meinem Gespenst erzählt.

»Geht es dir gut?« Seine Stimme hatte genauso emotionslos geklungen wie das letzte Mal. Mindestens fünf Jahre war das nun her, auch damals hatten wir nur telefoniert. Wo er wohnte, wusste ich schon lange nicht mehr.

»Wer hat dir gesagt, dass ich im Krankenhaus bin?«

Er schwieg. Wie immer, wenn es um scheinbar komplizierte Dinge ging. Also redete ich: »Mir geht es wieder gut. Es handelt sich nur um einen sogenannten leichten Herzinfarkt.« Ich räusperte mich. »Ich bin in guten Händen.« In guten Händen. Ich musste wirklich aufpassen, mich nicht lächerlich zu machen.

»Ich kann kommen, wenn du willst. Das wäre möglich.« Seiner Stimme fehlte jegliche Betonung, er klang fast wie die Computerstimme des Navigationssystems in meinem Auto, das mich beständig in die falsche Richtung schickte. Laut meiner Frau, weil ich es nicht bedienen konnte.

»Das wird nicht nötig sein.« Was gäbe ich jetzt für einen Zigarillo!

»Okay, wie du willst.« Er klang nicht enttäuscht.

Bei Hamlet ist es der Vater, der den Sohn heimsucht - bei mir ist es andersherum.

Er kam kurz vor meinem Paris-Aufenthalt auf die Welt, und das erste Jahr sah ich ihn nur ein einziges Mal - von Anfang an ein Gespenst. Was ich mit diesem Baby anfangen sollte, das nichts konnte, nicht einmal lächeln, blieb mir ein Rätsel. Dazu kam meine erste Ehe, die den Bach runterging, auch wenn wir es noch zwei, drei Jahre weiterversuchten. Die Dänin in Paris war nur ein Symptom gewesen, einer von vielen Sargnägeln für meine Ehe.

An der Universität wusste bis heute niemand von meinem Sohn, außer Schenker, der sich um meine Finanzen kümmerte und auch die Geldbeträge, die ich ihm in unregelmäßigen Abständen zukommen ließ, überwies.

»Ich arbeite jetzt bei einer Sicherheitsfirma«, sagte mein Sohn.

»Das ist gut.« Was sollte ich darauf antworten? Ihn auf die Ironie hinweisen, dass er, gerade er, nun für Sicherheit zuständig sei?

»Du brauchst mir kein Geld mehr überweisen.« Er hätte auch sagen können: »An der nächsten Kreuzung biegen Sie links ab.« Sollte ich ihn beim Wort nehmen und nicht genau das Gegenteil machen, so wie ich es mir beim Navigationsgerät angewöhnt hatte?

»Das ist auch gut.« Ich hustete, obwohl ich überhaupt keinen Hustenreiz verspürte. Mir fehlten einfach die Worte, es war fürchterlich. Niemand konnte mich so vollständig aus dem Konzept bringen wie er.

Verdankte ich seinen Anruf wirklich nur dem Umstand, dass ich im Krankenhaus lag? Hintergedanken existierten keine? Ich konnte es mir fast nicht vorstellen, doch er schien nichts mehr sagen zu wollen, anscheinend brauchte er wirklich kein Geld. Wir verabschiedeten uns, und ich legte schnell auf.

Mein eigener Sohn war mir fremder geworden als die Doktoranden, die ich einmal im Monat in meiner Sprechstunde sah, als Schenker, als Ferber natürlich. Es war ein schleichender Prozess gewesen, es hatte keinen großen Eklat gegeben, es ist einfach passiert. Wie meistens, im sogenannten Leben. Romane strotzen nur so vor Verwicklungen, Abstürzen, Morden, was weiß ich, doch die Realität ist eben abgeschmackt, man stirbt nicht bei einem terroristischen Anschlag oder wird vom Blitz getroffen. Es gibt keine eifersüchtige Ehefrau, die dich hinterrücks ersticht, zerstückelt und im Vorgarten vergräbt, weil du sie dein halbes Leben lang betrogen hast, nein, am Ende bringen dich die Zigarillos und deine Leberwerte um.

Paul, mein Sohn, er heißt wie Ferber, deswegen habe ich Ferber nie das Du angeboten, war ein fröhliches Kind, die Scheidung schien ihm nichts auszumachen - natürlich widmete ich ihm viel zu wenig Aufmerksamkeit und Zeit. Man wird nicht Professor, wenn man seinen Sohn täglich von der Kita abholt und jeden Kindergeburtstag mitfeiert. Immerhin fuhren wir manchmal zusammen in den Urlaub, Frankreich, einmal reisten wir sogar durch Kanada, vier Wochen, ich glaube, er war zwölf damals. Ein Leben, das ich mir heute kaum noch vorstellen kann.

Doch je älter er wurde, desto mehr entglitt er mir. Er verließ die Schule mit siebzehn - immerhin hat er noch den Realschulabschluss geschafft. Seine Mutter stürzte sich in immer neue ungesunde Beziehungen (unsere war nur die erste einer langen Reihe, inzwischen hatte ich auch zu ihr keinen Kontakt mehr), und ich war mit meiner Habilitation beschäftigt.

Wenn Paul mich besuchte, was immer seltener vorkam, meistens am Wochenende für maximal eine halbe Stunde, fand ich danach meinen Geldbeutel geplündert auf dem Küchentisch wieder. Mein schlechtes Gewissen, mich früher nicht genug um ihn gekümmert zu haben, hielt mich davon ab, ihn zur Rede zu stellen. Einmal fuhr er mein Auto zu Schrott, ich konnte noch froh sein, dass ihm nichts passierte; ich hatte ihm den Schlüssel gegeben, obwohl ich wusste, dass er betrunken war. Seine Mutter rief mich mehr als einmal heulend an, wenn er wieder tagelang nicht zu Hause auftauchte. Trotzdem blieb er stets freundlich, wurde nie laut oder rastete aus. Er zeigte keine Gefühle, sein Gesicht zeichnete sich durch die gleiche Emotionslosigkeit aus wie seine Stimme. Man konnte sich über alles Mögliche mit ihm unterhalten, sogar über Literatur, früher zumindest las er noch. Mit ihm zu reden war nie unangenehm, manchmal sogar kurzweilig, aber danach fühlte ich mich meistens leer. Es blieb einfach nichts hängen.

Als er zwanzig wurde, verschwand er plötzlich ganz. Er rief seine Mutter noch einmal an, aus Spanien, behauptete er, und meldete sich dann drei Jahre lang nicht. Bis heute weiß niemand, was in dieser Zeit vorgefallen ist, wo er sich rumtrieb, wie er überlebt hat. Er weigerte sich einfach, darüber zu sprechen, wischte Nachfragen mit einem trockenen Lächeln weg. Ich vermutete, er nahm Drogen, obwohl er sich nichts anmerken ließ, ich nie einen Hinweis dafür fand. Im Grunde wusste ich nichts über ihn.

Das letzte Mal hatte ich ihn vor etwa zehn Jahren gesehen, er brauchte wieder Geld, er schuldete es einem Freund, behauptete er, später fand ich heraus, dass er es für eine Abtreibung benötigte, sie war wohl erst siebzehn. Er stellte sie mir sogar einmal vor, hübsch natürlich, er sah ebenfalls gut aus, wenn auch in den letzten Jahren immer verlotterter. Verschüchtert saß sie eine halbe Stunde bei mir im Wohnzimmer und trank Orangensaft. Bis ich ihm das Geld gab, machte er wie üblich Versprechungen, endlich einen richtigen Job anzunehmen. Ich versuchte ihn sogar bei der Universitätsverwaltung unterzubringen, aber er verschwand wieder, das Mädchen ließ er ebenso sitzen.

Er wurde immer mehr zu einem Geist, der einen manchmal heimsuchte, wenn man es am wenigsten erwartete. Er saß einfach auf der Treppe vor meiner Haustür, als ich nach Hause kam, oder lehnte morgens an meinem Auto und rauchte gedankenversunken, als wäre er nur zufällig vorbeigekommen, tauchte aus einem schattigen Winkel neben dem Germanistik-Institut auf und lächelte mich an, als wäre dies das Normalste der Welt. Ich gab ihm immer das Geld, um das er mich bat, meistens nur kleine Beträge, selten über fünfhundert Euro. In den letzten Jahren schrieb er einfach gleich Schenker eine Mail. Manchmal vergaß ich, dass es ihn gab. Ich hatte sogar aufgehört, mich deswegen schlecht zu fühlen. Aber wie ein Gespenst, mit dem man sich das Haus teilt, verschwand er nicht ganz, er war da, auch wenn er nicht da war.

Nun hatte er auch unser letztes Band zerschnitten, nicht einmal mehr mein Geld brauchte er. Vermutlich bedeutete sein Anruf in der Klinik eine Art Abschied. Egal, ob ich nun wirklich starb oder nicht. Dass ich noch einmal von ihm hören würde, bezweifelte ich.

Zwei Wochen nach dem seltsamen Anruf erreichte mich die erste Mail von Ferber aus New York. Ich hatte mich dazu herabgelassen, ihm zu schreiben (beziehungsweise Schenker, dem ich die Mail diktierte) und ihn zu informieren, dass er auch ein weiteres Jahr sein Lotterleben an der Uni als wissenschaftlicher Mitarbeiter fristen konnte. Schenker druckte mir seine Antwort aus, da ich mich weiterhin weigerte, mich mit diesen geschmacklosen digitalen Briefen zu beschäftigen. Man sollte seine sogenannten Prinzipien nicht allzu schnell über Bord werfen.

Ferber schrieb von großen Neuigkeiten. Ich wusste schon, um was es sich da handelte. Er klang auf eine seltsame Art zuversichtlich – oder verblendet. Zweifellos hatte er sich irgendwo zwischen den Möglichkeiten, die sich ihm plötzlich zu bieten schienen, verloren. Ich hoffte inständig, er würde nicht auch zu einem Gespenst werden.

9

Die Sonne schien in mein Zimmer, als ich aufwachte. Es gab keine Vorhänge oder Jalousien. Gleichmäßig surrte die Klimaanlage, trotzdem schwitzte ich. Aus dem Nebenzimmer hörte ich leise Stimmen. Ein paar Sekunden lang wusste ich nicht, wo ich mich befand. Ob ich überhaupt schon aufgewacht war oder einfach weiterträumte.

Langsam stand ich auf und ging zum Fenster. Ich konnte kaum glauben, wie klar und blau der Himmel war, wie weit. Gegen diesen Himmel wirkten sogar die Hochhäuser am Horizont wie winzige Flecken auf einer unendlichen, hellblauen Tapete.

Ich hatte ein möbliertes Zimmer in einer WG in Brooklyn gemietet, die sich allerdings als eine Art Hostel herausgestellt hatte. Mein Vermieter hieß Sean und betrieb einen Waschsalon im Erdgeschoss. Als ich gestern nach acht Stunden Flug und unendlicher Wartezeit an der Passkontrolle endlich ankam, antwortete er auf meine Fragen kurz angebunden, aber nicht unfreundlich. Er erzählte mir, wer in den anderen Zimmern wohnte (ein Mexikaner, der Arbeit suchte, ein Italiener, der einen ausgedehnten Urlaub in New York verbrachte, und noch einer, der eben auch hier unterkam, von dem er jedoch nichts wusste), die Namen konnte ich mir nicht merken. Schließlich erklärte er mir noch alles Wichtige in Bezug auf die Wohnung (Miete, Mikrowelle, Klimaanlage) – seitdem war er nicht wieder aufgetaucht. Neben der Küche lag das Badezimmer, recht versifft, aber von den berühmten New Yorker Kakerlaken hatte ich noch kein Exemplar entdeckt. Immerhin war das Zimmer halbwegs bezahlbar und mein Ausblick aus dem sechsten Stock ziemlich spektakulär.

Ich beschloss, die Gegend um die Wohnung zu erkunden. Die kleinen Seitenstraßen lagen still und beschaulich in der Morgensonne, und wie ich so unter den Ginkgobäumen umherwanderte, konnte ich mir kaum vorstellen, dass ich mich tatsächlich in der größten Stadt der USA befand. New York existierte für mich bisher nur als Schauplatz unzähliger Bücher und Filme, nun sah ich es »in echt«, und diese Dopplung ließ alles surreal wirken.

Als ich gestern am Flughafen in einem Pulk deutscher Touristen vor der Passkontrolle wartete, war mir zum ersten Mal bewusst geworden, dass ich die nächsten vier Wochen in einer Stadt verbringen würde, in der ich – außer Lea – niemanden kannte. Noch am Flughafen schrieb ich ihr eine SMS.

Ich kaufte mir in einem der winzigen, scheinbar durchgehend geöffneten Läden eine Dose Gingerale und setzte mich auf eine schmutzige Holzbank in einem kleinen Park.

Lea hatte nicht auf meine SMS geantwortet. Genauso wenig wie auf meine Mails noch aus Berlin, in denen ich ihr von meinem bevorstehenden New-York-Flug berichtete. Sie wusste also von meinem Plan, hierherzukommen. Ich tröstete mich mit dem Gedanken, dass sie immerhin nicht versucht hatte, meine Reise zu verhindern.

Außer einem Obdachlosen war niemand im Park. Nur ein Mann in einem grünen Overall wanderte langsam über den bräunlichen Rasen. Er scannte mit einem Metallsuchgerät langsam den

Boden ab, stoppte alle paar Meter abrupt und grub auf allen vieren kniend mit einer kleinen Schaufel Löcher in den Rasen.

Mein Handy vibrierte. Nervös fummelte ich es aus meiner Hosentasche.

»Was machst du? Können wir bald skypen? Auf einmal bin ich ganz alleine hier … und das ist langweiliger, als ich es mir vorgestellt hatte. Robert ist jetzt auf dem Weg nach Griechenland, alles gut bei denen. Denk an dich!«

Die Wohnung in Kreuzberg, vor allem die abgezogenen hellbraunen Dielen kamen mir in den Sinn. Ich sah Johanna auf diesen Dielen sitzen, obwohl sie sonst natürlich nicht einfach so auf dem Boden saß.

Ich schrieb zurück, dass es sich surreal anfühle, wirklich in New York zu sein, und dass wir morgen skypen könnten, dann beobachtete ich wieder den Mann mit dem Metallsuchgerät. Er hatte gerade etwas ausgebuddelt und prüfte es mit kritischem Blick. Schließlich warf er es weg und begann erneut mit seinem Gerät den Rasen abzusuchen.

Ich zog meinen Pullover aus, es war jetzt schon ziemlich heiß, die Reiseführer hatten natürlich recht, Ende Juli fuhr man nicht nach New York. Was sollte ich jetzt tun? Ich musste Lea finden. Auch wenn ich keine Ahnung hatte, wie. Immerhin wusste ich, dass sie ihr Stipendium an der New York University in Manhattan absolvierte. Also wäre es wohl am besten, auf die andere Seite des East Rivers zu fahren, und dort nach ihr zu suchen.

Als ich von der Bank aufstand und den Park über den Rasen verließ, sah mich der Mann mit dem Metallsucher vorwurfsvoll an, so als würde ich durch seinen eigenen Vorgarten spazieren.

Auf dem Washington Square saßen überall Studenten – ich arbeitete lang genug an einer Uni, um sie sofort zu erkennen. Sie waren schicker angezogen und sahen besser aus als ihre Berliner Kommilitonen. Ihre Gesichter wirkten zwar wenig markant, jedoch auf eine schlichte Art hübsch. Der Platz mit dem berühmten Triumphbogen lag mitten in Manhattan, eingerahmt von modernen Bürogebäuden und alten Brownstones. Taubenschwärme schwirrten unablässig durch die Luft, und erstaunlich große, hellgraue Eichhörnchen flitzten ohne jede Scheu durchs Gebüsch.

Am Rand des Platzes entdeckte ich die riesige Universitätsbibliothek der NYU. Unablässig strömten Studenten aus den hohen Glastüren und unterhielten sich in allen möglichen Sprachen. Ich hörte auch eine Studentin Deutsch sprechen und drehte mich sofort nach ihr um. Natürlich war es nicht Lea.

Im Foyer der Bibliothek kam ich nicht weiter, Zutritt nur für Uni-Angehörige, informierte mich ein grimmiger Sicherheitsbeamter in einer eindrucksvollen Phantasieuniform. Auf einmal kam mir das alles vollkommen sinnlos vor. Sollte ich die nächsten Tage damit verbringen, am Washington Square herumzulungern und darauf zu hoffen, Lea zufällig in die Arme zu laufen?

Ich schrieb ihr noch eine SMS. Sie musste einfach antworten, so kalt war sie doch sonst nicht. Dabei wusste ich von Anfang an, dass diese ganze Reise einem Himmelfahrtskommando glich. Ein altmodisches Wort, das Irene gern in ihren Büchern benutzte.

Ich schlenderte wieder über den Platz, es war noch heißer geworden. Auf der Wiese kämpften zwei erwachsene Männer in weißen Overalls mit Leuchtschwertern gegeneinander. Niemand schien das seltsam zu finden. Ich ertappte mich dabei, wie ich den meisten Studentinnen direkt ins Gesicht starrte, in der Hoffnung, Lea in ihnen zu erkennen. Sie lächelten einfach zurück. Alle schienen unglaublich freundlich und gut gelaunt. Warum trifft eigentlich jedes Klischee von Amerika zu?

Mein Handy vibrierte wieder.

Die SMS war nicht von Lea, sondern von Roberts Vater:

»Sind gut angekommen. Alles perfekt! Schönen Urlaub ebenfalls. HALLOOO PAUL! (von Robert …)«

Ich steckte das Handy wieder in die Hosentasche und verscheuchte mein schlechtes Gewissen, nur an Lea zu denken.

Später kaufte ich in einem kleinen Imbiss eine vor Soße triefende Falafel, teurer und schlechter als in Leipzig, und fuhr zurück nach Brooklyn. Als ich endlich in meinem Hostel-WG-Ding ankam, dämmerte es bereits. Von meinen Mitbewohnern oder Sean keine Spur, dafür eine erste, erstaunlich große Kakerlake im Bad. Sie lag auf dem Rücken und strampelte mit ihren kleinen Füßchen. Eine Weile betrachtete ich das erstaunlich große Krabbeltier, dann gab ich ihm mit meinem Schuh einen kleinen Tritt, und es landete wieder auf dem Bauch. Ich überwand mich nicht, die Kakerlake zu töten, und sie wanderte ungerührt und etwas schwerfällig zurück unter die Heizung.

Erschöpft fiel ich ins Bett. Mein erster Tag in New York. Noch hatte ich nicht alle Hoffnung verloren.

Am nächsten Morgen skypte ich mit Johanna und freute mich, ihr vertrautes Gesicht zu sehen, auch wenn das Bild ziemlich verpixelt war und die Verbindung leicht zeitverzögert. Sie saß natürlich nicht auf den Dielen, sondern auf dem Sofa im Wohnzimmer. In Berlin war es bereits Nachmittag.

»Robert hat vorhin angerufen. Die beiden sind in Griechenland angekommen«, sagte sie. »Wollen dich auch gleich anrufen.«

Sie wirkte gestresst, die Aufnahmen für das seltsame französische Buch zogen sich hin, erzählte sie, und mit dem Regisseur hatte sie sich auch überworfen.

»Warum denken Männer immer, dass sie alles besser können, vor allem, wenn es mit Technik zu tun hat?«

»Ich bin sicher, auch er wird dir bald gehorchen.«

Sie grinste. »Und du machst schön Urlaub ohne mich, ja? Wie ist die Wohnung so?«

»Okay. Es gibt nur wenig Kakerlaken, die sind dann allerdings absurd groß.«

Sie schüttelte sich.

»Die Mitbewohner scheinen nett. Bis jetzt hab ich noch nicht mit ihnen gesprochen …«

»Warst du schon an der Uni?«

Ich zuckte zusammen und sah sie fragend an.

»Der ehemalige Mitarbeiter von Emrald, den wolltest du doch treffen, oder?«

»Ach so, ja, Lindemann. Den muss ich mal anschreiben.« Daran hatte ich tatsächlich gar nicht mehr gedacht.

Wir schwiegen eine Weile. Skypen waren wir nicht gewohnt. Wenn man zusammen in einer Wohnung lebte, sich jeden Tag sah, brauchte man nicht zu telefonieren.

»Der Sprecher ist übrigens ziemlich bekannt«, begann Johanna wieder von der Hörbuchproduktion zu berichten. »Er hat Hamlet an der Schaubühne gespielt, erinnerst du dich? Das haben wir uns angeschaut.«

Ich nickte. Keine Ahnung, ob sich das trotz der schlechten Verbindung übertrug.

»Der ist wirklich ziemlich gut.« Das Computerbild wurde immer unschärfer. »Er versteht intuitiv, was ich meine. So was hatte ich noch nie.«

Ich ertappte mich dabei, wie ich ein wenig eifersüchtig wurde.

»Ich muss dann mal wieder etwas arbeiten, Schatz.« Sie sah mich gespielt schmachtend an.

Wir verabschiedeten uns, ich klickte mit der Maus auf das kleine Telefonsymbol, und Johannas Bild verschwand.

Ich versuchte mich an Lindemann zu erinnern. Ein hochgewachsener Mann, abrasierte Haare, immer korrekt bis übertrieben vornehm gekleidet. Er trug stets ein cremefarbenes Einstecktuch in seinen taillierten Sakkos – zum Spott von Emrald natürlich. Wie er es geschafft hatte, eine der begehrten Stellen in den USA zu bekommen, wusste ich nicht, wahrscheinlich war er das, was ich nie werden würde: ein guter Netzwerker. Ich schrieb ihm eine kurze, unpersönliche Mail und rechnete nicht mit einer Antwort.

Mein Handy klingelte, Roberts Vater rief an. Leider funktioniere in ihrer Ferienwohnung das Internet nicht, berichtete er, sonst hätte er es über Skype versucht. Obwohl sie schon ein paar Mal zusammen im Urlaub gewesen waren und Paul oft die Ferien bei seinem Vater in Frankfurt verbrachte, konnte ich mich nicht so recht daran gewöhnen, erst mit ihm reden zu müssen, wenn ich Robert sprechen wollte.

»Was habt ihr schon so alles gemacht?«, fragte ich Robert.

»Wir waren am Strand.« Es knackte in der Verbindung, ich verstand ihn kaum.

»Ist das Wasser warm? Und hast du schon eine Sandburg gebaut?«

Ja.« Robert fand telefonieren nicht so gut, das kannte ich schon. »Vorhin waren wir schwimmen.«

Ich fragte ihn noch etwas mehr aus, dann übernahm wieder sein Vater. Er versprach, sich zu melden, sobald sie das Internetproblem gelöst hatten. Als ich auflegte, wurde mir klar, wie sehr ich Robert schon jetzt vermisste.

Ich ging zum Fenster und sah hinaus, am wieder wolkenlosen Horizont zeichneten sich die Hochhäuser Manhattans ab. Was machte ich bloß hier? Auf einmal wünschte ich mich zurück nach Berlin, zurück in die vertraute Wohnung, zurück zu Johanna und Robert.

Mein Handy vibrierte.

»Wir können uns nachher in einem Diner in der Nähe der NYU treffen.«

Dazu eine Adresse. Mehr nicht.

10

Der Broadway durchbricht in Manhattan die fast ausschließlich parallel angeordneten Straßen und das Schachbrettmuster der Häuserblocks. Ich kramte meinen Stadtplan hervor. Der Diner befand sich nur eine Straßenkreuzung weiter. Nervös sah ich auf meine Uhr. Noch eine Stunde, bis ich mit Lea verabredet war. Ich schlug die entgegengesetzte Richtung ein. Dicht gedrängt liefen die Leute auf den schmalen Gehwegen an den Geschäften vorbei, ständig rempelte mich jemand an, immer mit einem entschuldigenden »Excuse me« auf den Lippen. Bald merkte ich, dass es an mir lag, ich sah nicht wie alle anderen geradeaus und achtete darauf, wer mir entgegenkam, sondern blickte nach oben und starrte die Hochhäuser an.

An den Eingangstüren der unzähligen Modeketten standen hübsche Jugendliche und begrüßten die Kunden freudestrahlend, als wollten sie ihnen ihre eigene Wohnung zeigen.

Aus einem der Läden trat Lea auf die Straße.

Das Erste, was ich dachte, war: Sie trägt eine Mütze. Ich habe sie noch nie mit einer Mütze gesehen.

Wir blieben beide stehen, und sofort rempelte mich jemand von hinten an. »Excuse me«, sagte eine Frau und umrundete uns.

Lea lächelte nicht und schien sich kein bisschen zu wundern, mich hier zu treffen. Ich traute mich nicht, sie zu umarmen, sie zu berühren, und sie machte ebenfalls keine Anstalten. Irgendwann sagte sie einfach »Komm«, und ich folgte ihr in eine Seitenstraße.

Der Diner sah aus, wie man sich einen amerikanischen Diner vorstellt, mit Sitzecken aus rotem Leder und silbernen Metalltischen, eine lange Theke mit Barhockern davor. Wir setzten uns an einen Tisch am Fenster. Es roch nach Bratfett und Desinfektionsmittel. Lea nahm ihre Mütze nicht ab, dank der Klimaanlage war es hier drinnen ziemlich kühl. Wir bestellten beide das gleiche Sandwich (Chicken Mozzarella) und warteten schweigend. Nach einer Weile erzählte ich ein paar belanglose Details von meinem Zimmer in Brooklyn, die sie mit desinteressiertem Kopfnicken quittierte. Vor uns standen zwei Plastikbecher mit Leitungswasser, und jedes Mal, wenn ich einen Schluck trank, erschien eine freundliche, ältere Frau in einer weißen Schürze und schenkte nach, also ließ ich es bleiben. Im Hintergrund lief undefinierbare Popmusik.

»Die Mütze steht dir.« Lea wirkte schmaler, ihre Haare waren kürzer und einen Tick heller. Sie trug nur ein dunkelrotes T-Shirt und einen recht kurzen, schwarzen Rock. Kleider, die ich nicht an ihr kannte.

»Mhmh.« Sie starrte aus den Fenster und spielte mit der Papierserviette. Wie damals in Leipzig in dem kleinen Café, in das wir vor der Konferenz geflohen waren, gab es außer uns keine anderen Gäste.

Die Frau in der Schürze brachte endlich die Sandwiches. Ich nahm einen Bissen, das labbrige Weißbrot löste sich ohne Kauen im Mund auf. Auch Lea begann zu essen, und obwohl es uns beiden offensichtlich nicht schmeckte, aßen wir unsere Sandwiches schweigend auf.

»Was bedeutet es wohl, wenn ich deine Mails nicht beantworte, wenn ich nicht auf deine Anrufe reagiere? Was meinst du?« Sie verzog ihr Gesicht, als würde ihr unser Treffen körperliche

Schmerzen zufügen. Ich nahm es ihr nicht ab und sagte nichts. »Und jetzt bist du trotzdem hier. Was sagt denn deine Familie in Berlin dazu?«

»Lass uns nicht darüber reden.«

»Doch, wir reden jetzt genau darüber!« Sie versuchte wütend zu klingen. Auch das gelang ihr nicht so recht, und ihre Gesichtszüge entspannten sich wieder. Sie schien jetzt ebenso überrascht wie ich, mir hier gegenüberzusitzen, in einem schäbigen Diner am Broadway in New York.

»Es hat nichts mit dir zu tun.« Ich fügte hinzu, dass Johanna nichts von uns wusste und Robert nicht mein leiblicher Sohn war.

Sofort schämte ich mich, das gesagt zu haben. Es klang, als wäre Robert nicht so wichtig für mich, weil er noch einen Vater hatte, der einmal im Jahr mit ihm in den Urlaub fuhr.

»Das meinst du nicht ernst, oder?«

Hatte sie recht? Meinte ich es wirklich nicht ernst? Es hatte ja wirklich nichts mit ihr zu tun, dass Johanna in diesem Moment in einer Kreuzberger Wohnung saß, in der ich sonst auch wohnte.

»Eine Familie in Berlin!«, sagte sie mehr zu sich selbst als zu mir. »Ich glaube das einfach nicht!« Sie schüttelte affektiert den Kopf und strich eine Haarsträhne hinters Ohr.

Bei dem Wort »Familie« zuckte ich etwas zusammen.

Ich mochte die neue Lea, ihre gespielte Wut und die vermeintlich schlechte Laune standen ihr gut. Dieser Wesenszug hatte sich schon in Leipzig immer wieder angedeutet, ihre leicht überheblich wirkenden Gesten wie das Augenbrauenhochziehen waren jedoch in unserem Spiel namens Verliebt-Sein nur selten vorgekommen.

»Du hast mich angelogen.« Sie nahm einen Schluck Wasser, zum Glück kam die Bedienung nicht, um nachzuschenken. »Du hast mir nichts erzählt, und ich hab dir alles erzählt.« Da war es wieder, das Augenbrauenhochziehen. Ihre Finger spielten beiläufig kokett mit dem Plastikbesteck.

Ich wollte dringend mit ihr schlafen.

»Man kann sich nie alles erzählen.«

Sie stöhnte auf. »Ich muss zurück zur Uni. Ich habe ein Seminar.« Die zwei »Ichs« betonte sie besonders, um mir anzuzeigen: *Ich* habe einen Grund, in New York zu sein. *Ich* muss arbeiten. *Mein* Leben ist wichtig – im Gegensatz zu deinem.

Du hast doch gar kein Seminar, hätte ich beinahe gesagt, *du bist nicht nach New York gegangen, um Seminare zu besuchen, sondern höchstens, um deine Dissertation zu Ende zu schreiben. Oder weil du Leipzig satthast*. Stattdessen fragte ich nur, wann ich sie wiedersehen könne.

Sie flackerte mit den Augenlidern, als wäre es eine Unverschämtheit, solch eine Frage überhaupt zu stellen. Vielleicht sollte sie anfangen zu rauchen, das würde gut zur neuen Lea passen.

»Du kannst mich nicht wiedertreffen. Ich bin hier, weil ich keine Lust mehr auf mein altes Leben habe. Und obwohl ich immer dachte, dass du nicht dazugehörst – gehörst du dazu.«

Sie stand auf, kramte eine Zehn-Dollar-Note aus ihrer Tasche und ließ sie auf den Tisch segeln. Die Selbstverständlichkeit dieser Geste beeindruckte mich. Ich wollte »Warte!« rufen oder sie am Arm packen und sie festhalten, doch das kam mir viel zu theatralisch vor, ich schaffte es nicht einmal aufzustehen. Sie verließ ohne sich umzublicken den Diner, die Schwingtür mit spitzen Fingern aufstoßend. Vor dem Fenster lief sie noch einmal an mir vorbei, ihr kurzer Rock wehte im Wind – und sah mich dann doch an. Ich konnte ihren Gesichtsausdruck nicht recht deuten, vielleicht ein süffisantes Lächeln.

Langsam trank ich mein Wasser aus, und schon stand wieder die Frau in der Schürze neben mir.

»More water?«

Ich schüttelte den Kopf. Zwei Minuten später erreichte mich eine SMS. Von Lea.

»Du bist vollkommen wahnsinnig. Das ist eigentlich die größere Überraschung. Nicht, dass du mir hierher gefolgt bist.«

Ich legte einen weiteren Zehn-Dollar-Schein auf den Tisch, stand auf und nickte der Bedienung zu. Draußen auf der Straße schlug mir die Mittagshitze entgegen, die Sonne knallte auf den Asphalt, der zu glühen schien, zum Glück wehte ein halbwegs kühler Wind. Ein Mädchen vor einem Schuhgeschäft grinste mich an, als würden wir uns schon Jahre kennen. Mein Handy in der Hosentasche vibrierte erneut.

»Ich sitze jetzt am Springbrunnen, Washington Square. Kennst du den?«

Ein paar Minuten später stand ich vor dem Brunnen. Unzählige Studenten sonnten sich und tranken Iced Latte aus durchsichtigen Plastikbechern. Von Lea keine Spur.

»Wo bist du?«

Fünf Minuten keine Reaktion, während ich sinnlos vor dem blöden Springbrunnen stand. Was sollte dieses Versteckspiel? Ein paar Tauben landeten neben mir und begannen den Boden um mich herum nach Essbarem abzusuchen.

»Hab zufällig jemanden getroffen. Jetzt ist es schlecht. Komm doch in einer Stunde zu mir.«

Eine weitere SMS mit ihrer Adresse traf ein. Ich schüttelte den Kopf. War das jetzt ein gutes oder schlechtes Zeichen? Ich dachte nicht weiter darüber nach, sondern studierte wieder den Stadtplan. Sie wohnte in Manhattan, nur ein paar Stationen mit der U-Bahn von hier entfernt.

Ich setzte mich zu den Studenten in den Schatten und wartete. Ein paar Meter entfernt saß ein älterer Mann, der aufmerksam die Leute um sich herum studierte. Sein Blick hastete von einem Gesicht zum nächsten und sah kaum jemanden länger als ein paar Sekunden an. Schließlich holte er einen Stapel weißer Blätter aus seinem Rucksack hervor und begann die Gesichter zu zeichnen. Offenbar unzufrieden, nahm er das nächste Blatt, fing wieder an zu zeichnen, doch nach einer Minute begann er aufs Neue. Nie schien er zufrieden, bekam die Gestalt der Menschen einfach nicht auf sein Papier gebannt und wurde immer wütender auf die Leute, als wäre es ihre Schuld, nicht zu Bildern zu werden. Schließlich fixierte er mich, kratzte ein paar Striche auf ein Blatt und schüttelte dann den Kopf. Seine Lippen formten ein lautloses »Fuck you«.

Lea wohnte mit zwei Amerikanerinnen aus dem Süden in einer kleinen Wohnung in einem heruntergekommenen Haus mit verrosteter Feuertreppe an der Fassade. Ihr Zimmer war kaum größer als meins, wirkte jedoch heller und sauberer. Sie zahlte auch fast doppelt so viel Miete, »Manhattan eben«, sagte sie, als würde sie schon ewig in New York leben. Sie hatte ihre Mütze abgenommen, und ich widerstand nicht länger und küsste sie. Sie schien es erwartet zu haben.

Wir setzten uns auf ihr Bett, weil es keine anderen freien Sitzgelegenheiten gab. Die Klimaanlage surrte leise und funktionierte besser als bei mir. Lea schien zu frieren, als ich ihr T-Shirt auszog.

Machte es einen Unterschied, wo man sich befand, in welcher Stadt? Ich dachte an ihre Wohnung in Leipzig, ihr unaufgeräumtes Zimmer, unsere Nachmittage in der Stadt. Waren wir wirklich die gleichen Personen, die hier in dieser fremden New Yorker Wohnung saßen?

Später lagen wir nackt auf ihrem Bett, draußen war es bereits dunkel geworden, und lauschten den gedämpften Stadtgeräuschen.

»Bist du wirklich hier?« Ihre Stimme klang sanfter als vorhin im Diner. »Alles ist normal an dir, du hast dich natürlich nicht verändert. Ich weiß jetzt nur mehr von dir.« Sie hielt kurz inne und strich mir über den Rücken. »Vielleicht ist das gar nicht so schlecht.«

Ich nickte, und sie fragte, wie es Emrald ging, und ich erzählte von meinem kurzen Besuch bei ihm im Krankenhaus, ließ aus, dass er alles wusste, beschrieb stattdessen seine groteske Erscheinung im Klinikbett.

Sie lächelte zum ersten Mal. Dann verfiel sie wieder in ihren typischen Erzählmodus und berichtete von ihrem Austauschprogramm und den letzten Korrekturen an ihrer Dissertation, die sich immer weiter hinzogen. Sie lachte wie immer zu laut. »Vielleicht will ich gar nicht fertig werden.«

»Genauso wie ich«, sagte ich.

Ein unbekannter Unterton hatte sich in ihr Erzählen eingeschlichen, der zu ihrer neuen Art passte. Sie schien mir erklären zu wollen, wie die Dinge hier liefen. Über Johanna und mein Leben in Berlin sprachen wir nicht, wahrscheinlich weil die neue Lea es unter ihrer Würde fand, sich damit zu befassen. Mir war es recht.

Aus dem Nebenzimmer hörte man leise Musik, eine ihrer Mitbewohnerinnen war nach Hause gekommen. Lea zog sich ein T-Shirt über, sah sich kurz in dem großen Spiegel an, der an der Wand hing, und zog es wieder aus, fischte ein anderes Hemd aus einem Haufen auf dem Boden und probierte es an. Ich versuchte ein Lächeln, sie sah mich ausdruckslos an.

Sie ging ins Bad, und ich schaute mich im Zimmer um. Bis auf den Spiegel kahle, weiße Wände, auf dem einzigen Stuhl und auf dem Boden daneben stapelten sich Unmengen Kleider, Hosen und Röcke, Blusen und T-Shirts, mindestens fünf Jacken hingen an der Garderobe neben der Tür, darunter ein Haufen mit Schuhen. Die nackte Glühbirne an der Decke verbreitete schummriges Licht.

Kein Himmelfahrtskommando, dachte ich.

Sie kam zurück ins Zimmer, die Haare jetzt zum Pferdeschwanz gebunden. Wie Johanna.

»Willst du hierbleiben?« Ihre Stimme klang wieder kalt. Sie vermied weiter Augenkontakt und durchsuchte scheinbar ziellos den Kleiderberg auf dem Stuhl.

»Wenn ich darf.«

Sie drehte sich zu mir um und konnte ein Grinsen nicht unterdrücken. Eigentlich lief das alles besser, als ich zu hoffen gewagt hatte.

11

Lindemann meldete sich erstaunlich schnell und schlug ein Treffen gleich am nächsten Tag vor, seltsamerweise nicht an der Columbia University, sondern in einer Bar in Brooklyn. Mir war es recht.

Ich erkannte ihn sofort, obwohl er sich verändert hatte. Statt eines feinen Anzugs trug er einen ausgeleierten schwarzen Kapuzenpulli, cremefarbene Einstecktücher gehörten offenbar der Vergangenheit an. Außerdem hatte er sich einen Zehn-Tage-Bart stehen lassen, vollständig ergraut, und wirkte, wie er so auf einem Hocker an der Theke hing und mich ausdruckslos anstarrte, ein wenig geschrumpft.

Wir waren gleich alt, hatten sowohl gleichzeitig angefangen zu studieren als auch zur selben Zeit mit unserer Doktorarbeit begonnen. Natürlich war er viel schneller fertig geworden.

»Wie geht's dem großen Professor?«, fragte er zur Begrüßung, und ich setzte mich neben ihn an die Theke. Er nickte dem Barkeeper zu, den er anscheinend kannte, und ich bekam ungefragt ein großes Glas Bier vor die Nase gestellt.

»Nicht so gut, auch wenn er das selbst nie zugeben würde. Er hatte kürzlich einen leichten Herzinfarkt.«

»Das wundert mich nicht, wenn ich an seinen Rumvorrat denke … Und diese schrecklichen Zigarillos.« Er hustete fast so ungesund wie Emrald. »Manchmal vermisse ich die Nachmittage bei ihm im Büro. Sogar seine endlosen Monologe über irgendwelche Bücher, die ich nicht gelesen hatte.« Er sah an mir vorbei zum Eingang, als ob er noch jemanden erwarten würde. »Und was verschlägt dich hierher, Ferber?«

Ich erzählte ihm meine übliche Geschichte: Auszeit, über die Diss nachdenken, neue Impulse. Langsam glaubte ich es selbst.

»Immer noch nicht fertig, was?« Aus seinem Mund kam so etwas ähnliches wie ein Lachen.

Ich schüttelte den Kopf.

»Dabei dachte ich bei dir immer, dass du schon deinen Weg gehen wirst. Emrald hielt viel von dir. Na ja.« Er fuhr sich über seinen kahlen Kopf, graue Stoppeln an den Seiten, das hätte er sich früher nicht erlaubt.

»Ich bin wahrscheinlich der Letzte, der dir bei deiner Arbeit helfen kann.« Er zuckte mit den Schultern. »Tut mir leid, hätte ich dir schreiben sollen, aber manchmal habe ich ganz gern Gesellschaft, wenn ich mich betrinke.«

Er prostete mir zu, und ich nahm einen großen Schluck. Das Bier schmeckte seltsam süß, aber gleichzeitig auch bitter, wie abgelaufene Limonade. Ich wusste nicht, was ich antworten sollte, also tranken wir einfach schweigend weiter.

Außer einem Pärchen, das am Fenster saß, waren wir die einzigen Gäste in der Bar. Leise spielte Rockmusik, die ich nicht kannte. Auf einem Fernsehbildschirm rannten Footballspieler stumm übers Feld. Auch wenn ich eine Weile zusah, konnte ich kein System hinter ihren Aktionen erkennen.

Es war ziemlich heiß in der Bar, die Klimaanlage schien nicht zu funktionieren. Lindemann nahm ein Taschentuch aus seiner Hosentasche und wischte sich den Schweiß von der Stirn. Ich glaube, es war eins seiner alten Einstecktücher.

»Du bist nicht mehr an der Columbia?«, fragte ich schließlich, und zum ersten Mal sah er mir in die Augen. »Doch, doch. Ich unterrichte Deutsch. Grammatik und so. Von irgendwas muss ich hier ja meine Rechnungen bezahlen.« Er winkte dem Barkeeper zu, der ihn ignorierte. »Du fragst dich sicher, was in den letzten zwei Jahren passiert ist, und das tue ich auch.« Er grinste mich an. »Ich habe keine Ahnung. Manchmal verliert man sich eben, kommt von der Linie ab, auf der man sich eben noch zielstrebig bewegt hat, ohne dass es einen konkreten Auslöser gibt. Irgendwas erwartete ich, als ich hierherkam, ohne zu wissen was, Ferber. Ich dachte, ich muss nur im richtigen Moment zuschlagen, aber der Moment kam nicht. Oder er kam und ist unbemerkt vorübergegangen.« Er nickte mir zu. »That doesn't make any sense, I know.«

Er leerte sein halb volles Glas mit einem Zug und brauchte dem Barkeeper nicht einmal zuzunicken, um einen Sekundenbruchteil später das nächste Bier gebracht zu bekommen. Ich verabschiedete mich schnell.

Am nächsten Morgen, auf dem Weg zum Washington Square, schrieb ich Johanna, dass Lindemann inzwischen zu einem anderen Thema forschte und mir bei meiner Diss leider nicht weiterhelfen konnte.

»Schade! Sollen wir später skypen?«, schrieb sie zurück. *»Bin in ein paar Stunden zu Hause.«*

Dieses Mal saß Lea tatsächlich neben dem Springbrunnen auf einer Bank. Sie trug eine große Sonnenbrille mit lila Gläsern, die ich nicht an ihr kannte. Wie die Studenten um sie herum trank sie mit einem Strohhalm hellbraunen Eiskaffee aus einem durchsichtigen Plastikbecher. Sie winkte mir zu und schaute dann auf ihr Handy. Ich konnte nicht sagen, ob sie sich freute, mich zu sehen.

»Ich hab dir ein Buch gekauft«, sagte sie, als ich mich auf die Bank setzte. Sie kramte ein Paperback aus ihrer riesigen Tasche, die ich noch aus Leipzig kannte. »I'm Not Stiller«, stand auf dem

Cover, und ich brauchte ein paar Sekunden, bis ich erkannte, dass es sich um eine Übersetzung von Max Frisch handelte.

»Habe ich vorhin zufällig in einer Buchhandlung entdeckt. Passt doch gut zu deiner Diss.«

»Das ist nett«, sagte ich überrascht.

Sie zog an ihrem Strohhalm und beobachtete ein Eichhörnchen direkt neben unserer Bank. Auf der Wiese kämpften wieder die zwei Männer mit ihren Leuchtschwertern.

»Da gibt's noch mehr Übersetzungen von deutschen Büchern. *Strand* heißt der Laden, auf dem Broadway, falls du mal vorbeischauen möchtest. Ist total berühmt, kennt jeder New Yorker.« So etwas wie ein Lächeln huschte über ihr Gesicht.

»Kannst du dich eigentlich noch an die leere Wohnung erinnern, wo wir mit Michael waren?«

Sie nickte.

»Warst du noch mal da?«

»Warum sollte ich? Aber Michael schleppt Alice manchmal mit, sie hasst es. Sie behauptet, sie hätte eine Stauballergie. Ich glaube, es liegt eher daran, dass sie Vergangenheit inzwischen hasst. Die beiden sind jetzt übrigens zusammen, falls du das nicht wusstest. Auch wenn ich mir nicht vorstellen kann, dass sie sich mögen.«

Eine Historikerin, die sich nicht mehr mit der Vergangenheit befassen will. Das ist ja fast so schlimm wie bei mir. Ich steckte das Buch in meinen Rucksack und strich Lea über die Haare, sie ignorierte es. Im Hintergrund klackerten die Leuchtschwerter aus Plastik.

»Ich muss dann mal weitermachen.« Sie deutete auf die Unibibliothek gegenüber. Heute Morgen hatte sie mir per SMS angeboten, sie kurz zu besuchen, wenn sie Kaffeepause machte. Sie versuchte jeden Tag acht Stunden an ihrer Arbeit zu schreiben. »Abends können wir uns aber auch sehen, wahrscheinlich«, hatte sie noch geschrieben. Sie wollte die Bedingungen diktieren – und ich ließ mich selbstverständlich darauf ein.

»Was machst du noch?«

»Vielleicht fahre ich zum Ground Zero oder schau mir etwas anderes an.« Natürlich erzählte ich ihr nicht, dass ich später noch mit Johanna skypen würde.

Wir schlenderten zur Bibliothek, in die ich ja nicht mitkommen durfte, und zum Abschied küssten wir uns dann doch.

»Bis heute Abend. Du schreibst mir, wo wir uns treffen?«

Sie nickte undeutlich und verschwand im Foyer zwischen den Studenten. Der Sicherheitsmann in seiner Phantasieuniform fixierte mich grimmig.

Ich beschloss, die Buchhandlung zu suchen, bevor ich wieder zurück nach Brooklyn fuhr. Ich fand das Geschäft nicht weit entfernt von der Modekette, wo wir uns gestern getroffen hatten. Zwischen hohen Regalen voll neuer und gebrauchter Bücher drängten sich unzählige Kunden – ich hatte in Deutschland noch nie einen so vollen Buchladen gesehen. Es gab sogar Thomas Bernhard, Emrald hätte sich gefreut. Ich konnte nicht widerstehen und kaufte *Old Masters. A Comedy* von ihm und *Runaway Horse* von Martin Walser.

Ich nahm die U-Bahn zurück nach Brooklyn, und als ich an dem kleinen Park in der Nähe meiner Wohnung vorbeikam, setzte ich mich kurz entschlossen auf eine Bank und schlug *I'm Not Stiller* auf. Der Mann mit dem Geigerzähler war nicht da, aber der Obdachlose saß auf der gleichen Bank wie vor zwei Tagen, als hätte er sich gar nicht bewegt.

Natürlich erinnerten mich die Bücher an meine halbe Dissertation, doch auf Englisch funktionierte es auf einmal, und ich brach das Lesen nicht nach ein paar Sätzen ab. Ich las langsamer, und die Stimme in meinem Kopf, die mir die Wörter vorsprach, war eine andere. Die Schweiz schien ein anderes Land zu sein, ein exotisches, weit weg von diesem Park in Brooklyn. Das saubere Gefängnis, in dem Stiller einsitzt und seine Geschichten aufschreibt, lag in einem anderen, parallelen Zürich, nicht in der beschaulichen Stadt, die ich vor ein paar Jahren mal besucht hatte.

Erst nach ein paar Stunden entdeckte ich die SMS von Johanna, ich hatte ganz vergessen, dass wir skypen wollten. Inzwischen würde sie wahrscheinlich längst schlafen.

Ich sah wieder zu dem Obdachlosen, der sich immer noch nicht bewegt hatte, vermutlich schlief er im Sitzen. Neben seiner Bank stand ein Einkaufswagen, in dem ein großer Plastiksack mit leeren Pfandflaschen lag.

Mein Handy vibrierte, aber nicht Johanna schrieb, sondern Lea. Langsam wurde es unheimlich, ich musste wirklich aufpassen, nicht irgendwann einmal eine SMS an die falsche Nummer zu schicken. Sie schlug mir vor, sich an einer bestimmten U-Bahn-Station in Brooklyn zu treffen und zusammen in einen Stadtteil zu fahren, den sie noch nicht kannte.

»Ich will NYC erkunden«, schrieb sie. Was auch sonst?

Zwei Stunden später stand ich am vereinbarten Treffpunkt und wartete wieder, denn Lea war schon mindestens zwanzig Minuten zu spät. Schließlich stieg sie aus einer U-Bahn und ging aufreizend langsam auf mich zu. Sie trug hohe Schuhe, ebenfalls ein Novum.

Ich wollte sie zur Begrüßung auf den Mund küssen, aber sie drehte ihren Kopf zur Seite. Die Leute neben uns sahen höflich an uns vorbei.

Wir liefen schweigend nebeneinander die Treppen hinauf, und ich folgte ihr zu einer Bushaltestelle, die uns nach Red Hook bringen sollte, angeblich »das neue Brooklyner Hipster-Viertel«, wie sie mir erklärte, »obwohl es etwas abseits liegt – oder vielleicht gerade deswegen.« Ich nickte, obwohl sie mich gar nicht beachtete. Ihre Absätze klapperten auf dem Asphalt, und ich fragte mich, ob ich heute wieder bei ihr übernachten durfte. Plötzlich blieb sie stehen.

»Hast du dir überhaupt jemals Gedanken darüber gemacht, wie es weitergehen soll, wenn wir wieder in Deutschland sind?«

Ich seufzte. »Man muss sich nicht immer entscheiden«, sagte ich. Dabei wusste ich, dass sie das nicht gelten lassen konnte, sich sogar angegriffen fühlen musste. Doch sie schien gar nicht richtig zugehört zu haben und setzte sich auf einen Mauervorsprung.

»Wir hätten uns gestern nicht treffen sollen«, murmelte sie ohne mich anzusehen.

»Es war Zufall«, sagte ich blöderweise. Wie in Leipzig auch, hätte ich beinahe hinzugefügt.

Sie verdrehte die Augen.

Ein Bus hielt vor uns, aber sie machte keine Anstalten aufzustehen und einzusteigen. Entweder er fuhr nicht nach Red Hook, oder sie hatte unsere Pläne geändert.

»Irgendwann wird das alles kaputtgehen, das weißt du, oder?« Sie klang nicht mehr ganz so kalt, und ich setzte mich neben sie.

»Ich weiß nichts«, sagte ich.

»Das glaube ich auch.« Ein Lächeln huschte über ihr Gesicht. Ich berührte ihre nackten Beine. Sie ließ es geschehen.

Wir schwitzten schweigend in der Hitze, die bis jetzt kaum nachgelassen hatte. Schließlich hielt ein Bus vor uns, und wir stiegen ein.

Die Fahrt führte uns durch ereignislose Straßen und vorbei an alten Hafengebäuden. Wir sprachen immer noch nicht, sondern sahen einfach nur aus dem Fenster. Der Bus leerte sich von Station zu Station, und als wir endlich Red Hook erreichten – oder das, was Lea dafür hielt –, waren wir die letzten Fahrgäste. Wir stiegen aus und standen in einer amerikanischen Kleinstadt. Holzmasten, an denen dicke, schwarze Kabel hingen, und kleine zweigeschossige Backsteinhäuser säumten die Straße.

»Sind wir überhaupt noch in New York?«, rief Lea, plötzlich gut gelaunt.

Ich deutete auf eine Straße, die direkt zum Wasser führte. Am Horizont zeichnete sich die Freiheitsstatue ab. »Das Ende der Welt am Nabel der Welt.«

Wir schlenderten zum Ufer, ein angenehm kühler Wind wehte uns vom Meer entgegen. Die Promenade war schön zurechtgemacht, und wir betraten einen Steg, der ins vollkommen wellenlose Wasser führte. Zwei Hobby-Angler packten gerade ihren Fang ein und verschwanden in der Dämmerung. Sonst war weit und breit kein Mensch zu sehen.

Lea holte zwei Halbliterdosen Budweiser aus ihrer Tasche. »Total verboten in der Öffentlichkeit.« Sie grinste und gab mir eine Dose.

Wir lehnten uns über das Geländer und sahen zur hell erleuchteten Skyline Manhattans hinüber.

»Ich bin wirklich froh, hier zu sein. Das hat gar nichts mit New York zu tun, sondern einfach damit, woanders zu sein.« Sie nahm einen langen Schluck aus der Bierdose. »Mein Leben in Leipzig fühlte sich von mir losgelöst an. Als hätte es gar nichts mehr mit mir zu tun und ich hätte allen Einfluss darauf verloren.«

Ich sah nach unten auf das dunkelblaue Wasser, ein aufgeweichtes Plakat trieb vorbei, man konnte die vergilbten Worte »great again« erkennen. Ein paar Meter weiter setzte sich eine Möwe auf einen Holzpfahl, der aus dem Dunkelblau ragte.

»Nach der Schule schien auf einmal alles so offen vor mir zu liegen, Möglichkeiten, wohin ich auch sah, ich musste sie nur ergreifen. Ich wollte natürlich alles anders machen als meine frustrierten Eltern in ihrer beschissenen Villa.«

»Und das hat nicht funktioniert?«

»Ich weiß, das ist keine originelle Erkenntnis. Man entfernt sich immer weiter von dem, was man eigentlich vorhatte im Leben, und erkennt plötzlich, dass man nur den Weg des geringsten Widerstands gegangen ist.«

»Vielleicht wusste man aber auch die ganze Zeit über nicht, was man vom Leben wollte.« Wie Lindemann, der von der Spur abgekommen ist, weil er den richtigen Moment verpasst hat.

Sie zuckte mit den Schultern. »Ich bin ja nicht einmal unglücklich dabei. Viel schlimmer: Die Frage nach Glück oder Unglück stellt sich im Alltag gar nicht, es geht um ganz andere Dinge: Abgabetermine, Geldprobleme, den neuen Computer, was weiß ich, Stress in der Beziehung …« Sie zog ihre Augenbrauen hoch.

Ich sah wieder zur Freiheitsstatue, die unwirklicher wirkte als ganz Manhattan zusammen. Unser Gespräch wurde zunehmend unangenehm; nicht weil ich Lea nicht verstand oder sie nicht recht hatte, sondern weil ich ihre Worte kannte. Ich hatte diesen Dialog fast wortgleich schon einmal geführt – mit Johanna. So drastisch war das noch nie vorgekommen, vielleicht nur, als ich beide angerufen hatte, um ihnen von Emralds Herzinfarkt zu erzählen. Das bewies mal wieder, dass es mit zunehmendem Alter schwerer wurde, noch Neues zu erleben. Doch das wusste ich bereits, schlimmer war, dass es Lea nicht verdiente, nur eine Wiederholung zu sein: »My greatest fear: repetition.« Ein Satz, den ich vorhin in *I'm Not Stiller* angestrichen hatte.

»Wusstest du eigentlich, dass Kafka in seinem ersten Roman *Amerika* die Freiheitsstatue beschreibt?«, fragte Lea und zerdrückte die leere Bierdose.

Ich schüttelte den Kopf.

»Der Roman heißt ja im Originalmanuskript *Der Verschollene*, was ich viel passender finde, aber egal. Karl Roßmann wandert nach Amerika aus, fährt mit dem Schiff von Europa nach New York – und sieht natürlich bei der Einfahrt, hier direkt vor uns wahrscheinlich, die Freiheitsstatue. Kafka beschreibt sie gleich im ersten Satz, aber ihm unterläuft ein kleiner Fehler, er hat ja selbst nie Amerika besucht … wie Karl May, glaube ich.« Sie lachte. »Kafka kannte die Statue also höchstens von Bildern. Und bei ihm hält sie keine Fackel in der ausgestreckten Hand, sondern ein Schwert.«

»Woher weißt du, dass es ein Fehler ist?«

»Ja, wahrscheinlich ist es Absicht. Ein drohendes Schwert, das schon ganz am Anfang des Romans andeutet, dass Karl Roßmann in diesem Land schwere Schläge erwarten und seine Seele seziert werden wird. Und am Ende verschwindet er einfach, irgendwo in

Oklahoma, in den Weiten Amerikas.« Lea warf ihre Bierdose ins Wasser. »Aber sie schlägt ja nicht zu, sondern steht einfach da mit ihrem Schwert, das keins ist, und wartet –«

12

Meine sogenannten Mitbewohner begegneten mir meist nur als Phantome. Sie hinterließen dreckiges Geschirr in der Küche oder Haare im Abfluss der Dusche. Der süßliche Duft ihrer in der Mikrowelle warm gemachten Fertiggerichte hing stundenlang im Flur, und ihre Stimmen drangen durch die geschlossenen Zimmertüren. Mit dem Italiener plauderte ich manchmal in der Küche, während er komplizierte Pastagerichte zubereitete. Als Einziger benutzte er den Herd und nicht nur die Mikrowelle. Die Kakerlaken beobachteten uns dabei und krochen zurück unter die Heizung, wenn der Italiener mit seinem hochtoxischen Insektenspray auf sie losging.

Er war während einer längeren USA-Reise in New York gestrandet, wohl wegen einer Frau, die er hier kennengelernt hatte. Falls ich es richtig verstanden habe – er sprach ein ziemlich kurioses Englisch. Jetzt stand er vor einem Dilemma, wie er mir wortreich erklärte: Einerseits wollte er bei seiner Freundin in New York bleiben, andererseits hasste er die Stadt regelrecht und vermisste seine süditalienische Heimat samt Familie.

Sean, mein Vermieter, blieb mir gegenüber freundlich und distanziert. Meistens saß er im Waschsalon im Erdgeschoss auf einem der orangen Plastikstühle und las ein Buch (komplizierte Theoriebände, wie ich überrascht feststellte, einmal sah ich ihn zum Beispiel in einer englischen Foucault-Übersetzung blättern). Er lächelte mich an, wenn ich meine Wäsche in die Maschinen stopfte, um sich dann sofort wieder in seine Lektüre zu vertiefen. Oft überlegte ich, ihn anzusprechen; ich vermutete, er studierte – neben seiner Arbeit im Waschsalon und als unser Hausverwalter – ein geisteswissenschaftliches Fach, doch ich traute mich nicht recht. Er wirkte seltsam entrückt, wenn er las.

Meine Zeit in New York gehorchte bald wieder einem halbwegs geregelten Ablauf. Tagsüber erkundete ich die Stadt, schlenderte durch Manhattan oder wartete mit den anderen Touristen drei Stunden vor den Aufzügen des Empire State Building. Ich lief über die Brooklyn Bridge zum Ground Zero und aß in Williamsburg vegane Bagels. Im Central Park lag ich im Gras und las in meinen übersetzten Büchern. Obwohl ich die ganze Zeit von Leuten umgeben war, fühlte ich mich trotzdem oft einsam. Wenn es niemanden gibt, mit dem man seine Erlebnisse und Erfahrungen teilen kann, dann scheint es, als würde alles gar nicht wirklich passieren.

Abends traf ich meistens Lea, wir gingen zusammen essen oder lagen einfach in ihrer Wohnung auf dem Bett und genossen die Kühle der ewig vor sich hin summenden Klimaanlage. Wir hätten überall sein können, sobald wir uns trafen, spielte die Stadt keine Rolle mehr. Wir redeten weniger, dafür steigerte sich unser Verlangen. Ihre Mitbewohnerinnen beäugten mich meistens misstrauisch, wenn ich ihnen im engen Flur begegnete, ich befürchtete, sie konnten uns beim Sex hören. Ich stellte mir die beiden (ich konnte sie kaum auseinanderhalten, beide blond und maskenhaft überschminkt) als religiöse Südstaatlerinnen vor, die Sex vor der Ehe als Todsünde ansahen. Trotzdem waren sie mir lieber als Alice und ihre Kochorgien.

Mit Johanna skypte ich hin und wieder, sie hatte immer noch viel zu tun, beruhigt stellte ich allerdings fest, dass sie nicht mehr von dem tollen Schauspieler erzählte, der das Hörbuch einlas. Robert und sein Vater meldeten sich auch noch ein paar Mal übers Handy, inzwischen klang er auch etwas begeisterter. Ich vermisste ihn – und freute mich auf die Zeit nach New York, auf den kleinen Urlaub in Brandenburg mit Johanna und ihm.

Bald begann ich mir Notizen zu machen, während ich nachmittags in den Übersetzungen las. Zuerst nur mit Bleistift in den Büchern, dann kaufte ich mir ein kleines Notizheft, schließlich beschloss ich, in die New York Public Library zu gehen, die, anders als die Universitätsbibliothek, jeder benutzen durfte. Ich nahm meinen Laptop mit und begann tatsächlich die Bücher durchzuarbeiten. Und ohne es geplant zu haben, schrieb ich zum ersten Mal seit bestimmt zwei Jahren wieder an meiner Dissertation.

In den riesigen Lesesälen des altehrwürdigen Bibliotheksgebäudes fühlte ich mich so fern von Berlin, von der Uni, von meinen Studenten und selbst von Emrald, dass ich einen neuen Blick auf die Arbeit bekam. Bei meiner Lektüre von *I'm Not Stiller* waren mir als Erstes diese kurzen Sätze aufgefallen, Sentenzen, die plötzlich in den Aufzeichnungen Stillers auftauchen. Lag das an der Übersetzung?

»I have no words for my reality.« Oder auch nur Gedankenruinen: »flight without hope of getting anywhere, simply for fear of repetition –«

Der berühmte Frisch-Gedankenstrich, der anzeigt: Hier kann man unmöglich weiterdenken, obwohl es natürlich weitergehen sollte. Mir kam wieder das Referat über *Gantenbein* in den Sinn, im *Stiller* stellt Frisch schon eine ganz ähnliche Frage: Welche Geschichte ist meine eigene, und welche haben die anderen für mich geschrieben? Wir sind ein Leben lang auf unsere Mitmenschen angewiesen, wenn es darum geht, unser Leben zu beschreiben, unsere Geschichte zu entwerfen, denn wir spiegeln uns in ihnen: »You can put anything into words, except your own life. It is this impossibility that condemns us to remain as our companions see and mirror us –«

Leas und meine Routine wurde durchbrochen, als sie mir eines Morgens – wir lagen noch im Bett – eröffnete, dass sie heute zum Dinner verabredet sei. Sie sagte »Dinner«, als würde sie das deutsche Wort Abendessen gar nicht mehr kennen.

»Ich dachte, wir wollten wieder in Chinatown Dumplings essen gehen?«

Sie setzte sich auf. »Paul. Ich kann nicht meine ganze Zeit nur mit dir verbringen. Dafür bin ich nicht hierhergekommen.« Sie klang, als würde sie auswendig gelernte Sätze aufsagen. »Ich hatte mir das alles anders vorgestellt.«

Ich drehte mich zu ihr um, aber sie starrte zur Decke. Die Klimaanlage blies halbwegs kühle Luft in unsere Richtung. Ich atmete tief durch. »Mit wem triffst du dich denn?«

»Zoe wollte mir schon lange dieses eine indische Restaurant in Williamsburg zeigen. Und mir ihren Freund vorstellen. Er studiert Germanistik an der Columbia.«

Zoe war eine ihrer Mitbewohnerinnen. Ich konnte mich nicht mehr erinnern, welche. Dass eine der beiden einen Freund hatte, und dazu noch einen Deutschstudenten, war ebenfalls eine neue Information. Obwohl ich schon andere Männer in der Wohnung gesehen hatte, allerdings nie die gleichen. Selbstverständlich stimmte meine Vorstellung von den prüden Südstaatlerinnen nicht im Geringsten.

»Seit wann interessieren dich deine Mitbewohnerinnen?«

»Ich frage nicht um Erlaubnis, Paul, ich wollte dich nur informieren.«

»Informieren?« Ich grinste sie an. Sie ignorierte mich, stand auf und begann den riesigen Kleiderhaufen, der vor dem Bett auf dem Boden lag, zu durchforsten.

»Ich komme einfach mit«, sagte ich kurz entschlossen und setzte mich auf. Ich wusste, dass sie das wahnsinnig ärgern würde. »Das klingt spannend, dieser Germanistikstudenten-Freund.«

Jetzt sah sie mich doch an. »Ernsthaft? Du hasst Zoe.«

»Tue ich das?«

Sie schnaubte verächtlich und widmete sich wieder ihren Klamotten.

Wir trafen Zoe und Brad – so hieß der ominöse Germanistikfreund – an einer U-Bahn-Station in Williamsburg. Zoe stellte sich als die nicht ganz so blonde und nicht ganz so überschminkte Mitbewohnerin heraus. Brad sah eigentlich ganz sympathisch aus, er trug ein ausgewaschenes T-Shirt, labbrige Jeans und eine schmale, schwarze Brille. Er sprach ausgezeichnet Deutsch, da er gerade ein Auslandssemester in Tübingen abgeschlossen hatte – deswegen war ich ihm auch noch nicht begegnet.

»In Deutschland kann man viel besser indisch essen«, sagte er, als wir besagtes indisches Restaurant betraten und uns an den einzigen freien Tisch – neben den Toiletten – gesetzt hatten. »Besonders in Berlin.«

Zoe sah ihn verständnislos an, sie verstand kein einziges Wort Deutsch (außer »Hitler« und »Kinderschokolade«, wie sie mir einmal erzählt hatte, und sie fand, dass das unglaublich komisch klang, Kinderschokolade) –, und Brad machte keine Anstalten, ihr seinen Kommentar zu übersetzen. Also lachte sie einfach affektiert und entblößte dabei ihr beeindruckendes Gebiss. Ich fragte mich, was »wiehern« wohl auf Englisch hieß.

»Paul lives in Berlin«, sagte Lea.

Sie grinste mich an, und ich grinste zurück.

»You guys met in Berlin?«, fragte Zoe.

»No!«, antworteten Lea und ich gleichzeitig und widmeten uns dann sehr eingehend der Speisekarte, auf der etwa fünfhundert Gerichte standen.

»Berlin ist meine Lieblingsstadt in Deutschland«, sagte Brad. »Tübingen ist absolute Scheiße.«

»What means Scheise?«, fragte Zoe.

»Fuck«, sagte Brad ohne sie anzusehen, und Zoe zeigte wieder ihre Zähne. »It's so cheap in Berlin. I've met people, normal students, who had a big flat on their own.« Er schüttelte ungläubig den Kopf. »You live alone there?«, fragte er mich.

Schnell nickte ich und vermied es, Lea anzusehen. Ich hatte gerade tatsächlich Johanna und Robert verleugnet. Zum Glück brachte der Kellner in diesem Moment unser Bier.

»Berlin ist auch meine Lieblingsstadt«, sagte Lea. »Ich war schon lange nicht mehr da. Wenn ich zurück in Deutschland bin, muss ich unbedingt mal hinfahren und Paul besuchen.« Jetzt sah ich sie doch an. Sie blickte ausdruckslos an mir vorbei. Was Zoe und Brad wohl von uns dachten? Wie ein verliebtes Musterpärchen verhielten wir uns bestimmt nicht. Allerdings wirkten die beiden auch nicht gerade harmonisch.

Brad nickte zustimmend, und Zoe sah uns verständnislos an.

»Auf jeden Fall.« Ich nahm einen großen Schluck Bier.

Dann erzählte Zoe sehr lange und sehr langweilig von ihrem Tanz-Studium an irgendeiner Privatuni. »It's so inspiring«, lautete ihr Mantra. Brad schien das alles wenig zu interessieren – er widmete sich lieber seinem Lamb Curry, das genauso aussah wie mein Vegetarian Curry und Leas Chicken Curry. Nur ich stellte manchmal eine Zwischenfrage, damit Zoe ja nicht aufhörte zu erzählen und Brad wieder begann mich auszufragen. Aus der Toilette wehte der Duft von billigem Lufterfrischer an unseren Tisch. Ich beeilte mich mein Bier auszutrinken und orderte gleich das nächste.

»Du bist Deutschlehrer in Berlin, oder? Hat Zoe erzählt.« Brad hatte eine kurze Pause in Zoes Erzählfluss genutzt.

Woher wusste sie das? Redete Lea etwa mit ihr über mich?

»Ja, ich unterrichte an der Uni«, informierte ich ihn.

»He's writing his thesis about love«, mischte sich Lea ein und strich mir über die Wange. Selbst Zoe musste diese Geste als Ironie entschlüsseln können.

»Oh, that's so sweet!«, flötete Zoe. Mein Bier war schon wieder leer.

Lea hatte gewonnen, ich würde nie wieder zu einem Abendessen mit ihren Mitbewohnerinnen mitkommen.

Nach einer weiteren halben Stunde »It's so inspiring«-Mantra orderte Brad endlich die Rechnung.

Zoe stöhnte auf. »New York is so expensive«, sagte sie, als wir den Preis durch vier teilten. »You can't live here and have a famliy.«

Brad sah sie zum ersten Mal heute Abend an und schüttelte genervt den Kopf. Sie schien es nicht einmal zu merken. »You guys want kids?«, fragte sie unschuldig.

Lea lachte ein viel zu lautes, viel zu hohes Lachen. »Sicher. Paul liebt Kinder.«

»I don't understand a single word«, beschwerte sich Zoe.

»Kinderschokolade«, sagte ich. Sie lachte wiehernd. Es funktionierte immer.

Auf dem Weg zur U-Bahn berichtete Brad auf Deutsch, dass er in Tübingen »so ein nettes Mädchen« kennengelernt hätte. Sie würde bald nach New York nachkommen.

»Aber Zoe weiß von nichts. Ich bringe es einfach nicht übers Herz, es ihr zu beichten. Sie hat sich so gefreut, als ich zurückgekommen bin.«

Ich erzählte ihm nicht von dem gut aussehenden Typen, den ich vor ein paar Tagen gesehen hatte, als er morgens Zoes Zimmer verließ.

Am nächsten Tag saß ich in meinem Dachzimmer, nur mit einer Shorts bekleidet, die Hitze war kaum auszuhalten, obwohl die blöde Klimaanlage auf der höchsten Stufe surrte, und skypte mit Johanna.

»Gestern habe ich mal wieder an unseren desaströsen Urlaub auf Island gedacht. Wie lange ist das jetzt her?«

»Warum denn desaströs?« Ich sah sie gespielt empört an.

»Dann eben nicht desaströs. Das Wetter war jedenfalls schlecht …«

»Ein bisschen kühleres Wetter fände ich im Moment gar nicht so schlecht«, unterbrach ich sie.

»Dann würdest du dir auch mal wieder was anziehen.« Sie grinste mich an. »Aber ich meine gar nicht die Erinnerungen an Island im Einzelnen, die Seehunde auf den Steinen, der Vulkan hinter den Wolken, die schlechte Schotterstraße und das Geräusch, als uns ein Stein die Windschutzscheibe demolierte, kurz bevor wir den Mietwagen zurückgeben wollten.«

»Du warst gegen die Zusatzversicherung gegen Steinschlag!«

»Ja, ja, das wollte ich gar nicht damit sagen. Ich weiß nicht, wie ich es präzise ausdrücken soll, aber manchmal denke ich, dass wir Erinnerungen aufnehmen wie früher Musik auf eine Kassette. Und nach ein paar Monaten passiert das Gleiche wie bei den alten Kassetten, wenn man sie zu oft anhörte: Sie leiern aus, beginnen zu rauschen und undeutlicher zu werden.« Sie sah jetzt weder in die Kamera noch auf den Computerbildschirm, sondern fixierte irgendeinen Punkt an der Wand gegenüber. Dort hing ein Bild. Ich musste überlegen, was darauf abgebildet war. Ein Schiff? Ein sich in Paris unterm Eiffelturm küssendes Pärchen? »Trotzdem sind diese Erinnerungen immer da – und man muss aufpassen, sie nicht für die Wahrheit zu halten. Eine weitere Wahrheit. Was weiß ich.«

»Über so etwas denkst du nach, wenn du allein bist?«

Sie sah jetzt wieder in die Kamera und lächelte mich an. »Zum Beispiel.«

Ich wollte plötzlich unbedingt neben ihr auf unserem Sofa im Wohnzimmer sitzen, das gleiche Bild sehen wie sie.

»Warum sind sie nicht wahr, diese Erinnerungen?«, fragte ich, nachdem wir eine Weile geschwiegen hatten. »Schließlich ist das, woran wir uns erinnern, wirklich passiert, selbst wenn wir uns nicht mehr richtig«, ich malte Anführungszeichen um das Wort richtig in die Luft, »an sie erinnern.«

Sie schüttelte den Kopf. »Ich meine nur, dass man aufpassen muss, nicht die Gegenwart permanent mit der Vergangenheit abzugleichen. Mein Leben jetzt mit diesem Urlaub auf Island beispielsweise. Es gibt keine Zwangsläufigkeit, kein Konzept, dem das Leben folgt.« Sie hielt inne. »Wir sollten langsam aufhören, ich muss noch ein bisschen arbeiten. Wie immer.«

Nachdem wir uns verabschiedet hatten, sah ich aus dem Fenster, auf die Hochhäuser auf der anderen Seite des East River. Ich sollte ebenfalls mit Arbeiten beginnen und in die Public Library fahren, damit ich noch genug Zeit hätte, bevor ich mich am Abend mit Lea traf.

Warum wollte Johanna gerade jetzt über so etwas reden? Hatte sie Angst, dass ich hier in New York Erinnerungen sammelte, die nichts mit ihr zu tun hatten? Aber davon gab es viele, schließlich erinnerten wir uns auch an die Zeit, bevor wir uns kennengelernt hatten. Und wenn Erinnerungen auch undeutlicher wurden mit den Jahren, so wurden sie doch nicht unwahr.

Ich stand auf und packte meinen Rucksack. Eine Kakerlake krabbelte unter meinem Bett hervor. Zum ersten Mal entdeckte ich eine in meinem Zimmer. Mit dem Insektenspray meines italienischen Mitbewohners tötete ich sie. Ich starrte sie an, wie sie bewegungslos auf dem Boden lag, und fühlte mich schuldig.

An der U-Bahn-Station kam direkt der Express-Train, der mich mit nur wenigen Zwischenhalten nach Manhattan brachte, zur Bibliothek, die auch ein Erinnerungsspeicher war. Wie die Bücher, von denen Emrald meinte, dass man sich nicht in ihnen verlieren sollte. Aber manchmal machte ja gerade das Spaß – wie durch New York zu laufen, ohne Stadtplan, ohne Google Maps, und zwischen den Häusern zu verschwinden.

13

Nach einer Woche relativ konzentrierten Arbeitens in der Public Library erreichte mich eine E-Mail von Emrald. Ich hatte noch nie eine Mail von ihm bekommen. Natürlich besaß er eine offizielle Uni-Mailadresse, die ausschließlich von Schenker benutzt wurde, oft einfach in Emralds Namen. Ich hegte den Verdacht, seine Internet-Abneigung speiste sich vor allem aus seinem Unvermögen, damit umzugehen. Seine Pöbeleien gegen das Netz amüsierten mich trotzdem:

»Ich zieh mich ja auch nicht vor jedem nackt aus, selbst beim Sex bevorzuge ich inzwischen dunkle Räume« (zur Überwachung im Internet).

»Ich kann jetzt nicht ins Internet rein, da ist schon jemand drin« (auf die wiederholte Bitte Schenkers, die Noten seiner Studenten selbst ins Online-System der Uni einzutragen).

»Thomas Bernhard hätte nicht getwittert« (zum »bescheuerten Mitteilungszwang« im Netz).

Ich vermutete, er hatte Schenker die Mail einfach diktiert. Emrald galt als Anhänger von Schreibmaschinen und handschriftlichen Notizen. Seine Bücher und Artikel tippte er grundsätzlich auf seiner heruntergekommenen Olivetti, bevor demütigere Doktoranden als ich eine Reinschrift auf dem Computer anfertigten. In seinem Büro lagen überall verstreut Zettel, vollgekritzelt mit geheimnisvollen oder auch nur wirren Sätzen, die er, einer Eingebung folgend, aufgeschrieben und dann sofort wieder vergessen hatte. Auch den Titel seines letztes Buchs las ich zuerst auf einem Papierschnitzel: *Thomas Bernhards späte Romane: Abschlachten der Literatur*. Zudem notierte er seine Gedankenfetzen einfach gleich in die Bücher, von denen sie inspiriert waren. Nahm man eins aus einem der vollgestopften Regale und schlug es an einer beliebigen Stelle auf, fand man meistens ebenso verwirrende Notate wie auf den Zetteln. Ein Satz in Foucaults *Wahnsinn und Gesellschaft* ging mir lange nicht aus dem Kopf: »Die Verrückten sehen die Wirklichkeit nur leicht verschoben. Sie sitzen im Nachbarhaus und betrachten den gleichen Baum auf der Straße wie wir, nur aus einem anderen Winkel.« Für seine Vorlesungen benötigte er diese Notizen allerdings nicht, er hielt sie grundsätzlich frei.

In seiner knappen Mail informierte er mich, dass er wieder vollständig genesen sei, die Quacksalber hätten ihn endlich in die Freiheit entlassen, und für das kommende Wintersemester plane er eine triumphale Rückkehr mit einem bahnbrechenden Seminar zur »Klinik in der Literatur«. »Mein Thema«, wie er (oder Schenker) schrieb. »Ihre langweiligen Seminare sind auch wieder genehmigt, lieber Ferber – natürlich nur dank meines aufopferungsvollen Einsatzes bei der Institutsleitung.« Ich hörte förmlich sein scheppperndes Lachen, als ich die Mail las.

Ich antwortete sofort und stellte ein paar Nachfragen seine Gesundheit betreffend, ich konnte mir kaum vorstellen, dass er sich innerhalb von ein paar Wochen wieder vollkommen erholt hatte. Meine Begegnung mit Lindemann verschwieg ich ihm, er konnte sich wahrscheinlich ohnehin nicht mehr daran erinnern, dass ich nach ihm gefragt hatte. Außerdem deutete ich an, es gebe große Neuigkeiten. Ohne das genauer zu erklären. Er käme nicht umhin,

Schenker noch eine weitere Mail zu diktieren und sich über meine ach so typische Verschwiegenheit zu beschweren.

Mit der Antwort ließ sich Emrald zwei Tage Zeit. Natürlich ging er mit keinem Wort auf seinen Gesundheitszustand ein, wie erwartet interessierten ihn nur die »großen Neuigkeiten«. Und er wusste alles. »Sie haben also Ihre Affäre in New York getroffen!« Dieses Wort, Affäre, konnte nur Emrald benutzen, ohne dass es völlig abgeschmackt klang. »Sie brauchen mir gar nichts zu erzählen!« Er verwendete so gut wie nie Ausrufezeichen, wenn er schrieb. Obwohl die meisten Sätze wie Ausrufe oder gar Befehle klangen – auch wenn er sprach. »Sie sind wirklich nicht gerade subtil, Ferber! Kommen Sie bloß wieder normal zurück! Der Weg in den Wahnsinn ist sehr kurz, und Sie haben bereits ein gutes Stück der Wegstrecke zurückgelegt!«

»Ich schreibe an meiner Dissertation!«, antwortete ich. »Das ist ja wohl Neuigkeit genug.« Bestimmt würde ihn das aus dem Konzept bringen. Jedenfalls ein bisschen, denn Emrald so richtig vor den Kopf zu stoßen war mir bis jetzt noch nie gelungen.

Trotzdem merkte ich schon seit Längerem, dass er sich mehr Gedanken über mich machte, vielleicht auch Angst davor hatte, ich könnte die Uni verlassen. Dann müsste er seine letzten Jahre dort ohne »Bundesgenossen« (sein Ausdruck für unsere seltsame Freundschaft) zubringen. Außerdem konnte er noch so sehr darauf beharren, seine angeschlagene Gesundheit würde ihn nicht verunsichern, ich wusste, wie hypochondrisch er veranlagt war.

Ich klappte meinen Laptop zu. Emralds Mail hatte wiederum mich aus dem Konzept gebracht. Ich dachte an den einsamen Abend, der mir bevorstand. Lea hatte heute nämlich keine Zeit für mich, sie traf sich mit anderen deutschen oder europäischen NYU-Studenten, die sie vor meinem Kommen kennengelernt hatte, zum Biertrinken in der Lower East Side. Nach dem Desaster mit Zoe und Brad verspürte ich nur wenig Lust, sie zu begleiten. Sie hatte ohnehin nicht gefragt, ob ich mitkommen wolle.

Für heute gab ich das Arbeiten auf und verließ die Bibliothek. Nur ein paar Blocks nördlich lag das Museum of Modern Art, und ich beschloss den Rest des Tages dort zu verbringen. Die Sonderausstellungen interessierten mich nicht besonders, und so schlenderte ich durch die Räume mit den berühmten Bildern der ständigen Ausstellung. Menschentrauben bildeten sich vor irgendwelchen Picassos; vor einem monumentalen Bacon-Triptychon, das fatalerweise direkt neben einer kleinen Kaffeebar hing, saßen die Besucher mit Pappbechern in den Händen und unterhielten sich. Ich dachte an *Old Masters*, in dem ich vorhin noch gelesen hatte. Die Hauptfigur Reger, der »every other day except Monday« ins Kunsthistorische Museum geht und dort stunden- und tagelang, im Prinzip sogar jahrelang, vor einem einzigen Gemälde sitzt. Er braucht die Zeit, um den *White-Bearded Man* von Tintoretto überhaupt ansatzweise zu verstehen. Natürlich handelte es sich bei Regers regelmäßigen Museumsbesuchen um ein obsessives Ritual, das ihn in der Welt verankerte.

Ich kam in einen Raum, in dem einige lackierte Metallklötze an der Wand hingen, daneben drei vollständig weiße Bilder und eine Art rosafarbenes Brett.

Laut der Hinweisschilder widmete sich diese Abteilung der Minimal Art. »Was auch sonst …«, murmelte ich.

Während ich die in ihrer Einfachheit schönen Gegenstände betrachtete, fühlte ich mich zum ersten Mal an diesem Tag halbwegs wohl. Diese schmucklosen Kunstwerke verströmten eine Ruhe, die nur unbelebten Dingen anhaften konnte, welche auf nichts Bestimmtes außer sich selbst verwiesen. Im nächsten Raum hingen die geometrischen Bilder Mondrians und des De Stijl. Kleine Leinwände mit geraden Linien und Farbflächen, die ebenfalls Friedlichkeit und Ordnung ausstrahlten.

Mein Handy in der Hostentasche summte.

»Manchmal mache ich mir Sorgen, wie das alles weitergehen soll, wenn du zurückkommst.«

Ich blieb mitten im Raum stehen und starrte auf das Display. Eine andere Museumsbesucherin umrundete mich, mir ein leises »Excuse me« zuflüsternd.

Ich brauchte eine Weile, bis ich verstand, dass nicht Lea schrieb, sondern Johanna.

Bevor ich antworten konnte, traf schon die nächste SMS ein.

»Auf einmal wirkst du so weit weg … Aber du bist ja auch weit weg.«

Ich setzte mich neben die Kaffeetrinker unter den Bacon. Was sollte das plötzlich? Ich antwortete, dass wir später skypen könnten, momentan wäre ich im Museum, und schaltete kurz entschlossen mein Handy aus. Wusste sie von Lea? Im Grunde unmöglich, trotzdem wurde ich den Gedanken nicht los.

Ich lehnte mich weit zurück und sah mir das riesige Bacon-Triptychon an. Unmöglich verdrehte Körper in brutalem Beige, monströs und dämonisch – das vollkommene Gegenteil der ordentlichen Gegenstände der Minimal Art und der klaren Bilder Mondrians.

Als ich weiter durch das Museum schlenderte, nahm ich kaum noch die Bilder und Skulpturen wahr. Ich dachte wieder an Johanna, sah sie in unserer vertrauten Wohnung auf den Dielen sitzen und vermisste sie wie noch nie.

Hatte ich mich die ganze Zeit getäuscht? Ahnte sie etwas, sprach es nur nicht an und wollte ihre Distanz wahren? Außer ihren Geschichten, die ich nicht recht deuten konnte, stieß ich bei ihr auch sonst immer wieder auf – ich weiß nicht genau, wie ich es nennen soll – Ungereimtheiten vielleicht? Irritationen? Ihre Beziehung zu Roberts Vater zum Beispiel. Ich wusste nicht viel darüber. Sie waren nur relativ kurz zusammen gewesen, und die Trennung ging wohl von ihm aus. Sie schien immer noch befangen, wenn sie ihm begegnete. Einmal brachten wir ihm Robert, um danach von Frankfurt weiter in den Urlaub zu fliegen. Wir standen zu viert vor seiner Wohnungstür, Robert freute sich einerseits, seinen

Vater zu sehen, andererseits war er traurig, dass Johanna und ich gleich wegfuhren, also zog sich der Abschied immer länger hin. Ich beobachtete dabei Roberts Vater – und stellte wieder einmal fest, dass er eine unheimlich einnehmende Ausstrahlung besaß. Er war zwar deutlich älter als Johanna, doch auf eine Emrald gar nicht unähnliche Weise charismatisch. Ein aus der Zeit gefallener Dandy. Einmal hatte er uns Pläne zu einem Wohnhaus gezeigt, das er bald bauen würde. Akkurate Computergraphiken, gar nicht so unähnlich den geometrischen Bildern hier im Museum.

Er wechselte seine Freundinnen – alle deutlich jünger – ähnlich oft wie seine zerknitterten, immer eleganten und wohl teuren Anzüge. Robert erzählte manchmal davon. Nur einmal bekamen wir überhaupt eine Frau zu Gesicht. Johanna ignorierte das einfach. Roberts Vater wirkte dabei auch nicht glücklich, eher etwas pikiert, trotzdem selbstsicher. Ich mochte ihn. Er hielt wie Johanna die Welt auf Abstand, vielleicht noch extremer. Nur selten, etwa wenn er Robert sah, verschwand diese Distanz für einen Augenblick.

Als wir endlich in der S-Bahn zum Flughafen saßen, es würde knapp werden, unser Flug ging schon in einer Stunde, bemerkte ich, wie Johanna aus dem Fenster starrte. Ich fragte nicht, ob es am Abschied von Robert lag oder an etwas anderem – aber sie weinte.

Ich stand vor einer Absperrung. In den Räumen dahinter wurde offenbar eine neue Ausstellung vorbereitet, Bilder lehnten an den Wänden, und große Holzkisten lagerten ungeöffnet dazwischen. »Handle with care«, stand auf ihnen. Hier kam ich nicht weiter.

Auf dem Weg nach Hause schrieb ich Lea eine Nachricht, in der ich fragte, ob ich später noch zu ihr kommen könne. Doch ich hatte in der U-Bahn keinen Empfang, und als ich in Brooklyn ankam, löschte ich die SMS wieder, ohne sie abzuschicken. In meinem Zimmer rief ich sofort Johanna an. Als ich sie auf dem Bildschirm sah, wie sie in unserem Wohnzimmer saß, den Laptop auf dem Schoß, wusste ich sofort, dass alles in Ordnung war.

»Ich weiß auch nicht, was gerade los ist«, sagte sie, nachdem sie sich entschuldigt hatte, mich mit den SMS belästigt zu haben.

»Du hast mich nicht belästigt. Was ist denn das für ein komischer Gedanke?«

Johanna sah in die winzige Kamera am oberen Rand ihres Laptops, was bedeutete, dass sie mich, mein Bild auf dem Display, nicht anschaute.

»Es ist gerade alles nur so komisch hier, allein in der Wohnung. Du bist weg. Und Robert und sein Vater melden sich auch kaum. Ich komme mir schon vor wie die typische fürsorgliche Mutter, die nervös wird, wenn sie einen Tag nichts von ihrem Kind hört.«

»Ich dachte, du bist froh, mal deine Ruhe zu haben?« Ich konnte gut verstehen, was sie meinte, ich wurde auch sofort nervös, wenn ich nichts von Robert hörte.

»Das dachte ich auch.« Sie lächelte. »Vielleicht kann ich doch schlechter allein sein, als ich gehofft hatte. Ich mache kaum noch etwas anderes als arbeiten. Und wenn ich dann abends nach Hause komme, ist niemand da. Na ja, ich will nicht jammern.«

Wir schwiegen eine Weile. Im Hintergrund sah ich unser Wohnzimmer, sie saß auf dem großen Sofa, das wir uns letztes Jahr für zu viel Geld gekauft hatten, zum ersten Mal nicht Ikea. Gern hätte ich sie jetzt berührt, in den Arm genommen.

Ich sagte ihr, dass es mir genauso gehe wie ihr und ich Robert vermisste.

»Ich habe übrigens ein Haus gefunden, in der Uckermark, das ist recht günstig und auch noch frei in den letzten beiden Ferienwochen. Ich schick dir nachher mal ein paar Bilder. Dann können wir es gleich reservieren, falls es dir gefällt«, sagte sie.

»Ich kann mir das gerade gar nicht vorstellen, ein Haus in Brandenburg, wir zu dritt.«

»Ich auch nicht, aber ich brauche sehr dringend Urlaub, sonst töte ich noch einen der Regisseure.« Sie lachte.

Wir redeten noch weiter, ungewöhnlich lang, über unsere normalen Themen, ihre Arbeit, Berlin, New York, Robert und Irene. Schließlich meinte sie, dass sie müde sei. »Hier ist es ja schon mitten in der Nacht.«

Ich wollte auflegen, aber Johanna holte einen Zettel hervor und hielt ihn vor die Kamera. »Ich hatte dir doch von diesem Schauspieler erzählt, mit dem ich mich ganz gut verstehe.«

Ich nickte. Also hatte sie noch immer mit ihm zu tun.

»Er hat mir ein Zitat vorgelesen, das gut zu diesem seltsamen Charakter in dem französischen Buch über den Aussteiger, der in den Kongo reist, passt. Er hat's mir aufgeschrieben, er ist ein wenig pathetisch.« Sie wedelte mit dem Zettel und begann vorzulesen. »Es ist, als ob die Menschen zur Strafe dafür, dass sie die Hoffnungen ihrer Jugend verraten und sich in der Welt einleben, mit frühzeitigem Verfall geschlagen würden.«

»Das ist böse.«

Ich dachte an das Gespräch mit Lea in Red Hook.

»Ja.« Sie grinste. »Und es macht mir Angst.«

Wir legten auf, und ich sah zum Fenster, der Himmel war heute bewölkt, die Hochhäuser in Manhattan nur zu erahnen. Wahrscheinlich würde es bald regnen. Wenigstens ein wenig Abkühlung.

Noch fünf Tage.

Wenn ich als Kind wieder in dieses Spiel verfallen war, mir auszudenken, wie ich in zehn Tagen oder fünf Jahren aussehen, was ich machen und wie ich mich dann an mein Ich in der Gegenwart erinnern würde, war es eigentlich nie vorgekommen, dass ich mich wirklich verändert hatte. Egal, wie weit ich in die Zukunft dachte. Ich hatte mich bewegt, befand mich woanders, aber es gab keinen Unterschied. Ich war *ich*. Und mit der wirklichen Zukunft, meiner Gegenwart jetzt, hatte es auch nichts zu tun. Später änderte sich das dann, ich dachte immer, es müsste noch etwas kommen, ohne dieses Etwas benennen zu können. Das meinten wahrscheinlich auch Johanna und Lea. Dieses hässliche Wort: Selbstverwirklichung. Ohne zu wissen, was dieses Selbst überhaupt war. Also blieb nur die Wirklichkeit übrig. An dieser Wirklichkeit war Lindemann gescheitert, bildete ich mir ein. »Die Hoffnungen der Jugend verraten.« Inzwischen ahnte ich, dass nichts mehr kommen würde und ich doch recht hatte als Kind.

Ich konnte mich noch gut daran erinnern, wie Emrald mich gefragt hatte, ob ich bei ihm eine Doktorarbeit schreiben wolle. Die passende Stelle dazu bot er mir auch gleich an. Drei Jahre mit der Möglichkeit auf Verlängerung. Und diese Möglichkeit schöpfte ich immer noch aus. Natürlich hatte ich im letzten Jahr meines Studiums hin und wieder darüber nachgedacht, zu promovieren, ihm gegenüber zur Sprache gebracht hatte ich es nie. Wahrscheinlich wäre es auch dabei geblieben, und ich hätte eben etwas anderes gemacht, von dem ich mir jetzt gar nicht vorstellen konnte, was es sein sollte.

»Normalerweise läuft das nicht so ab«, hatte Irene damals gesagt. »Eigentlich musst du einen Professor anbetteln, damit er dein Doktorvater wird. Und so eine Stelle ist sowieso der Jackpot.«

Ich zuckte nur mit den Schultern und fragte sie, ob das hieße, ich solle sein Angebot annehmen.

Irene schüttelte ungläubig den Kopf. »Dir passiert alles einfach so, die Naturgesetze scheinen bei dir nicht zu gelten: Die Widerstände gehen dir aus dem Weg, Hindernisse verschwinden einfach.«

Und vielleicht war ich, so wie Lea auch von sich dachte, immer den Weg des geringsten Widerstands gegangen. Jedenfalls bis jetzt.

»Heute war dein letzter Tag in New York«, sprach Lea das Offensichtliche aus, als ich verschwitzt neben ihr im Bett lag. Wir hatten miteinander geschlafen, nachdem wir vom Abendessen zurückgekommen waren. Wir hatten es nicht einmal mehr geschafft, die Klimaanlage anzustellen und das Fenster zu schließen. Jetzt lauschten wir dem unablässigen Rauschen der Stadt, den hupenden Autos und den Hip-Hop-Beats, die von der Straße zu uns ins Zimmer wehten. Einmal hörte ich Zoe im Nebenzimmer wiehern, Brad war nicht mehr aufgetaucht, anscheinend hatte er oder sie doch irgendwann gebeichtet.

»Willst du heute Nacht hierbleiben?«

Ich antwortete nicht, weil sie ja wusste, was ich sagen würde. Wir küssten uns, so wie wir uns früher in Leipzig geküsst hatten.

Leas Flug ging in zwei Wochen. Sie würde nach Frankfurt fliegen und dort noch ein paar Tage bei ihrer Familie verbringen und erst dann wieder zurück nach Leipzig gehen. »Ich habe keine Lust, aber wie immer fühle ich mich verpflichtet«, hatte sie gesagt. »Wann hören diese Schuldgefühle endlich mal auf? Womöglich brauche ich allerdings bald wieder das Geld meiner Eltern.«

In ein paar Wochen teilte sich unsere Welt also wieder wie gehabt in Berlin und Leipzig auf.

»Wieder ein Ende, das kein Ende ist.« Ich sah sie von der Seite an. Ihren inzwischen vertrauten Körper. Durch das offene Fenster drang ein schwacher, warmer Luftzug zu uns herein, und ich strich ihr übers Gesicht. Sie nahm meine Hand und legte sie neben sich aufs Kissen.

»Du immer mit deinen Paradoxien«, flüsterte sie.

»Ich?« Ich doch gerade nicht.

»Manchmal denke ich: Zum Glück bist du gekommen. Eigentlich meistens. Trotzdem war es ein Fehler, dich die ganze Zeit zu sehen, ich hätte allein sein sollen, auch wenn es schwieriger für mich gewesen wäre. Aber egal, ich habe ja noch ein bisschen Zeit hier. Allerdings muss ich mal endlich fertig werden mit der blöden Arbeit.« Sie stand auf, zog sich ein Hemd über und legte sich wieder neben mich. »Ich weiß, dass man manche Dinge machen muss, weil man sie machen will, auch wenn es anders besser wäre. Und das dann trotzdem nicht schlecht ist.«

Genau das ist doch paradox.

Wir hörten, wie eine von Leas Mitbewohnerinnen sich in der Küche zu schaffen machte. Würde ich bald wieder Alice lauschen, wie sie Kochorgien zelebrierte? Wir lagen still auf dem Bett und bewegten uns nicht, wie Kinder, die nicht von den Erwachsenen erwischt werden wollten. Dann drehte sich Lea zu mir um und sah mich an, anscheinend erwartete sie etwas.

In der Küche war es wieder still geworden, eine Polizeisirene ertönte, direkt auf der Straße vor dem Haus.

»Ich bin müde«, sagte ich.

Lea nickte abwesend ohne mich anzusehen, irgendeinem Gedanken nachsinnend. Ich war froh, meine letzte Nacht in ihrer Wohnung zu verbringen. Die Gedanken rotierten weniger, wenn ich nicht allein war, ich zerbrach mir nicht die ganze Zeit den Kopf darüber, wie es werden würde, wenn Johanna mich vom Flughafen in Berlin abholte.

»Du hast recht«, sagte ich dann doch noch, als sie schon fast schlief. »Es ist nicht immer schlimm, Dinge zu tun, von denen man weiß, dass man sie nicht tun sollte.«

Sie lächelte, ohne die Augen noch einmal zu öffnen.

Vierter Teil

Im Unendlichen

Unsere Geschichte dauerte gerade einmal ein Jahr. Als ich ihn zum ersten Mal traf, lebte ich kaum sechs Monate in Berlin, und meine einzige Freundin damals in der Stadt stellte ihn mir mit einem bedeutungsschwangeren Augenzwinkern vor. Sie hatte mir bereits viel zu viel von ihm erzählt, auch wenn ihre Berichte ihn nicht besonders akkurat beschrieben. »Ihre kleine Affäre«, sagte sie immer affektiert. Sie hatte sich offensichtlich Hals über Kopf in ihn verliebt. Ich gönnte es ihr, doch langsam ging sie mir mit ihrer Schwärmerei auf die Nerven. Sie wartete fast zwei Monate, bis sie endlich vorschlug, in einer Cocktailbar, ganz in der Nähe von unserer Wohnung heute, zusammen etwas zu trinken.

Ich fand ihn nicht besonders attraktiv. Alles an ihm schien ein wenig aus dem Lot geraten, irgendwie schief. Seine Nase bog sich ein wenig, seine Augen waren nicht auf der gleichen Höhe, wenn er lief, wirkte es fast, als würde er hinken, seine Arme waren zu lang im Vergleich zu seinem Oberkörper und seine Beine zu kurz.

Er arbeitete als Architekt, unterrichtete aber auch an der Universität der Künste, sein genaues Alter kannte nicht einmal meine Freundin, er musste allerdings schon die Vierzig überschritten haben, sein Haaransatz hatte sich merklich nach hinten verschoben, ein kleiner Bauch zeichnete sich unter seinem ungebügelten weißen Hemd ab. Er sprach wenig an diesem Abend, fast unhöflich wenig, irgendetwas nahm mich trotzdem für ihn ein. Ich hatte das Bedürfnis, ihn genau zu studieren, seine seltsam krumme Gestalt zu erfassen, und noch Tage danach ging er mir nicht aus dem Kopf.

Zum zweiten Mal begegnete ich ihm auf der Geburtstagsfeier meiner Freundin. Ich kannte niemanden und stand etwas verloren in der Küche mit einem Glas Sekt in der Hand, als er sich auf einmal vor mir aufbaute. Zu meiner Überraschung konnte er sich noch an meinen Namen erinnern und daran, dass ich gerade ein Volontariat bei einem Verlag absolvierte. Überhaupt schien er noch alles zu wissen, was ich an dem Abend in der Cocktailbar erzählt hatte, und seine Maulfaulheit wich so etwas wie Charme.

Er trug einen dreiteiligen grauen Anzug aus feinem Stoff, der allerdings an seiner krummen Gestalt nicht besonders schick wirkte. Er äußerte - dieses Mal sehr höflich - seine Besorgnis, ich könnte mich auf der Party langweilen (was stimmte), und ließ durchblicken, dass es ihm ähnlich gehe. Nach einer Weile organisierte er neuen Sekt, erzählte von seinem wohl unbefriedigenden Lehrauftrag an der UdK und sprach druckreif über neue Entwicklungen in der Architektur. Doch er fragte auch mich aus, schien wirklich interessiert an den Abläufen in einem Verlag, kurz: Er rettete meinen Abend. Hin und wieder kam meine Freundin vorbei, versuchte an unserem Gespräch teilzunehmen, aber er beachtete sie kaum. Mir tat sie ein wenig leid, trotzdem wünschte ich mir, dass sie ging und sich um ihre anderen Gäste kümmerte. Als ich schließlich ziemlich angetrunken und als eine der Letzten nach Hause ging, hatte ich nur mit ihm gesprochen und die Küche kein einziges Mal verlassen.

Mein erster Eindruck hatte sich an diesem Abend vollständig gewandelt. Nichts an ihm war mehr aus dem Lot, nichts wirkte unpassend, sondern, wenn ich ehrlich war, faszinierte er mich. Er schien genau zu wissen, was er wollte, ohne dabei besonders ehrgeizig zu wirken. Mir kam er vor wie ein Schauspieler, der nicht spielte, ein Bühnenmensch ohne Bühne - präsent und doch distanziert.

So etwas wie Neid auf meine Freundin stieg in mir auf. Ich unterdrückte das Gefühl und versuchte den Abend, so gut es ging, aus meinem Gedächtnis zu tilgen. Selbstverständlich rechnete ich nicht damit, ihn schnell wiederzutreffen, geschweige denn die Möglichkeit zu bekommen, mich noch einmal länger allein mit ihm zu unterhalten.

Doch ein paar Tage nach der Party rief er an - keine Ahnung, wie er an meine Telefonnummer gekommen war, ohne Misstrauen zu erwecken. Er fragte mich, ob wir zusammen essen gehen wollten, und ich sagte sofort zu, obwohl ich wusste, dass meine Freundin eifersüchtig werden würde.

Das Abendessen verlief ähnlich angenehm und kurzweilig wie unsere Unterhaltung auf der Geburtstagsfeier. Ich hatte selten einen aufmerksameren Menschen erlebt. Als wir das Restaurant verließen, küssten wir uns auf der Straße, und er lud mich in seine Wohnung ein.

Meine letzte Beziehung lag fast zwei Jahre zurück, und schon lange hatte mich kein Mann mehr so angezogen. In den darauffolgenden Wochen sahen wir uns fast jeden Tag. Meine Freundin verschwand geräuschlos aus unser beider Leben, und ich fühlte mich deswegen nicht einmal schuldig, ich verschwendete einfach keinen Gedanken an sie. Ich dachte kaum mehr über etwas anderes nach, einzig das nächste Treffen mit ihm zählte. In meiner Wohnung hielt ich mich so gut wie gar nicht mehr auf. Wahrscheinlich war ich einfach glücklich.

Nach zweieinhalb Monaten lief mein Volontariat aus, und ich wurde nicht übernommen, was im Prinzip schon von Beginn an festgestanden hatte. Vielleicht lag es auch daran, dass mich die Arbeit immer weniger interessierte, wie ich am Ende kaum noch verbarg. Ich hatte versäumt, mich um einen neuen Job zu bemühen. Aber auch daran verschwendete ich keinen Gedanken.

Zu diesem Zeitpunkt hätte ich schon die kleinen Veränderungen erkennen müssen. Manchmal verfiel er in Verhaltensweisen, die an unsere erste Begegnung in der Cocktailbar erinnerten. Er sprach oft einen ganzen Abend über nur vielleicht zehn Worte mit mir, sah mich nicht an, seine Aufmerksamkeit lag außerhalb unserer Zweisamkeit, doch ich merkte nichts oder redete mir zumindest ein, ich würde nichts merken.

Meine Beziehung zu ihm wurde beinahe obsessiv. Faktisch wohnte ich längst in seiner Wohnung, und jetzt, da ich tagsüber nichts mehr zu tun hatte, verbrachte ich auch die Nachmittagsstunden alleine dort, las seine Bücher, schaute mir seine DVDs an, stöberte in seinen Bleistiftzeichnungen auf dem Schreibtisch. Häuser, die er sich ausgedacht hatte, Häuser, in die ich mit ihm ziehen würde, irgendwann, von mir aus sofort. Einmal, er hatte gerade die Wohnung verlassen, zog ich sogar einen seiner Anzüge an, ich glaube sogar den Dreiteiler, den er auf der Geburtstagsfeier getragen hatte, und betrachtete mich lange im Spiegel. Ich hatte jeglichen Bezug zur Realität verloren. Seltsamerweise war mir das durchaus bewusst, aber es störte mich kein bisschen. Meine neue Realität schien so viel schöner als die alte.

Nach vier Monaten ging mir das Geld aus, und ich schlug ihm vor, meine Wohnung aufzulösen und zu ihm zu ziehen, schließlich verbrachte ich ja ohnehin die meiste Zeit dort. Er sah mich mit einem Blick an, den ich nicht kannte, kühl und missbilligend. Statt Nein oder Ja zu sagen, gab er keine Antwort, und ich traute mich nicht mehr, darüber zu sprechen. Von meinen Eltern lieh ich mir Geld, um meine Miete bezahlen zu können, obwohl ich weiterhin vielleicht maximal eine Nacht in der Woche dort verbrachte. Ich suchte sogar nach einem neuen Job. So weit, eine Bewerbung abzuschicken, ging ich allerdings nicht.

Seine Aufmerksamkeit für mich nahm weiter ab, und ich versuchte das zu kompensieren, indem ich mehr redete, Belangloses aus meiner Kindheit berichtete, von meiner vermeintlichen Jobsuche, was auch immer. Er schien sogar zuzuhören, doch wenn ich ihm ein paar Tage später das Gleiche noch mal erzählte, nicht weil ich ihn auf die Probe stellen wollte, sondern weil mir einfach nichts Neues mehr einfiel, bemerkte er es nicht einmal. Immerhin schliefen wir noch miteinander. Für meinen Körper schien er noch Interesse übrig zu haben. Heute bewundere ich diese kühle Distanz, die er zwischen sich und der Welt aufzubauen versteht. Wenn er will, kann er einfach alles ausblenden.

Nach etwas mehr als sechs Monaten setzte ich die Pille ab, ohne es ihm zu sagen. Schon vier Wochen später zeigte ein Test die Schwangerschaft an. Zwei Wochen später erzählte ich ihm davon, obwohl ich selbst noch nicht hundert Prozent sicher war.

Plötzlich kehrte seine ganze Aufmerksamkeit für mich zurück, und er begann lange auf mich einzureden, das erste Mal seit bestimmt einem Monat richtete er mehr als zwei zusammenhängende Sätze an mich. Ich hörte gar nicht richtig zu, war viel zu berauscht von dem Gefühl, ihn endlich wieder für mich zu haben, bis ich doch einen Satz verstand, wahrscheinlich weil er ihn in einem fort wiederholte:

»Johanna, wir werden keine Familie sein, ich gehe nach Frankfurt.«

Der Schock hielt bestimmt drei Tage an, dann sah ich endlich etwas klarer: Ich bekam von einem Mann ein Kind, der mich nicht liebte, der nicht mit mir zusammenleben wollte, der sogar bald die Stadt verließ. Wir würden nie zusammen in einem Haus wohnen, das er entworfen hatte. Zudem war ich völlig pleite und arbeitslos. Ich hatte mich in eine unmögliche Lage manövriert, wie in Trance war ich zu einer Frau geworden, die ich noch vor einem Jahr wegen ihrer Abhängigkeit von einem Mann verachtet hätte.

Ich brauchte weitere drei Tage, bis ich in der Lage war, mit ihm darüber zu sprechen. Er machte mir keine Vorwürfe, fragte nicht einmal nach der Pille, sondern nahm die Schuld auf sich. Er hätte längst mit mir reden müssen, sagte er, ein renommiertes Architekturbüro in Frankfurt hatte die Fühler nach ihm ausgestreckt, ihm eine Anstellung angeboten, von der er immer geträumt hatte, er würde endlich wirkliche Häuser bauen (für wen denn, hätte ich beinahe gefragt), nicht mehr nur dumme Studenten unterrichten, seine Pläne würden umgesetzt. Ohne zu zögern, hatte er sofort zugesagt. Er respektiere jedoch jede Entscheidung von mir, wenn ich das Baby bekommen wolle – oder auch nicht. Natürlich würde er sich auch um das Kind kümmern, finanziell, aber auch persönlich. Und für eine Abtreibung käme er selbstverständlich ebenso auf.

Ab diesem Zeitpunkt begann ich ihn zu hassen. Und dieser Hass wurde meine Rettung, durch ihn konnte ich endlich wieder einen klaren Gedanken fassen, konnte meine Zukunft planen und meine Entscheidung ihm gegenüber artikulieren: Ich wollte das Kind. Selbst überrascht von dieser Erkenntnis kehrte langsam mein altes Ich zurück. Ich begann wieder Fuß zu fassen in der Realität.

Er unterstützte meine Entscheidung, und ich zog endgültig bei ihm aus. Doch nach ein paar Tagen in meiner fremden Wohnung zeigte sich die wirkliche Struktur meiner Verachtung: Auch wenn ich ihn wirklich hasste, liebte ich ihn doch genauso. Anfangs versuchte ich noch, mich von ihm zu entwöhnen, nur noch den Hass zu spüren. Ich bemühte mich, ihn wegen seiner unendlichen Selbstherrlichkeit zu verurteilen. Doch so sehr ich es auch versuchte, ich konnte es einfach nicht. Ich wollte nicht mehr mit ihm zusammenleben, ich sah jedoch bald ein, dass ich das Kind auch deswegen wollte, weil ich so einen Teil von ihm behalten konnte. Ich schämte mich deswegen, versuchte dieses Gefühl zu verdrängen, das änderte allerdings nichts an meiner Liebe und an meinem Hass. Ich musste damit zurechtkommen, denn ich wusste, diese Paradoxie würde sich auch in Zukunft nicht lösen. Ich würde ihn immer weiter hassen und lieben, und durch das Kind war ich mein ganzes Leben an ihn gebunden.

Fünf Monate bevor Robert auf die Welt kam, zog er nach Frankfurt. Kurz darauf traf ich Paul wieder.

14

Das Büro sah genauso aus, wie ich es zurückgelassen hatte, mein Kollege hatte es offenbar kein einziges Mal betreten. Eine Kaffeetasse stand immer noch ungespült auf dem Schreibtisch. Die Sonne schien durch die schmutzigen Fenster. Ich setzte mich auf meinen Sessel und sah hinaus auf den kleinen Innenhof. Es war auffallend still. Die Semesterferien dauerten noch Wochen, wir Mitarbeiter hatten die Uni fast für uns allein.

Es klopfte an der Tür. Schenker blieb im Rahmen stehen und sah mich ausdrucklos an. »Herr Ferber, Sie sind wieder da.« Eine Marotte von ihm: Offensichtliches aussprechen. Wahrscheinlich ordnete er so seine Welt. »Professor Emrald schickt mich.«

Musste er jeden Tag hier klopfen, um zu schauen, ob ich wieder zurück war?

»Ich komme gleich rüber.«

»Herr Ferber, ich muss mit Ihnen sprechen.« Sein Gesicht verzog sich. Er sah auf einmal seltsam zerknittert aus, so kannte ich ihn gar nicht.

»Professor Emrald«, begann er noch einmal und fuhr sich über seinen perfekten Scheitel.

Ich stand von meinem Schreibtischstuhl auf, ging einen Schritt auf ihn zu, und er wich unwillkürlich zurück.

»Achten Sie etwas auf ihn. Er wird Ihnen zwar versichern, es gehe ihm bestens, seine Frau hat mich jedoch über seinen Gesundheitszustand informiert, und er muss sich dringend schonen. Er hat sich über den Rat seiner Ärzte hinweggesetzt, dic ihn krankschreiben wollten. Sie kennen ihn ja.«

Er blickte an mir vorbei aus dem Fenster. Es musste ihm wahnsinnig unangenehm sein, ich hatte ihn noch nie über Privates reden hören. Natürlich hatte Emrald sich über die Ärzte hinweggesetzt – was hätte man sonst erwarten sollen?

»Ich passe auf ihn auf. So weit das möglich ist.« Ich lächelte. Wir beide wussten, dass Emrald sich nie irgendwelche Fürsorge oder gar Mitleid gefallen lassen würde, es sich sogar strengstens verbat. Doch Schenkers Sorge rührte mich. Er verabschiedete sich schnell.

Ich sah mich noch einmal in meinem Büro um. Wieder zu Hause, dachte ich und machte mich dann auf zu Emrald.

Er saß an seinem Schreibtisch, als hätte er ihn die letzten Wochen keine Sekunde verlassen. Sofort stellte sich wieder dieses vertraute Gefühl ein, das ich in New York manchmal vermisst hatte.

»Ferber, endlich sind Sie wieder da, wurde aber auch langsam Zeit! Setzen Sie sich!«, polterte er sofort los.

Für einen winzigen Augenblick flackerte in seinem Gesicht ein fast zärtliches Lächeln auf, das ich so an ihm nicht kannte. Er schien sich tatsächlich zu freuen, mich zu sehen. Wahrscheinlich hatte ihn der Herzinfarkt und sein Aufenthalt im Krankenhaus doch verändert, sentimentaler gemacht. Das würde er allerdings nie zugeben.

Ich gab ihm die Hand, viel zu förmlich, eine Umarmung hätte allerdings noch lächerlicher gewirkt. Er erhob sich schwerfällig aus seinem Schreibtischstuhl und öffnete den kleinen Schrank, in dem er den Rum aufbewahrte, während ich mich an meinem angestammten Platz auf der anderen Seite seines Schreibtisches niederließ.

Ich räusperte mich. »Emrald, ich bin sicher, Ihre Ärzte haben Alkohol verboten.«

Mein Widerstand blieb schwach. Zwei Minuten später hatte ich eine Tasse mit lauwarmem Kaffee und einem gehörigen Schuss Rum vor mir stehen. Emrald selbstverständlich ebenfalls. Wir prosteten uns zu.

In einem Buch, das vor mir auf dem Tisch lag, steckte einer seiner Notizzettel. »So kommen wir das ganze Leben nicht mehr aus Entsetzlichkeit und Unwahrheit und aus Lüge heraus«, las ich. Bernhard wieder, vermutete ich.

Emrald riss mir den Zettel aus der Hand und warf ihn in den überquellenden Papierkorb. »Erzählen Sie endlich wenigstens die wichtigsten Entwicklungen!«

Auch hier blieb mein Widerstand schwach. Wahrscheinlich musste ich einfach mit jemandem darüber reden. Ich berichtete von Lea und den Besuchen in Leipzig, von New York und unserem Abschied. Emrald hörte tatsächlich aufmerksam zu, sonst nicht gerade seine Stärke. Allerdings kannte ich ja sein Interesse an Persönlichem und Privatem, gerade was seine Mitarbeiter anging. Ich erinnerte mich noch gut an einen seiner Doktoranden, der mit einer Juniorprofessorin aus der Romanistik eine Affäre hatte, obwohl er verheiratet war. Emrald redete wochenlang über nichts anderes und stellte den beiden regelrecht nach. Er zwang mich jeden Tag mit ihm zur gleichen Zeit wie die beiden in der Mensa zu Mittag zu essen, an einem Tisch, der beste Aussicht bot.

»Na, sagen Sie halt endlich, was Sie denken.« Ich sah in meine Tasse. Sie war bereits leer.

Emrald verzog sein Gesicht und trommelte mit seinen Fingern auf dem Tisch. Ich wusste, er sehnte sich nach einem Vanille-Zigarillo.

»Für Sie, Ferber, ist das bestimmt wahnsinnig aufregend«, sagte er schließlich und lehnte sich gefährlich weit auf seinem Stuhl zurück, sodass sein weißes, ungebügeltes Hemd über seinem immer noch stattlichen Bauch spannte. »Und ja, auch belastend oder wie man das nennen soll. Aber hören Sie auf, immer alles mit Bedeutung aufzuladen! Das ist ungesund.«

Er stand wieder auf und öffnete eine neue, noch volle Rumflasche. Sein Alkoholkonsum schien sich seit seinem Herzinfarkt noch erhöht zu haben. Ich dachte an Schenkers Mahnung, doch ich brauchte den Rum im Moment mindestens genauso dringend wie Emrald, und er goss ohnehin schon je drei Fingerbreit in unsere Tassen und füllte mit dem Rest Kaffee auf.

»Eigentlich machen Sie das immer falsch. Erst gießt man den Kaffee ein und gibt dann einen kleinen Schuss Rum dazu.«

»Ferber, Sie waren schon immer ein Opportunist!«

Ich fragte ihn über seinen Gesundheitszustand aus, und sofort verschlechterte sich seine Laune. Auch eine der berühmten Emrald-Paradoxien: Er spricht nicht gern über sich und spricht doch fast die ganze Zeit nur über sich.

»Übrigens hat mir das neue Kapitel Ihrer berüchtigten Dissertation gut gefallen«, lenkte er sofort ab. Ich hatte ihm das in der Public Library verfasste Kapitel vor meiner Abreise aus New York gemailt. Wahrscheinlich keine gute Idee.

»Manchmal hilft ja solch eine autobiographische Motivation, wenn man bei einem Text nicht vorankommt. Wenn sich Fiktion und Realität überschneiden, gewinnt beides an Klarheit. Wenn Sie Glück haben.«

»Das hat doch nichts miteinander zu tun.«

Er sah mich prüfend an. »Ehrlicherweise hatte ich nicht damit gerechnet, dass sich Ihr New-York-Aufenthalt auch in diese Richtung auszahlt. Auch wenn ich nicht ganz verstanden habe, warum Sie jetzt plötzlich auf Englisch schreiben.«

»Die Bücher schienen mir in der Fremdsprache auf einmal erträglicher.«

»Und geht's immer noch so rasant voran?«

»Was denken Sie? Natürlich habe ich so gut wie nichts mehr geschrieben, seit ich zurück bin.«

»Was machen wir nur mit Ihnen?« Er sah mich gespielt mitleidig an und suchte dann die Packung Zigarillos in seiner alten Ledertasche. »Ich geh mal an die Luft!«, rief er und leerte seine Tasse in einem Zug.

Wenn ich vorhin nicht dieses kurze Lächeln gesehen hätte, das seine polternde Fassade durchbrochen hatte, hätte ich mir kaum vorstellen können, dass er vor nicht einmal drei Monaten noch im Krankenhaus gelegen, dass er überhaupt einen Herzinfarkt gehabt hatte.

Ich schlenderte zurück zu meinem Büro, traf dabei keinen einzigen Studenten, es war wirklich eine Wohltat, und versuchte Lea anzurufen. Wir hatten seit New York nicht mehr miteinander gesprochen. Mir dämmerte allmählich, dass es wirklich ein Abschied gewesen war, ein endgültiger wahrscheinlich, diese letzte Nacht in der brütenden Hitze ihrer Wohnung.

Ich wollte gerade wieder auflegen, da meldete sie sich plötzlich.

»Bist du wieder in Leipzig?«, fragte ich und versuchte meine Freude zu verbergen, ihre Stimme zu hören.

»Ja, endlich.« Sie stöhnte auf und begann zu erzählen: »Es war wie immer furchtbar bei meinen Eltern. Das große Haus, die antiken Möbel, der aufdringliche Kläffer meiner Mutter, ich halte das höchstens vierundzwanzig Stunden am Stück aus. Ich war aber fünf Tage da. Mein Vater redete nur über meine bevorstehende glorreiche Karriere als Professorin an irgendeiner renommierten Universität. Er hat absolut keine Ahnung, wie es im Moment in der Wissenschaft aussieht, er denkt, es ist alles noch so schön übersichtlich und einfach wie in den Siebzigern: Studium, Doktor, Professor, viel Geld und großes Haus. Egal, was ich sage, er ist nicht davon abzubringen.« Sie holte kurz Luft – und es ging weiter: »Meine Mutter spricht noch weniger, trinkt ihren Prosecco noch früher am Tag und verhätschelt den beschissenen Hund noch ekelhafter. Wenn sie überhaupt imstande ist, so etwas wie Mitgefühl für ein anderes Lebewesen aufzubringen, dann für diesen Köter.« Ein kurzes Lachen, dann eine theatralische Pause. »Wie geht es deiner Freundin?« Sie versuchte schnippisch zu klingen. Trotzdem verbarg sie ihr Interesse nicht besonders geschickt. Interesse nicht an Johannas Befinden natürlich, sondern daran, ob wir noch zusammen waren.

Ich ging nicht darauf ein und fragte stattdessen, was Alice so mache.

»Sie ist immer noch mit Michael zusammen. Die beiden hassen sich wirklich. Ziemlich lustig. Alice versucht die ganze Zeit mehr über unsere Zeit in New York rauszukriegen, ich erzähle ihr nichts, sie weiß trotzdem fast alles.« Sie lachte wieder laut auf. War sie genauso nervös wie ich? »Um mich zu ärgern, liest sie alle Bücher deiner Schwester und lässt sie in der Küche auf dem Tisch liegen, sodass ich morgens zuerst deinen Namen lesen muss: ›Ferber‹, das ›Irene‹ nur ganz klein darüber. Übrigens würde Alice dich gern mal wiedertreffen, um dir gehörig die Meinung zu sagen. Ich glaube, sie verachtet dich noch mehr als Michael.«

»Ich habe keine Angst vor ihr.«

»Das solltest du lieber. Alice ist sehr stark, ich glaube, sie verprügelt Michael auch manchmal. Wenn er nicht betrunken ist, was in letzter Zeit nur noch selten vorkommt, wirkt er noch eingeschüchterter als früher.«

»Kann ich nach Leipzig kommen nächstes Wochenende?«

»Ich glaube nicht.«

Wir schwiegen eine Weile. Ihre gute Laune schien aufgebraucht.

»Ich habe überlegt, wieder zurück nach New York zu gehen. Meine Diss ist ja jetzt fertig, ich gebe sie morgen ab.«

»Herzlichen Glückwunsch.«

Sie schnaubte verächtlich.

»Wovon willst du da denn überhaupt leben?« Es klang aggressiver, als ich es beabsichtigt hatte.

»An den Unis suchen sie immer Deutschlehrer. Ich hab mich kurz vor der Abreise mal pro forma beworben.«

»Meinst du das ernst?« Ich dachte an Lindemann.

»Was interessiert es dich?« Jetzt klang *sie* aggressiv.

Was passiert jetzt?, wollte ich fragen, wie geht es weiter?, doch Lea räusperte sich kurz. »Pass auf dich auf, Paul«, sagte sie. Alice' Worte. Dann legte sie auf.

»Wie geht's Emrald?« Johanna saß am Wohnzimmertisch, vor sich den Laptop, in einem Ohr steckte ein kleiner Kopfhörer. Wir gaben uns einen routinierten Willkommenskuss.

»Gut, denke ich. Nur mit dem Trinken und Rauchen hat er nicht aufgehört.« Ich ließ mich aufs Sofa fallen. Ganz nüchtern war auch ich nicht mehr.

»Hast du damit wirklich gerechnet?«

Ich schüttelte den Kopf. Robert kam ins Wohnzimmer gerannt, er hatte schon seinen Schlafanzug an. In der Hand hielt er ein großes Blatt Papier.

»Schau mal!« Er hielt mir seine Zeichnung unter die Nase. Ein Haus mit einem überdimensionierten Schornstein. Im Hintergrund sah man Hochhäuser, das Empire State Building wahrscheinlich. Ich hatte ihm meine Aussicht beschrieben und ihm Bilder von der Skyline im Internet gezeigt. Seitdem war er besessen von Hochhäusern und malte nichts anderes mehr. »Sah es bei dir in Amerika so aus?«

»Ja, genauso.« Ich nahm ihn in den Arm.

»Ich will auch mal nach Amerika, Paul, geht das?«

»Klar.« Johanna setzte sich neben uns aufs Sofa. »Paul darf nicht immer allein in Urlaub fahren. Das nächste Mal kommen wir mit, egal wohin.«

»Freust du dich nicht auf unser Haus am See nächste Woche?«, fragte ich Robert.

Er wirkte unschlüssig. »Kann ich meine Playmobil-Eisenbahn mitnehmen?«

»Natürlich nehmen wir die mit!«

Johanna stand wieder auf. »Wie wär's mal mit Zähneputzen, mein Lieber?«

Robert schüttelte den Kopf. Zähneputzen bedeutete ins Bett gehen. Und ins Bett gehen war das Schlimmste am ganzen Tag.

Ich holte mein Handy aus der Tasche, nachdem die beiden ins Badezimmer gegangen waren. Keine SMS von Lea. Warum auch? Ich überlegte ihr zur schreiben, aber ich wusste keine andere Frage als die, die ich mich heute Mittag auch schon nicht zu stellen getraut hatte: Was passiert jetzt?

Johanna kam zurück ins Wohnzimmer und setzte sich wieder vor ihren Laptop.

»Arbeiten eigentlich alle immer bis tief in die Nacht?«

»Alle außer dir.« Sie grinste mich an. »Robert wartet übrigens auf dich.«

Ich stand auf und ging zu seinem Zimmer. Er lag schon im Bett und blätterte in einem Buch. Nach den Sommerferien würde er eingeschult werden, er freute sich tatsächlich darauf. Ich beobachtete ihn eine Weile im Türrahmen stehend, bis er mich entdeckte.

»Paul, *Jim Knopf*!«, rief er und streckte mir das Buch entgegen.

»Ich komme ja.« Ich setzte mich neben ihn aufs Bett.

Alltag, ein ganz normaler Abend. Die Zeit in New York schien unendlich weit weg.

Emrald sprach nicht von sich aus über seinen Herzinfarkt. Vielleicht hoffte er, ihn dadurch zu bannen. Schließlich war er davon überzeugt, nur wenn man über etwas sprach, es in Worte kleidete, existiere es »in Wirklichkeit«. Die Anführungszeichen in die Luft zu zeichnen konnte er sich meistens nicht verkneifen, wenn er von

»Realität« sprach, egal ob in seinen Vorlesungen oder während meiner privaten Audienzen.

Wir saßen uns wie üblich in seinem geliebten Büro gegenüber, und die Nachmittagssonne schien durch das weit geöffnete Fenster. Im Innenhof standen keine Raucher, keine Studenten. Wieder war es erstaunlich still und einsam für eine so riesige Universität.

Emrald sah müder aus als gestern. Vielleicht hatte er sich zusammengenommen, um bei unserem Wiedersehen einen guten Eindruck zu machen. Ich dachte an Schenker und hatte ein schlechtes Gewissen. Emrald sollte wirklich gesünder leben. Und ich musste darauf achten. Wer sonst, wenn nicht ich?

»Ich weiß, was Sie denken, Ferber! Alle reden auf mich ein, sogar Schenker!« Er stützte sich auf seinem Schreibtisch auf, beugte sich nach vorne und sah mir direkt in die Augen. »Seit ich aus der Klinik raus bin, werde ich ständig mit guten Ratschlägen malträtiert. Vorher schien mein Gesundheitszustand keinen zu interessieren, jetzt definieren mich alle nur noch durch meine vermeintliche Krankheit. Mir geht es gut, auch wenn ich diese Türen«, er deutete zum Schrank, in dem er die Rumflaschen aufbewahrte, »nicht mehr öffnen sollte. Jedenfalls nicht jeden Tag.«

»Emrald, ich will wirklich keine Moralpredigt auf Sie loslassen, aber vielleicht haben die Ärzte ja nicht ganz unrecht.«

»Sie wollen mich in den Ruhestand versetzen!«

Das war allerdings eine Neuigkeit, das hatte bei Schenker aber noch anders geklungen.

»Dieses Wort schon! Das ist doch kein Leben, dieser sogenannte ruhende Zustand! Das Leben war für mich immer Bewegung, Fortkommen, gedanklich vor allem. Darf man noch denken im Ruhestand oder wird dann auch das Gehirn langsam runtergefahren? Eine Art Vor-Tod? Aber was nützt es, ich bin ›krank‹, wie es heißt, obwohl ich mich auch vor meiner vermeintlichen ›Krankheit‹« – wieder Anführungszeichen mit den Fingern in der Luft, er hätte die Fähigkeit besitzen sollen, kursiv zu sprechen, nicht nur mit Ausrufezeichen – »nicht zu den Gesunden gezählt habe. Wir dürfen uns nicht gemein machen mit den sogenannten Normalen, wir gehören nicht zu ihnen, sondern zu den Kranken, die anders sind, die anders denken. Das dürfen Sie nie vergessen, Ferber. Die Gesunden sind die eigentlich Kranken!« Er blickte zu den geschlossenen Schranktüren. »Ihre Geschichte zeigt, dass auch Sie krank sind. Sich nicht abfinden wollen mit Ihrem Leben. Oder das, was Sie sich selbst als Ihr Leben verkaufen.«

Emrald war in Fahrt gekommen, ich lehnte mich in meinem Stuhl zurück, ihn jetzt noch in seinem Monolog zu unterbrechen war ohnehin aussichtslos. Ich musste das aussitzen.

»Trotzdem müssen Sie sich entscheiden, mein Lieber. Daran führt kein Weg vorbei, glauben Sie mir, ich weiß, wovon ich spreche. Die Gespenster, die Sie einmal heraufbeschworen haben, werden Sie nie wieder los! Wahrscheinlich hätte auch ich mich entscheiden müssen, damals nach der Paris-Geschichte. Und schon davor. Ich kann Ihnen ganz offen sagen: Am Ende habe ich es nicht geschafft, mich aus den ständigen Lügen herauszuwinden, anders als Thomas Bernhard, jedenfalls als der Bernhard, den wir über seine Bücher kennen. In seinen Widersprüchen widerspruchslos!«

Sein Gesicht war rot geworden, ihn schien das mehr anzustrengen als seine normalen Monologe, seine Augen glänzten glasig. Ja, man konnte sagen: Er sah krank aus. Krank im medizinischen Sinne.

»Emrald …«, versuchte ich ihn zu unterbrechen. »Vielleicht sollten Sie sich kurz ausruhen.«

»Ach was!«, rief er und beugte sich immer weiter vor. »Hören Sie bloß damit auf! Seit ich von den Institutionen als krank eingestuft wurde – und nicht nur von mir selbst –, zähle ich zu den Alten. In diesem meinem neuen Alterspathos sage ich Ihnen: Ihre Leiden, so wie auch meine, jedenfalls die vor meiner vermeintlichen Krankheit, sind zutiefst durchschnittlich – das vergessen wir jedoch permanent, da sich alles naturgemäß bedeutend anfühlt.

Wenn ich an meine Familie denke …, Paul.« Er hielt kurz inne und sah mich an – oder eher durch mich hindurch. Ich konnte mich nicht erinnern, wann er mich schon einmal mit Vornamen angesprochen hatte.

»Und doch sind unsere Leiden mittelmäßig!«, setzte er umgehend seinen Monolog fort. »Langweilig! Unwesentlich! Nur Befindlichkeiten, die im Angesicht von wirklichen, echten Leiden lächerlich wirken! Ich weiß, was Sie jetzt einwenden wollen, die berechtigte Frage lautet natürlich, was denn wirkliche Leiden überhaupt sind? Die Antwort ist einfach, und Sie kennen sie: Wirkliche Leiden haben immer mit dem Tod zu tun. Das ist mir nun klarer als je zuvor. Schließlich habe ich mich, ob ich wollte oder nicht, in meinem scheußlichen Krankenzimmer, in dieser das Sterben auf plumpe Art und Weise verschleiernden Anstalt namens Klinik, die dadurch den Tod die ganze Zeit nur noch deutlicher offenbart, die ganze Zeit über mit ihm beschäftigen müssen. Es ist nicht die Liebe, die das Leben zum Leben macht, sondern der Tod. Erst durch den Tod, das allumfassende Nichts, gibt es überhaupt das Leben. Und die Angst, sterben zu müssen, hält uns das permanent vor Augen. Durch diese Angst sind wir frei für das Leben. Danach kommt erst die Liebe, meinetwegen die bedeutendste aller Befindlichkeiten, doch immer noch eine Befindlichkeit.«

Er atmete tief aus. Ihm schien es wieder etwas besser zu gehen, sein Kopf glühte nicht mehr ganz so ungesund rot. Trotzdem schwitzte er stark. Er nahm ein makellos weißes Stofftaschentuch aus seiner Sakkotasche und wischte sich über die Stirn.

»Das ist die Theorie, Ferber. Aber denken Sie an die Romane, über die Sie Ihre Dissertation schreiben. Die Freiheit durch den Tod führt oft genug in die Isolation im Leben.«

Er sah mich an, dieses Mal direkt, ohne dass sich sein Blick verlor, und brach in sein schepperndes Lachen aus, steigerte sich immer mehr hinein in dieses Lachen, das mehr zu einem Prusten wurde, zu einem ungesunden Husten. Ich begann ebenfalls zu lachen, erst leise, dann fast genauso laut und freudlos wie Emrald.

Und so saßen wir an einem sonnigen Sommertag in seinem Büro und lachten über den Tod.

15

Vor mir mein grauer, erstaunlich dünner Laptop, ein weißes Blatt Papier daneben, ein hellblauer Kuli (von der Jungen Union, die hatten mal einen Stand neben der Mensa, feindliches Gelände für sie, ich hatte Mitleid – und brauchte was zu schreiben), ein Stapel Bücher, mein stumm geschaltetes Handy. Kafka beschreibt seinen Schreibtisch im Tagebuch als Theater, Lea hatte mir das erzählt, noch in Leipzig. Das Stück, das in meinem Theater gespielt würde, wäre recht reduziert, einfach aufgebaut, ein Einakter wahrscheinlich, drei Figuren.

Ein ungewöhnlich lautes Nasehochziehen meines Sitznachbarn in der Bibliothek riss mich aus meinen Gedanken. Ich blickte ihn vorwurfsvoll an, aber er ignorierte mich und starrte weiter auf seinen Computerbildschirm.

Ein einfaches Stück, spärlich inszeniert, trotzdem geschmackvoll, ausgewogen. Symmetrisch. Wie die Gemälde Mondrians, die ich im MoMA gesehen hatte. Das erinnerte mich daran, wie ich als Kind fein säuberlich meine Lego-Ritter aufreihte, immer zwei nebeneinander, erst die mit Schwertern und Schutzschilden, dann die mit Pfeil und Bogen und schließlich die Reiter, sortiert nach der Farbe ihrer Pferde, schwarz, braun oder weiß. Ordnung, um Überblick zu gewinnen – und gleichzeitig, um zu trennen. Mondrian trennt mit schwarzen Linien die Farbflächen, sie werden sich nie berühren, jeder Teil lebt für sich, obwohl allein kein Gemälde entstünde.

Ich hatte die Unibibliothek der FU in den letzten Jahren so selten betreten, dass sich eine ähnliche Stimmung einstellte wie in der New Yorker Public Library: eine Art Gefühl, neu anzufangen. Hin und wieder sah ich bekannte Gesichter, Kollegen und Studenten (sogar einmal die verliebten Referenten Marie und Lukas, wie sie zusammen im selben Buch lasen), doch ich ließ mich nicht ablenken. Und nach zwei Wochen hatte ich es tatsächlich geschafft, ein neues Kapitel zu schreiben.

Mein Handy zeigte einen verpassten Anruf von Irene an. Ich klappte meinen Laptop zu, packte die Sachen zusammen und ging nach draußen, um Irene zurückzurufen.

»Und, hat's geklappt?«, fragte ich sie.

Sie hatte sich heute morgen mit einigen wichtigen Entscheidungsträgern an der Universität in Hamburg getroffen, um über eine Professur zu sprechen, die frei wurde und für die sie sich bewerben wollte. Ein Termin, auf den sie lange hingearbeitet hatte.

»Es war schrecklich, aber auch gut.« Sie stöhnte. »Im Prinzip ging es zu wie in einem Vorstellungsgespräch, kennst du ja …«

Ich kannte es nicht, tatsächlich hatte ich noch nie in einem Vorstellungsgespräch gesessen. Das gepflegte Besäufnis mit Emrald, das meine Anstellung am Institut besiegelt hatte, würde ich jedenfalls nicht so nennen.

»Oder auch nicht«, verbesserte sich Irene. »Jedenfalls musst du dich die ganze Zeit verstellen. Natürlich nicht so sehr, dass du nicht mehr authentisch wirkst.«

»Ein Verstellungsgespräch?«

»So in der Art. Deine Gegenüber wollen überrascht werden, aber nur im Rahmen dessen, was sie erwarten.«

»Das hätte Emrald nicht besser ausdrücken können.«

»Du trägst eine Maske, die sie ungewöhnlich finden, gleichzeitig darfst du sie nicht erschrecken.«

»Und hast du sie erschreckt?«

»Ich glaube nicht. Sie kennen mich ja. Natürlich ist noch nichts in trockenen Tüchern, man weiß ja nie, was passiert bei einer öffentlichen Ausschreibung, mal sehen, ob ich mich auf meine Fürsprecher an der Fakultät verlassen kann.«

»Du klingst nicht so, als würdest du dich freuen.«

»Doch, doch.«

»Immer noch nicht.«

»Ach, Paul, du kennst mich. Im Prinzip bedeutet es vor allem noch viel mehr Arbeit.«

»Du magst doch Arbeit.«

Sie lachte. »Ich glaube ohnehin erst daran, wenn ich meinen Namen auf irgendeinem offiziellen Wisch lese, mit einem ›Prof.‹ davor – und bis dahin kann es noch dauern. Aber egal. Hast du dich denn wieder eingewöhnt im schnöden Deutschland?«

»Es geht. Immerhin schreibe ich weiter an der Diss. Ich stehe tatsächlich gerade vor der Bibliothek.«

»Halte ich dich von der Arbeit ab?«

»Irgendwie schon.« Ich lachte. »Hätte nicht gedacht, dass es mal so weit kommen würde.«

Wir schwiegen kurz. Zwei Studenten aus einem meiner letzten Kurse gingen grüßend am mir vorbei.

»Weißt du noch, wie wir uns gestritten haben, als ich aufs Gymnasium gekommen bin?«, fragte Irene dann. »Du warst richtig sauer auf mich, weil du noch auf der Grundschule bleiben musstest und wir uns nicht mehr jeden Tag auf dem Schulhof sehen konnten. Du wolltest nicht glauben, dass du eines Tages auch mal aufs Gymnasium gehen würdest. Bestimmt zwei Wochen lang hast du nicht mit mir geredet. Ein paar Jahre später, als du dann auch aufs Gymnasium wechseltest, hast du dich natürlich nicht darauf gefreut, wieder mit mir an der gleichen Schule zu sein. Na ja.« Sie räusperte sich. »Du wirst diese Arbeit bald fertig bekommen, Paul, da bin ich sicher.«

Zum Mittagessen war ich mit einer Kollegin in der Mensa verabredet, wollte aber vorher noch kurz in meinem Büro vorbeischauen. Vor dem Germanistik-Institut standen zwei Studentinnen und versuchten Unterschriften gegen oder für etwas zu sammeln. Ich glaube, es ging um mehr Radwege. Für ein paar Minuten – oder sogar noch länger – stand ich einfach da, in der prallen Sonne vor dem Institut und betrachtete die beiden, wie sie jedem Passanten begeistert ihren Spruch aufsagten und die Unterschriftenliste hinhielten. Die meisten unterschrieben. Ich konnte mich nicht entschließen weiterzugehen, keine Ahnung, wieso, meine Beine schienen gelähmt, taub. Wie eine alte Statue, erstarrt, das Schwert gezogen und zum Schlag bereit, aber steingeworden und für immer dazu verurteilt, in dieser Pose zu verharren. Schließlich kamen die Studentinnen zu mir, und ich unterschrieb auf ihrer Liste mit »Paul Gantenbein«. Sie bemerkten meinen Witz gar nicht, sondern bedankten sich freundlich.

Ich nahm mein Handy aus der Tasche und probierte wieder einmal Lea anzurufen, wie immer nahm sie nicht ab. Es war schon fast ein Ritual geworden, diese sinnlosen Anrufe, ein- oder zweimal am Tag. Eine Erinnerung, dass es mich noch gab. Ich wusste nicht einmal, ob ich wirklich mit ihr sprechen wollte.

Langsam setzte ich mich wieder in Bewegung und stieß die Tür zum Institut auf.

Ein kleiner Zettel, unter der Bürotür durchgeschoben:

»Emrald wieder im Krankenhaus, zweiter Herzinfarkt. Gruß, Schenker.«

Ich setzte mich einfach auf den Boden, ohne die Tür zu schließen. Er hätte wenigstens dazuschreiben können, dass er noch lebte.

Wenn er denn lebte.

Zwei Studenten kamen vorbei und starrten mich verwundert an. Mir doch egal, dachte ich. Alles egal. Ich schlug mit der Faust gegen die Tür. Natürlich war nichts egal.

Schließlich stand ich auf und ging zu Schenkers Büro. Ich klopfte und drückte dann die Klinke herunter. Es war abgeschlossen. Seltsam um diese Uhrzeit, er galt schließlich als die Zuverlässigkeit in Person, nicht einmal eine Notiz, dass er gleich wieder zurück sei, hing an der Tür.

Mir blieb nichts anderes übrig, als zurück in mein Büro zu gehen. Dort versuchte ich Schenker auf dem Handy anzurufen, er ging wie immer nicht ran. Ich zweifelte schon länger an der Existenz des Schenkerschen Mobiltelefons, ähnlich wie sein Chef verabscheute er diese Art der Kommunikation.

Ich wählte Johannas Nummer. Ihr Handy war ausgeschaltet, sie arbeitete heute den ganzen Tag im Studio an einer Aufnahme, keine Chance, sie dort zu erreichen. Ich versuchte es stattdessen bei Emrald zu Hause. Es nahm niemand ab, seine Frau war bestimmt im Krankenhaus, und von ihr besaß ich keine Handynummer. Ich suchte im Internet die Nummer der Klinik heraus, in der ich Emrald nach seinem letzten Herzinfarkt besucht hatte, dort wusste man jedoch nichts von einer erneuten Einlieferung – oder wollte mir zumindest nichts Diesbezügliches bestätigen. Wütend schmiss ich den Hörer aufs Telefon. Es gab heutzutage so viele Möglichkeiten, an Informationen zu kommen, man konnte alle möglichen Leute immer und überall erreichen, doch im Moment war es für mich schlicht unmöglich herauszufinden, ob Emrald noch lebte.

Ich beschloss in die Mensa zu gehen, obwohl ich keinerlei Hunger verspürte und meine Kollegin sicher schon gegangen war. Auf dem Weg kam mir Schenker entgegen. Er sah müder aus als sonst, auf seiner Stirn unter dem perfekten Scheitel glänzte der Schweiß.

»Was ist los?«, rief ich zu laut. Er schien leicht zusammenzuzucken.

»Alles in Ordnung. Emrald liegt im Krankenhaus, ist allerdings nicht bei Bewusstsein.«

»Das heißt, er lebt?« Ich versuchte das Zittern in meiner Stimme zu unterdrücken.

»Ja.« Schenker strich sich über seinen Scheitel. »Es geht ihm wohl nicht gut. Ich habe vorhin kurz mit seiner Frau telefoniert, es ist heute Nacht passiert. Man weiß noch nichts Genaues.«

»Was machen wir denn jetzt?« Die Frage kam mir kindisch vor, aber ich wusste es wirklich nicht. Zum Krankenhaus fahren? Sie würden uns wahrscheinlich nicht einmal vorlassen. Und ausrichten konnten wir dort ohnehin nichts, seine Frau hatte erwachsene Kinder aus ihrer ersten Ehe, die sich bestimmt um sie kümmerten. An der Diss weiterarbeiten? Nach Hause fahren? In der Mensa etwas essen?

»Abwarten«, sagte Schenker.

Am Abend rief mich eine unbekannte Nummer an. Es war Emralds Frau. Zuerst erkannte ich ihre Stimme nicht, ich hatte sie vielleicht fünfmal getroffen, nur einmal – bei dem seltsamen Abendessen mit Johanna bei Emralds zu Hause – länger mit ihr gesprochen. Sie war mir auf Anhieb sympathisch gewesen, sie redete viel weniger als Emrald, aber wenn, dann formulierte sie präzise und schien ihrem Mann mindestens ebenbürtig.

»Tut mir leid, dass ich mich erst jetzt melde. Ich habe Ihre Nummer von Schenker.« Sie besaß eine erstaunlich tiefe Stimme, die mich an Alice erinnerte. »Sein Zustand ist stabil. Leider ist er weiterhin nicht ansprechbar.« Sie seufzte. »Es ist schlimmer als beim letzten Mal.«

»Kann ich ihn denn besuchen?«

»Im Moment raten die Ärzte davon ab, tut mir leid. Er würde Sie ohnehin nicht erkennen, Paul. Ich halte Sie auf dem Laufenden, und ich melde mich bei Ihnen oder Schenker, wenn sich etwas ändert.«

»Danke, dass Sie mich angerufen haben.«

»Er hielt viel von Ihnen.« Sie räusperte sich. »Aber das brauche ich Ihnen ja nicht zu sagen.«

Ich legte auf und bemerkte, wie mich Johanna ansah. Sie saß neben mir auf dem Sofa im Wohnzimmer.

»Wie geht's ihm?«, fragte sie leise.

»Es sieht schlecht aus. Schlechter als letztes Mal.« Ich sagte nicht, dass ich mich schuldig fühlte.

»Sollen wir lieber in Berlin bleiben?«

Ich schüttelte den Kopf. »Ich kann sowieso nicht zu ihm.« Robert kam mit zahnpastaverschmiertem Mund ins Wohnzimmer gerannt. Johanna stand sofort auf und ging mit ihm in sein Zimmer. Ich hörte, wie sie ihm vorlas.

Ich saß einfach da und wartete. Abwarten. Schenker hatte recht.

Als Johanna wieder zurückkam, keine Ahnung, wie viel Zeit vergangen war, hatte ich mich keinen Zentimeter bewegt. Sie setzte sich auf den Sessel mir gegenüber, und wir schwiegen eine Weile. Ich betrachtete sie, ihr vertrautes Gesicht, ihre Haare, die sie wie immer zum Pferdeschwanz zusammengebunden hatte. Sie sah erschöpft aus. Trotzdem zwang sie sich noch ein wenig hier mit mir zu sitzen.

»Ich muss ins Bett«, sagte sie schließlich, wieder wusste ich nicht, wie viel Zeit vergangen war. Ich nickte und überlegte, aufzustehen und sie zu umarmen, doch ich konnte mich einfach nicht bewegen. Bevor sie das Wohnzimmer verließ, sagte ich, dass ich mich auf Brandenburg freute.

Am nächsten Tag ging ich nicht in die Uni. Emralds verschlossene Bürotür zu sehen oder den Hof, in dem er immer seine schrecklichen Zigarillos geraucht hatte, wollte ich mir nicht antun. Ich gammelte zu Hause rum, surfte sinnlos im Internet, googelte Leas Namen (ebenfalls schon eine Routinetätigkeit, es gab nichts außer einer Uniseite zu einem Seminar, das sie gegeben hatte, kein Bild).

Am Nachmittag holte ich Robert aus der Kita ab. Es waren seine letzten Tage dort, wenn wir aus Brandenburg zurückkämen, fing ein paar Tage später die Schule an.

Wir gingen Eis essen, ich sah ihm schweigend zu, wie er auf einer Bank im Park sitzend fröhlich sein Eis verspeiste. Wahrscheinlich merkte er, dass etwas nicht stimmte, einmal fragte er mich sogar, warum ich mein Handy ständig in der Hand hielt. Ich erzählte etwas von Arbeit, und wie so oft verflog seine Aufmerksamkeit für meine Antwort, schon während ich sie aussprach.

Am Abend saß ich wieder mit Johanna im Wohnzimmer, sie musste wie immer noch arbeiten, korrigierte ein Manuskript auf ihrem Laptop. Niemand schlug so fest auf eine Computertastatur ein, es klang, als würde sie auf einer altmodischen Schreibmaschine tippen. Schon wieder eine Erinnerung an Emrald. Vorhin hatte ich versucht, Schenker auf seinem Handy anzurufen, aber er hatte nicht abgenommen.

»Morgen fahre ich wieder in die Uni«, sagte ich.

Ich fand Schenker in seinem Büro. »Haben Sie mit seiner Frau gesprochen?«, fragte ich sofort.

»Er ist immer noch nicht bei Bewusstsein, und die Ärzte raten weiterhin von Besuchen ab.« Er starrte seinen gelben Fahrradhelm vor ihm auf dem Tisch an. »Sie hat vorhin kurz angerufen und mich gebeten, Ihnen das auszurichten.«

Fast war ich froh darüber, ihn nicht an Schläuche angeschlossen in einem sterilen Krankenhauszimmer sehen zu müssen, bewusstlos in einem weißen Nachthemd. Das wäre einfach zu brutal gewesen.

»Abwarten«, sagte ich.

Schenker nickte nur.

Ich hielt es eine halbe Stunde in meinem Büro aus, an Arbeit war gar nicht zu denken, und machte mich dann auf den Weg nach Hause. Ich dehnte den Spaziergang zur U-Bahn etwas aus, schlich durch die stillen Straßen, an den mächtigen Villen vorbei, und wurde etwas ruhiger.

Auf der Rückfahrt dachte ich an Leipzig, Bilder blitzten auf, Leas und Alice' Küche, der arabische Imbiss, der Bahnhof, Leas Gesicht, wenn sie mich auf dem Bahnsteig entdeckte, die leere Wohnung in dem verlassenen Haus, Michael, der so hieß wie mein ausgedachter Mitbewohner, die Konferenz. Erinnerungen, angesammelt und abgespeichert, die langsam verblassten. Wie die vorbeiziehenden Windräder auf der immer gleichen Bahnfahrt von Berlin nach Leipzig. Würde ich Lea noch einmal wiedersehen? Obwohl ich natürlich nichts für Emralds Zustand konnte, fühlte ich mich schuldig. Und ich fühlte mich schuldig, mich schuldig zu fühlen. Schließlich ging es hier nicht um mich. Alles nur Befindlichkeiten. Emrald hatte es selbst gesagt.

Zu Hause herrschte rege Betriebsamkeit. Johanna und Robert packten aufgeregt alles für Brandenburg zusammen, im Flur stand schon der erste gepackte Koffer. Robert konnte ausnahmsweise kaum erwarten, endlich schlafen zu gehen, denn das bedeutete, er musste nur noch einmal aufwachen – und der Urlaub ging los.

»Freust du dich jetzt doch?«, fragte ich ihn.

Er nickte aufgeregt.

Wir hatten ihm Bilder im Internet gezeigt, und den See hinter dem Haus, samt Runderbot, fand er sehr gut.

»Darf ich die Legoburg mitnehmen?«

»Robert, wir haben doch gerade die Eisenbahn eingepackt. So viel Platz haben wir auch wieder nicht.«

Ich setzte mich zwischen die beiden auf den Boden, doch in diesem Moment klingelte mein Handy. Wieder die unbekannte Nummer. Emralds Frau.

Warum jetzt?

Ich blickte zu Johanna, die mich besorgt ansah, und nahm ab.

16

Die Sonne flimmerte über vergilbten Feldern, die aussahen wie mattblondes Haar. Flaches Land und hellblauer Horizont lagen vor uns. Trockene Kiefernwälder huschten an uns vorbei. Windräder, deren Rotoren bewegungslos verharrten, waren die einzigen größeren Bauwerke in Sichtweite. Die Äste knorriger, alter Bäume mit rotbraunen Blättern überragten die Fahrbahn. An einem der Bäume lehnte ein Holzkreuz, und vertrocknete Blumen lagen davor.

Johanna saß neben mir und sah mit zusammengekniffenen Augen schweigend auf die leuchtenden Felder. Robert wollte alle paar Minuten wissen, wie weit es noch war. Wir hatten das Auto gemietet, um unser Gepäck zu unserem Haus in Brandenburg zu transportieren, ich musste es morgen früh wieder in Berlin abgeben und mit dem Zug zurückfahren.

Wir kamen an einem dunkelblauen See vorbei, eingerahmt von hohem Schilf, und erreichten ein winziges Dorf, dessen Name mir nichts sagte. Es schien nur aus der breiten Hauptstraße zu bestehen, niedrige Häuser, meistens einstöckig, säumten sie, ein Hofladen, eine kleine Kirche. Eine Katze saß auf einer halb verfallenen Mauer vor einem alten Haus mit bröckelndem Putz, das wahrscheinlich leer stand. Menschen entdeckte ich keine. Nach zwei Minuten verließen wir das Dorf wieder und fuhren unter den Wipfeln der nächsten Allee weiter.

Ich genoss das Autofahren, die Ruhe, die Weite hier draußen. Johanna schien es ähnlich zu gehen. Sie wirkte gleichzeitig entspannter und wacher als in letzter Zeit. Gestern war die Hitze einer spätsommerlichen Frische gewichen, ein reinigendes Gewitter hatte die Luft abgekühlt. Noch immer roch es feucht, wenn wir die Autofenster öffneten und uns der Fahrtwind ins Gesicht wehte.

Wir passierten den nächsten Ort, etwas größer dieses Mal, mit einem Supermarkt an der Dorfeinfahrt und einer pittoresken Kirche samt riesigem Kastanienbaum auf dem Vorplatz. Auch hier standen einige Häuser leer, manche waren abbruchreif, mit eingestürzten Dächern und eingeschlagenen Fenstern. Am winzigen Bahnhof saßen ein paar Dorfjugendliche bewegungslos in der Sonne und tranken Bier oder Energydrinks aus Dosen. Mir kamen die ICE-Fahrten nach Leipzig in den Sinn, doch jetzt drang ich in die Kulisse ein, die ich damals von meinem Zugfenster aus betrachtet hatte. Seltsamerweise dachte ich zwar an die Zugfahrten, aber zum ersten Mal schienen sie losgelöst von Lea.

Johannas Handy vibrierte. »Von unseren Vermietern«, sagte sie und las vor: »Wir können Sie leider nicht im Haus treffen, Schlüssel liegt unter dem Blumentopf neben der Eingangstür. Wir wünschen Ihnen eine schöne Zeit.«

»Danke!«, rief ich übermütig.

»Ich bin eigentlich ganz froh, die Eigentümer nicht kennenzulernen.« Sie sah mich lächelnd an. »Dann kann ich mir besser vorstellen, es wäre unser eigenes Haus.«

Erneut bogen wir auf eine Allee ein, die Sonne brach durch die Wipfel der Bäume und zeichnete Schattenmuster auf unsere Gesichter und die Armaturen des Wagens.

»Sind wir bald da?«, fragte Robert schon wieder, und Johanna drehte sich nach ihm um.

»Ja, Schatz, wir sind wirklich bald da!«

Er lächelte und sah wie wir einfach aus dem Fenster, auf die Felder, die Bäume, den weiten hellblauen Himmel.

Man hätte denken können, alles sei in Ordnung.

Eine Dokumentation über den Ersten Weltkrieg oder eine über Panzerschiffe? Ich zappte durch die unzähligen Fernsehkanäle. Wir besaßen zu Hause schon länger keinen Fernseher mehr, und diese seltsame Welt wirkte einigermaßen fremd auf mich. Eine Talkshow, in der ausschließlich Gäste saßen, die ich nicht kannte. Eine Krimiserie mit Leichen, die erstaunlich lebendig aussahen und eher an Gothic-Fans mit weiß geschminkten Gesichtern erinnerten. Eine Gameshow oder so etwas Ähnliches, zwei Männer mussten auf einer weißen Linie durch das Studio laufen und beweisen, dass sie auch nach drei Bier und zwei Schnaps noch gerade gehen konnten.

Der dritte Abend in unserem Haus in Brandenburg, ich verbrachte ihn wie die letzten Abende vor dem Fernseher, unsere Laptops hatten wir absichtlich in Berlin gelassen. »Am liebsten würde ich mein Handy auch gleich in den See werfen!«, hatte Johanna am ersten Tag gesagt.

Doch irgendetwas musste man ja tun, wenn man nicht nachdenken wollte, und so sah ich mir eben eine Dokumentation über Panzerschiffe an. Beim zweiten Werbeblock in einer halben Stunde schaltete ich den Fernseher wieder aus.

Ich starrte auf das schwarze Fenster mir gegenüber, in dem sich das Wohnzimmer spiegelte. Langsam steigerte ich mich in die Vorstellung hinein, gleich würde ein Gesicht vor dem Fenster auftauchen, eine Fratze, verzerrt, aber doch mein eigenes Gesicht. Eine alte Kindheitsangst. Ich stand auf und zog alle Vorhänge zu.

Früher hätte ich jetzt Lea angerufen. Kurz war ich versucht, tatsächlich ihre Nummer zu wählen, obwohl es nichts brachte, ihre Nummer funktionierte nicht mehr. Seit einigen Tagen erklang nur noch eine Computerstimme: »The person you have called is temporarily not available.« Inzwischen glaubte ich nicht mehr so recht an das »temporarily«.

Kurz entschlossen zog ich meine Schuhe an und ging nach draußen. Es war ziemlich kühl, und ich spazierte langsam über die feuchte Wiese zur Bundesstraße. Von dort betrachtete ich unser Haus. Ein DDR-Bau, vermutlich aus den fünfziger Jahren, graue, körnige Fassade und dunkelrotes Dach. Es besaß zwei Stockwerke, oder wie man es nahm, man konnte das Erdgeschoss auch nicht mitzählen. Jedenfalls gab es unten zwei Räume, eine geräumige Küche, daneben das Wohnzimmer, von einem großen Kachelofen dominiert, der alte, rundliche Fernseher thronte am anderen Ende auf einem hässlichen Glasschränkchen, das in seiner Achtziger-Jahre-Modernität seltsam deplatziert wirkte. Außerdem eine Couch, so groß, dass ich mich der Länge nach auf ihr ausstrecken konnte. Das obere Stockwerk bestand aus zwei Schlafzimmern. Tote Fliegen lagen auf den Fensterbrettern, als wir am Tag der Ankunft alles inspizierten. Eine dünne Staubschicht bedeckte die Oberflächen – allerdings kein Vergleich zur verlassenen Wohnung in Leipzig, obwohl die Vermieter offensichtlich nur rudimentär sauber gemacht hatten. Es roch muffig, Johanna hatte sofort alle Fenster aufgerissen, und die frische, kühle Luft strömte in die Zimmer.

Ich umrundete die Wiese und kam zum See, der schwarz zwischen hohem Schilf hinterm Haus lag. Zum Schwimmen war es leider zu kalt. Mit dem alten Ruderboot hatten Robert und ich aber schon ein paar Mal den See befahren und Piraten gespielt. Falls der Bewohner des Hauses gegenüber nicht gerade angelte – denn dann bat er unfreundlich um Ruhe und ignorierte Robert, wenn dieser ihm gut gelaunt zuwinkte. Ich hatte keine Ahnung, ob der Mann allein in diesem Haus wohnte (eine Frau sah ich nie) oder wie wir nur Urlaub machte. Ein Gespräch mit ihm vermied ich, bestimmt hätte er nur mürrisch abgewinkt und wäre in seinen braunen Gummistiefeln schwerfällig davongestapft. Abends sah man das bläuliche Fernsehflimmern in den Fenstern seines Hauses, das unserem ähnlich sah, jedoch weit besser in Schuss zu sein schien. Johanna fand es ein wenig unheimlich, dass dieser mürrische Mann in Gummistiefeln unser einziger Nachbar war. Das nächste bewohnte Haus lag auf der anderen Seite der Bundesstraße, und wir konnten es nicht einmal sehen.

Ich ließ mich auf einen der vergilbten Plastikstühle vor dem Haus fallen, auf denen Johanna tagsüber saß und las. »Ich konnte so lange keine Bücher mehr lesen, die nichts mit der Arbeit zu tun haben«, hatte sie am ersten Tag gesagt und einen erstaunlich dicken Wälzer aufgeschlagen. Fantasy, der Name sagte mir nichts. »Manchmal will ich einfach nicht nachdenken.«

Ich blickte hoch zum Nachthimmel. Kaum hat man Berlin hinter sich gelassen, fängt man wieder an, einfach so zum Himmel zu starren, nicht um irgendetwas Bedeutendes zu fühlen, sondern einfach nur, weil da wieder so etwas ist wie ein Himmel. Mir kam der Ausblick aus meinem Zimmer in Brooklyn in den Sinn, aber ich verscheuchte den Gedanken schnell wieder.

Erst dann fiel mir der Geruch auf. Es roch verbrannt. Wahrscheinlich hatte unser Gummistiefel-Nachbar vorhin seinen Müll im Garten verbrannt oder ein halbes Schwein gegrillt. Doch der Geruch war ziemlich stark, als würde wirklich etwas Großes brennen. Vielleicht ein Waldbrand? Allerdings hatte es gestern geregnet, und ich konnte mir nicht vorstellen, dass das Holz für einen Brand trocken genug war. Ich erinnerte mich, dass ich einmal vom Zugfenster aus ein Feuer in einer Fabrik am Stadtrand gesehen hatte, gar nicht weit von den Schienen entfernt. Grellorange Flammen schlugen aus dem Dach. Dazu hing eine riesige dunkelgraue Wolke in der Luft, als würde ein Gewitter aufziehen. Die Szenerie wirkte unecht, und ich vermutete sofort, es handelte sich um einen Filmdreh. Am nächsten Tag las ich im Internet, dass die Fabrik wirklich gebrannt hatte und sogar ein Arbeiter dabei umgekommen war.

Später, ich lag im Bett neben Johanna, hörte ich die Sirenen. Weit entfernt, wahrscheinlich nicht auf der Bundesstraße, sondern irgendwo in Richtung des Städtchens, in das ich manchmal fuhr, um einzukaufen. Vielleicht, dachte ich am nächsten Morgen, als ich aufwachte, milchiges Licht drang durch die weißen Vorhänge, hatte ich die Sirenen aber auch nur geträumt.

Wir frühstückten draußen in der Sonne am vergilbten Plastiktisch, der zu den vergilbten Plastikstühlen gehörte, obwohl es eigentlich zu kühl dafür war. Ich konnte keinen Brandgeruch mehr ausmachen, also erzählte ich Johanna auch nichts davon.

»Gehen wir heute baden?«, fragte Robert wie jeden Morgen (sogar wenn es regnete) und versuchte ein riesiges Marmeladenbrot in seinen Mund zu schieben.

»Es ist viel zu kalt. Genauso wie gestern.« Johanna strich ihm über den Kopf und schnitt sein Brot in drei Teile. »Du würdest dich sicher erkälten. Und wir auch.«

»Wir können wieder Pirat spielen«, schlug ich vor, aber Robert hatte seine Frage schon vergessen und griff zur Salami, die er auf die Marmelade legte.

»Willst du das wirklich alles zusammen essen? Nicht, dass dir schlecht wird.« Johanna schüttelte den Kopf und grinste mich an. Robert biss beherzt in sein Brot.

Am Mittag fuhr ich mit dem Rennrad, das ich am ersten Tag im Schuppen gefunden hatte, ins Dorf. Auf der Bundesstraße waren mehr Autos unterwegs als an den letzten Tagen, wahrscheinlich lag es am Wochenende und dem guten Wetter. Als ich das Städtchen erreichte, sah ich mich nach einem ausgebrannten Haus oder Überresten einer Scheune um, aber fand nichts, was auf einen Brand hindeutete. Im Supermarkt am Rand des Dorfes fragte ich die Kassiererin, ob sie etwas von einem Feuer letzte Nacht wusste.

»Ich hab nichts gehört«, nuschelte sie und scannte stoisch den Orangensaft ein. »Was interessiert es Sie?«

In Berlin hatte ich mir vorgestellt, im tiefen Brandenburg würde es noch kleine, romantische Lebensmittelläden geben, doch natürlich standen hier die gleichen flachen Funktionsbauten der üblichen Discounterketten.

»Nur so.«

»Nur so«, äffte sie mich nach und grinste mich an. »Sie sind nicht von hier, was?«

Ich schüttelte den Kopf, murmelte etwas von Urlaub und packte schnell die Einkäufe in meinen Rucksack.

Auf dem Rückweg nahm ich nicht die Strecke über die Bundesstraße, sondern fuhr eine kleine, kurvige Straße entlang, die durch ein Waldstück führte. Auch hier konnte ich keine Brandschäden finden. Statt zwanzig Minuten brauchte ich fast eine Stunde, bis ich endlich wieder an unserem Haus ankam, verschwitzt und außer Atem.

Ich sah Robert und Johanna nirgendwo und brachte die Einkäufe ins Haus. Im Wohnzimmer ließ ich mich erschöpft aufs Sofa fallen. Auf dem Couchtisch lag mein Handy, das ich in den letzten Tagen kaum beachtet hatte, damit beschäftigt, den Wunsch zu verdrängen, Leas Nummer zu wählen. Und andere Anrufe, auf die ich wartete, gab es im Moment ebenfalls nicht. In der Zwischenzeit war eine SMS gekommen, von einer unbekannten Nummer, einer amerikanischen, wenn ich mich nicht irrte. Gestern Nachmittag sogar schon.

»Manchmal kommt alles zurück, Leipzig, New York. Wie du dir denken kannst, bin ich wieder rübergeflogen. Dieses Mal wirst du mir nicht folgen. Lea.«

Ich lag bestimmt eine halbe Stunde bewegungslos auf der Couch. Sollte ich zurückschreiben? Was würde es bringen, ihre

Feststellung (nicht mal mehr ein Befehl, den ich missachten konnte) stimmte natürlich: Ich würde ihr nicht ein zweites Mal folgen. War sie jetzt Deutschlehrerin? Wohnte sie wieder in ihrer alten Wohnung mit der wiehernden Zoe? Beinahe hätte ich einfach angerufen – schließlich hatte ich ja jetzt ihre neue Nummer –, aber Schenkers Ratschlag kam mir in den Sinn: Abwarten. Ich steckte das Handy in die Hosentasche, und erst dann stellte ich mir die Frage: Hatte Johanna eigentlich die SMS gesehen? Das Handy hatte immerhin fast einen Tag lang hier auf dem Tisch gelegen.

Ich fand sie und Robert am See. Johanna saß auf der Wiese am Ufer, und Robert watete durch das Schilf. Er trug seine Badeshorts.

»Er angelt wieder.« Sie deutete auf unseren Nachbarn, der mit kniehohen braunen Gummistiefeln im seichten Wasser am anderen Ufer stand. Er bewegte sich nicht und starrte mit finsterem Blick, so weit man das von uns aus erkennen konnte, auf die dunkelgrüne Wasseroberfläche. Mir war bei unseren Ruderpartien noch nicht aufgefallen, dass es in dem See viele Fische gab.

»Hat er rumgebrüllt?«, fragte ich.

Sie schüttelte den Kopf. »Bis jetzt nicht. Wenn ihr rudern geht, legt er bestimmt los.«

»Ich muss mich erst ein wenig ausruhen, ich hab ewig gebraucht vom Supermarkt zurück.« Ich ließ mich ins Gras fallen. »Wir haben wirklich Glück mit dem Wetter. Es soll sogar noch besser werden.«

Johanna blickte mir direkt in die Augen, und ich erschrak. Sie sah bitter aus, bitterer, als sie je ausgesehen hatte, selbst damals, als ich sie kennengelernt hatte. Dabei hatte ich nur über das Wetter gesprochen. Sie musste die SMS gelesen haben. Natürlich nur aus Versehen, vielleicht wollte sie auf die Uhr schauen, oder Robert hatte mit dem Handy herumgespielt, und sie hatte es ihm aus der Hand genommen. Diese dummen Zufälle, wie das Foto von Robert und Johanna, das Lea in meinem Geldbeutel gefunden hatte. Ich hätte das Handy in den See werfen sollen, wie Johanna gesagt hatte.

Ich wandte mich von ihr ab, um diesen Blick nicht weiter ertragen zu müssen, und sah zu Robert, der am Ufer hockte und den Boden inspizierte. Er wirkte wie in einer anderen Welt.

»Schreibst du immer noch an der Diss? Ich hab das Frisch-Buch im Wohnzimmer gesehen.«

Warum wollte sie gerade jetzt darüber reden? Ich schüttelte den Kopf. »Im Moment nicht.«

»Wie geht es denn jetzt an der Uni weiter?« Ihre Stimme klang seltsam kühl.

»Findest du es nicht etwas früh, wenn ich mir schon jetzt darüber Gedanken mache?« Doch natürlich hatte ich in den letzten Tagen oft darüber nachgedacht.

»Paul, es geht nicht immer nur um dich.« Zur Kühle ihrer Stimme kam nun auch noch ein resignierter Unterton hinzu. Hatte das alles mit der SMS zu tun, oder war es einfach Zufall?

»Du denkst, Entscheidungen treffen dich wie ein Unglück oder meinetwegen auch wie eine glückliche Fügung. Aber das bist du.« Sie berührte kurz mit ihrer Hand meine Brust. Sie klang immer noch kalt, flüsterte fast mit heiserer Stimme, als könne sie sich kaum überwinden, mit mir zu sprechen. »Du kannst etwas machen, nicht nur reagieren.«

Bevor ich etwas antworten konnte – ich wusste ohnehin nicht, was –, kam Robert zu uns gerannt. Ihr Blick veränderte sich sofort.

»Piraten spielen!«, rief er. Ich sah zu unserem Gummistiefel-Nachbar. Er war verschwunden.

17

Am nächsten Tag kehrte die Hitze zurück. Die Sonne brannte schon morgens, als wäre noch Hochsommer. Für das Frühstück hatten wir die Gartenmöbel in den Schatten unter den zwei Birken neben dem Haus rücken müssen. Robert freute sich über das unerwartet gute Wetter. Nach dem Frühstück verloren wir keine Zeit und gingen sofort zum See. »Mit vollem Magen sollte man nicht schwimmen«, rief Johanna uns hinterher und lachte.

Wir wateten langsam ins Wasser, balancierten über glitschige Steine und kantiges Treibholz, Robert an meiner Hand. Winzige Fische umschwirrten unsere Beine. Das Wasser war nur an der Oberfläche warm. Als ich zum ersten Mal untertauchte, fühlte ich die Kälte wie einen Faustschlag, aber mit der Zeit gewöhnte ich mich daran.

»Zu kalt, was?«, rief Johanna mir zu, die bis ans Ufer nachgekommen war.

»Es geht schon. Kommst du auch?«

»Vielleicht später.«

Ich schwamm zurück zu Robert, der immer noch nur bis zu den Knien im Wasser stand und etwas überrascht wirkte, dass es nicht so warm war wie im Prinzenbad in Berlin. Ich spritzte ihn nass, und er stürzte auf mich zu, um sich zu rächen, die Kälte vergessend.

Johanna blieb am Ufer stehen und ermunterte Robert bei seinen ersten zaghaften und gleichzeitig leicht panischen Schwimmversuchen. Von seiner Veranda aus beobachtete uns der Nachbar misstrauisch, und wir ignorierten ihn, so gut es ging, immerhin angelte er nicht und beschwerte sich, dass wir die Fische vertrieben.

Als Robert erst einmal genug vom Baden hatte, wir hatten bestimmt eine Stunde im See verbracht, und mit Johanna zurück zum Haus ging, schwamm ich noch etwas weiter raus, was nicht viel bedeutete, denn der See war nicht gerade groß. Mir ging Leas SMS nicht mehr aus dem Kopf, obwohl eigentlich nichts darauf hindeutete, dass Johanna sie gelesen hatte. Unser seltsames Gespräch von gestern hatte sie nicht wieder aufgenommen.

Ich hielt die Luft an und tauchte unter. Lea hatte sich wieder gemeldet, keine Ahnung, was das bedeutete. Abwarten. Aber wie lange?

Ich schwamm noch eine Runde im See, obwohl ich schon zu frieren begann, dann stieg ich wieder aus dem Wasser und ging zurück zum Haus. Johanna saß wie immer auf ihrem Stuhl auf der Wiese und las. Robert schien im Haus zu sein, jedenfalls sah ich ihn nicht.

»Vielleicht mache ich eine kleine Fahrradtour«, sagte ich.

»Wie du willst.« Wieder dieser kalte, resignierte Tonfall.

Ohne weiter darauf einzugehen, ging ich ins Haus und zog mich an. Robert fand ich im Wohnzimmer. Er lag in ein großes Handtuch eingewickelt auf der Couch und schlief.

Ich fuhr die Bundesstraße entlang und bog schließlich auf einen kleinen Waldweg ein, bis ich ein Schild entdeckte, das den Beginn eines »Uferrundwegs« ankündigte. Noch ein See. Außer Seen und Windräder gab es hier wirklich nicht viel. Ich schloss das Rad ab und ging zu Fuß weiter. Nach einer Viertelstunde hatte ich den

See immer noch nicht erreicht. Ich ging stoisch weiter, nur nicht anhalten, dachte ich, in Bewegung bleiben. Ich schwitzte, die Sonne brannte jetzt am späten Mittag noch unerbittlicher. In der Tasche steckte mein Handy. Ich hätte Lea jederzeit anrufen oder ihr eine SMS schreiben können, doch jetzt, da ich es plötzlich wieder konnte, wollte ich es gar nicht mehr.

Immer wieder blitzte das grünblaue Wasser zwischen den hohen Pinien auf, glitzerte in der Sonne, doch der Weg schien sich vom See zu entfernen. Ich hoffte auf eine Abzweigung, einen Trampelpfad, der zum Ufer führte, zu einer kleinen Bucht vielleicht, wo ich mich auf einen Baumstamm setzen und ins Wasser starren konnte. Das war jedenfalls meine Idealvorstellung, und tatsächlich hatte ich immer das Gefühl, hinter der nächsten Wegbiegung müsste dieser Pfad zum Ufer endlich abgehen – doch er kam nie. Nicht nur die Entfernung zum See schien größer zu werden, der Weg stieg auch merklich an. Neben mir ging es inzwischen steil bergab, der Wald dichter als noch vor hundert Metern.

Natürlich war das hier eine Flucht. Was für eine bescheuerte Idee, sich dafür einen Rundweg auszusuchen.

Ich blieb an einer kleinen Einbuchtung stehen, von der aus ich endlich wieder das Wasser sehen konnte. Ging das hier als Trampelpfad durch, der zum Ufer führte, oder war es nur ein Wildwechsel oder einfach gar nichts? Ohne weiter darüber nachzudenken, marschierte ich los. Nach ein paar Metern ging es steil bergab, von einem Pfad konnte jetzt keine Rede mehr sein. Ich schlitterte den Hang hinab, hielt mich an Baumstämmen fest und versuchte, nicht über die Wurzeln in der Erde zu stolpern. Dann wurde es zum Glück etwas flacher, dafür blieb ich jetzt mit meinen Turnschuhen im Matsch stecken. Unzählige Mücken umschwirrten mich, und es roch modrig. Ich schien dem See nicht näher gekommen zu sein, manchmal sah ich ihn nicht einmal.

Als es immer sumpfiger wurde und mich dicke Bremsen verfolgten, eine hatte mich schon in den Unterarm gestochen, gab ich auf. Vor mir wurde es zudem erneut steiler, und der See schien so weit entfernt wie eh und je.

Völlig verschwitzt und verdreckt erreichte ich schließlich wieder den Weg. Sollte ich umkehren, zurück zum Fahrrad, meine Flucht am Ausgangspunkt beenden? Oder würde es inzwischen schneller gehen, wenn ich den Rundweg weiterlief? Führte der Weg überhaupt wieder zu seinem Ausgangspunkt zurück, oder war alles falsch, und es gab keinen Rundweg und keinen Uferweg? Es kam kein Spaziergänger vorbei, den ich hätte fragen können, bis jetzt war ich noch keiner Menschenseele begegnet, und ich entschied mich fürs Weitergehen.

Ich dachte an New York, wie ich einmal durch den ebenfalls fast menschenleeren, riesigen Prospect Park in Brooklyn gelaufen war, vormittags, die Sonne schien wie heute. Ziellos wanderte ich auf einen kleinen Hügel, die Großstadt schien auf einmal unendlich fern, und dachte an Lea, wie ich immer in New York an Lea gedacht hatte. Wo war sie jetzt in diesem Augenblick, während ich um den See lief? In diesem kleinen, chinesischen Restaurant, in dem wir so oft zu Abend gegessen hatten? Vielleicht saß sie auf dem Washington Square in der Sonne und trank einen Eiskaffee? Ich hielt das Handy in der Hosentasche die ganze Zeit fest umklammert. Der Drang, Lea anzurufen oder ihr eine SMS zu schreiben, kam nicht zurück.

Damals im Prospect Park, auf einem verlassenen Weg in einem Waldstück, kam mir ein großer, finster dreinblickender Mann entgegen, er trug die Kapuze seines schwarzen Pullis tief ins Gesicht gezogen. Ich wurde unruhig und überlegte umzudrehen, doch gleichzeitig kam mir meine Angst albern vor. New York galt inzwischen als eine der sichersten Städte, was sollte also passieren? Andererseits gab es auch in kleinen Dörfern Raubüberfälle.

Der Mann kam direkt auf mich zu, und als wir aneinander vorbeigingen, ziemlich nah, denn der Weg war schmal, sah ich, dass er weinte. Er schaute nicht finster, sondern einfach nur traurig.

Als ich zum Haus zurückkam, schwamm Johanna alleine im See. Robert spielte am Ufer mit ein paar Playmobil-Figuren. Sie bemerkten mich gar nicht.

Ich ging ins Badezimmer, um zu duschen. Danach stand ich mit nassen Haaren vor dem kleinen Spiegel, kaum erfrischt und immer noch erschöpft von der Fahrradfahrt und der abgebrochenen Seeumrundung. Nur eine Glühbirne baumelte von der Decke und tauchte den kleinen Raum in grelles Energiesparlampenlicht. Im Augenwinkel bemerkte ich eine Bewegung, eine Kakerlake, dachte ich sofort, wie in New York, aber das konnte ich mir hier eigentlich nicht vorstellen.

Eine feine Staubschicht lag auf dem Spiegel. Meine Haare waren lang geworden, und an den Schläfen wuchsen immer mehr graue Haare. Ich dachte an den Morgen in Leipzig in dem Hotelzimmer, bevor alles anfing.

Kürzlich hatte ich eine Geschichte in einem Magazin gelesen, ein amerikanischer Gefängnisinsasse berichtete von seiner langjährigen Haft, seinem Leben in der Zelle ohne jede Privatsphäre. In den Waschräumen hingen wohl nur stumpfe Plastikspiegel, in denen kaum etwas zu erkennen war. Normalerweise schnitt er sich die Haare selbst, schrieb der Insasse, nur einmal nach vielen Jahren ging er zum Gefängnisfriseur. Und plötzlich sah er sich in dem klaren Friseurspiegel, erkannte, wie er wirklich aussah, betrachtete seine inzwischen vollständig ergrauten Haare. Er war unbemerkt zu einem anderen Menschen geworden, nicht nur äußerlich – er fühlte sich nicht mehr wie der Verbrecher, den sie einst ins Gefängnis gesperrt hatten. Diesen Mann gab es nicht mehr.

Ich zwinkerte meinem Gesicht im Spiegel zu und kam mir albern vor. Damals in Leipzig hatte sich mein Spiegelbild von mir abgelöst, dachte ich auf einmal, jetzt gab es zwei Paul Ferber, einen, der hier in einem kleinen Badezimmer im Brandenburger Nirgendwo stand – und einen anderen, gerade nicht anwesenden. Wahrscheinlich gab es noch viel mehr. Eine Idee aus einem Kinderbuch, das ich einmal Robert vorgelesen hatte? Ein Schrank, in dem alle Ichs verwahrt wurden wie Kleider, und jeden Morgen schaute man hinein und suchte sich ein passendes aus. Breitete es auf dem Bett aus wie eine Hose oder ein Hemd, bevor man es sich überzog.

Wenn ich meine Haare abschnitt, eine Glatze rasierte, würde ich dann jemand anders werden? Oder wenn ich mir einen Bart wachsen ließ? Nur noch Sakkos mit cremefarbenen Einstecktüchern tragen würde wie Lindemann früher? Dazu zerknitterte Tweed-Anzüge und schier endlos lange Schals wie Emrald?

Wie lange musste man in einer winzigen Zelle in einem amerikanischen Gefängnis sitzen, ohne Spiegel, ohne sich von außen zu sehen, ohne je für sich sein zu können, bevor man jemand anderes werden konnte?

Am Abend zog der Himmel zu, und dunkle Wolken türmten sich am Horizont auf wie monströse Hochhäuser. Die schwüle Hitze steigerte sich ins Unerträgliche, und jede Bewegung wurde zu einer schweißtreibenden Angelegenheit. Eine seltsame Stille lag über der Natur, selbst den Vögeln schien es zu heiß zum Singen. Unser Nachbar zeigte sich mit hochrotem Kopf und ohne Hemd und Gummistiefel auf seiner Veranda. Wir hingen schlaff in den Stühlen auf der Wiese vor dem Haus und warteten auf das Gewitter. Was hätte ich für eine Klimaanlage wie in New York gegeben?

»Regnet es bald?«, fragte Robert zum hundertsten Mal und malte lustlos ein paar Hochhäuser auf seinen Block.

»Bestimmt«, sagte ich.

»Hoffentlich«, murmelte Johanna hinter ihrem Buch.

Doch bevor es dunkel wurde, klarte der Himmel wieder auf. Die Hitze blieb.

Ich baute den Grill auf, den ich ebenfalls im Schuppen hinterm Haus gefunden hatte, Brennspiritus und Holzkohle hatte ich schon am zweiten Tag im Dorf gekauft.

»Du willst jetzt nicht wirklich grillen?« Johanna schlug das Buch zu. »Es ist viel zu heiß, und wir haben doch noch Nudeln von gestern.«

»Wer weiß, wie das Wetter in den nächsten Tagen wird. In Berlin können wir nie einfach so grillen.«

Johanna zuckte ratlos mit den Achseln.

Wie schon beim ersten Versuch vor ein paar Tagen brauchte ich wieder viel zu lang, bis ich eine richtige Glut zustande brachte. Ich wedelte mit Johannas Fantasy-Wälzer über dem Grill, goss Unmengen Brennspiritus auf die Kohle und blies in die schwache Glut, bis mir schwindlig wurde, aber außer Rauch, der die halbe Wiese vernebelte, produzierte ich nicht viel.

Als schließlich irgendwann doch die Flammen viel zu hoch aus dem kleinen Grill schlugen, hatte sich Johanna längst ins Haus zurückgezogen und sah mit Robert zusammen fern. Ich legte ein paar Würstchen auf den Rost, konnte sie aber gar nicht so schnell wenden, wie sie anbrannten. Fluchend warf ich sie ins Gras und ließ mich erschöpft und schweißnass auf einen Stuhl fallen. Das Buch lag auf dem Tisch. »Der zweite Teil der unglaublichen Saga«, stand auf dem Umschlag. Es roch nach Spiritus.

Wir hätten nach Hamburg fahren sollen, zu Irene und Helmut, statt hier in dieses einsame Haus. Diese Abgeschiedenheit tat uns nicht gut, wir brauchten Leute um uns herum, nicht nur einen unangenehmen Nachbarn. Jetzt war es zu spät. Vielleicht sollte ich Irene anrufen? Seit wir angekommen waren, hatte ich nicht mehr mit ihr gesprochen. Ich griff in meine Hosentasche, mein Handy war verschwunden. Das konnte doch jetzt nicht wahr sein! Ich suchte die Wiese ab, trat dabei aus Versehen auf die verkohlten Würstchen und fand das Handy schließlich im Gras vor dem Schuppen. Durchs Fenster beobachtete ich Johanna und Robert, die seelenruhig auf der Couch saßen und den Bildschirm anstarrten.

Ich schlenderte unauffällig zum See, setzte mich ans Ufer und wählte statt Irene anzurufen die Nummer, von der Lea mir die

SMS geschrieben hatte. Es knackte und rauschte, doch es passierte nichts. Ich hörte meinen eigenen Atem seltsam laut. Schließlich klingelte es doch. Nach gefühlten fünf Minuten legte ich wieder auf. Ich musste mich beherrschen, das Handy jetzt nicht wirklich in den See zu werfen.

Als die Mücken kamen, ging ich ins Haus. Johanna saß auf der Couch und sah sich eine Dokumentation über irgendeinen Krieg an, Panzer rollten durch die Wüste.

»Ist Robert schon im Bett?«

Sie nickte, ohne ihren Blick vom Bildschirm abzuwenden, auf dem Soldaten zu martialischer Musik marschierten. Ich setzte mich neben sie aufs Sofa und sah zum schwarzen Fenster, in dem sich das Zimmer spiegelte. Selbst hier drinnen roch es nach Rauch und Spiritus.

Sie schaltete den Fernseher aus und drehte sich zu mir um. Ich strich ihr über die Haare und wartete.

»Lea hieß sie?«, fragte sie schließlich in ihrem neuen, kühlen Tonfall und lehnte sich zurück.

Jetzt also.

»Ich habe die SMS übrigens nur zufällig gelesen, nicht, dass du denkst, ich würde spionieren.« Sie hielt inne. »Außerdem wusste ich ja, dass du die ganze Zeit über nicht wegen dieser ominösen Kooperation eurer Unis nach Leipzig gefahren bist. Was für eine bescheuerte Geschichte. Bei deinem zweiten Leipzig-Besuch hatte Emrald bei uns zu Hause angerufen und nach dir gefragt, weil er dich nicht auf dem Handy erreichen konnte. Er wusste nicht, wo du warst. Das wunderte mich natürlich, schließlich hattest du mir erzählt, er hätte diese Kooperation eingefädelt. Ich erfand eine Ausrede für ihn und versuchte ebenfalls bei dir anzurufen. Wie du weißt, bist du auch bei mir nicht rangegangen.«

Ich fühlte, wie mir leicht schwindlig wurde. Eine Weile saßen wir schweigend nebeneinander. Sie schien nicht weiterreden zu wollen, und ich versuchte mir vorzustellen, alles sei in Ordnung und gleich würden wir zusammen nach oben ins Bett gehen. Ich würde sie beobachten, wie sie tief und fest schlief, so ruhig, dass auch ich bald einschlafen würde. Am nächsten Morgen würden wir aufwachen, und alles ginge immer so weiter. Wie würden wir in zehn Jahren aussehen? In zwanzig Jahren?

»Sagst du auch was?« Ihre Stimme zitterte leicht, und sie fuhr sich nervös durch die Haare. Ich wollte sie berühren, aber ich wusste, das ging jetzt nicht.

»Warum hast du mich nie gefragt, was ich in Leipzig gemacht habe?«

»Ich weiß nicht genau, wahrscheinlich weil ich mir dann einreden konnte, es sei nicht das, was ich vermutete.«

Ich fühlte, wie meine Hände taub wurden, meine Beine. Wieder schwieg Johanna, und mir fiel rein gar nichts ein, was ich sagen könnte. Sollte ich mich entschuldigen?

»Dann die New-York-Sache. Das verstand ich zuerst nicht, das passte nicht. Schließlich deutete ich es als gutes Zeichen – vor allem, weil es danach nicht mehr mit Leipzig weiterging. Ein Irrtum, wie ich jetzt lesen musste. Sie war mit dir zusammen in New York.«

»Wir waren nicht zusammen in New York«, sagte ich. »Wir haben uns da nur getroffen. Zufällig.« Es klang wie eine Ausrede. Was es ja auch war.

»Du denkst nicht ernsthaft, dass ich das glaube, oder?« Johanna nahm ein Glas vom Tisch, starrte es an und ließ es dann auf den Boden fallen. »Macht man doch so.« Wir sahen die Splitter auf den braunen Dielen an. »Macht man doch so. Sachen runterwerfen, wenn man wütend ist.«

Ihr Blick tat weh, ihre glasigen Augen. Sie versuchte nicht zu weinen, die Distanz zu wahren. Mir wäre lieber gewesen, sie wäre wirklich nur wütend.

»Warum hast du das gemacht? Warum hast du alles kaputt gemacht? Ich weiß, das sind bescheuerte Fragen.« Sie begann die Glassplitter langsam vom Boden aufzusammeln und auf den Couchtisch zu legen.

Meine Gedanken schweiften ab. Unser seltsamer Nachbar kam mir blöderweise in den Sinn, seine obszönen braunen Gummistiefel, sein gepflegter Garten mit den Rosenbeeten. Oder waren es andere Blumen? Dann dachte ich an Emrald, wie er sich auf seinem Schreibtischstuhl zurücklehnte, die Arme hinterm Kopf verschränkt. Die einfältigen Studenten in meinen Seminaren, ihre schlechten Hausarbeiten, die ich immerzu korrigieren musste. Das Referat über *Gantenbein*. Schenkers gelber Fahrradhelm. Irenes Buch über Metternich, das ich bis jetzt nicht gelesen hatte, Schenker aber wahrscheinlich schon. Er mochte die Bücher. Ich dachte an alles, nur nicht an das, über das wir gerade sprachen.

»Sagst du vielleicht auch irgendwann mal noch was? Egal was. Wer sie ist, wo und wie ihr euch kennengelernt habt. Irgendwas. War sie auch in Berlin? Ich weiß nicht, ob ich das alles wirklich wissen will, aber du kannst ja wenigstens mal anfangen zu erzählen.«

»Das bringt doch nichts.«

»Natürlich bringt das nichts«, rief sie. »Denkst du, das weiß ich nicht? Aber was sollen wir sonst machen? Einfach weitermachen? Alles vergessen?«

Ja, genau, hätte ich beinahe gesagt.

»Was ist mit Robert? Hast du auch mal an ihn gedacht? Ich sollte mit ihm zurück nach Berlin fahren.«

Sie hatte aufgehört die Glassplitter aufzusammeln. Ich dachte wieder an Emrald, die Nachmittage in der Mensa, das nächste Semester. Wie würde es sich anfühlen?

»Bist du überhaupt noch da, Paul? Du kommst mir vor wie ein Gespenst.«

»Es war ein anderes Leben …«, sagte ich schließlich doch und stockte sofort, weil ich das Gefühl hatte, das so ähnlich in einem Buch gelesen zu haben. »Ich habe zwei parallele Leben geführt, die sich nicht überschnitten.« Ich wusste, dass sie es falsch verstehen würde. »Ich habe nichts entschieden, nichts geplant.« Dann wieder: Die Rosen im Garten des Nachbarn. Seine Gummistiefel. War er bösartig? Ein Irrer?

»Das ist das Dümmste, was ich je gehört habe«, schrie Johanna. Sie klang immer noch nicht wütend. Eher verzweifelt wahrscheinlich. Ich konnte mich nicht erinnern, dass sie mich schon einmal angeschrien hatte, so weit ließ sie es sonst nicht kommen.

»Seit gestern bin ich in einer Schockstarre, weiß nicht, wie ich mit dieser Situation umgehen soll, weiß im Grunde gar nichts mehr, und dann redest du von parallelen Leben«, fügte sie wieder ruhiger hinzu. »Erzähl endlich!«

Ich schüttelte den Kopf. »Das kann ich nicht. Es hat nichts mit dem hier zu tun.«

»Wenn du nicht sagst, was passiert ist, dann gehe ich«, sagte sie in dem resignierten, kühlen Tonfall von gestern. »Sofort. Mit Robert.« Sie sah mir jetzt direkt in die Augen.

Ich schaute zum schwarzen Fenster. Die leere Wohnung in Leipzig, Alice in der Küche, Michael betrunken auf dem Dach.

Sie stand auf und wischte sich eine Träne von der Wange. »Ich gehe wirklich.«

»Ich kann nicht.« Ich versuchte ihren Blick auszuhalten, schaffte es jedoch höchstens zwei Sekunden lang. Vanille-Zigarillos, Rum, Gummistiefel. Lea.

Sie ging nach oben. Ich legte mich aufs Sofa und starrte zur Decke. Die Erinnerungen verstummten. Mein Kopf war jetzt vollkommen leer. Ein grauer Schleier, der sich über mich senkte. Von oben hörte ich leise Johannas Stimme aus Roberts Zimmer, dann passierte eine Weile nichts, schließlich ging sie in unser Schlafzimmer, wahrscheinlich, um ihre Sachen zu packen. Ich verstand das alles und verstand es auch nicht. Ein paar Minuten später wieder Stimmen. Sie weckte Robert wirklich auf, dachte ich, aber war nicht fähig aufzustehen und sie zurückzuhalten.

Vielleicht wollte ich die Eskalation.

Vielleicht glaubte ich auch an das, was ich gerade gesagt hatte.

Parallele Leben wie parallele Geraden, die sich erst im Unendlichen schneiden. Mein Mathelehrer hatte es uns damals in der Schule erklärt.

Vielleicht glaube ich immer noch daran.

Ich schloss die Augen, hörte, wie die beiden die Treppe nach unten stiegen – es schien unendlich lange zu dauern –, schließlich leise die Haustür öffneten und wieder schlossen, der Geruch nach Spiritus und Rauch wurde stärker. Robert sagte irgendetwas, das ich nicht verstand, vielleicht weinte er. Wahrscheinlich würde sie ein Taxi rufen. Es verging bestimmt eine halbe Stunde, in der ich weiter einfach so dalag – dann kam die Wut. Die schlimmste Wut von allen: die Wut auf sich selbst.

Endlich schaffe ich es aufzustehen und ging nach draußen. Natürlich kam ich zu spät, sie waren bereits im Dunkeln verschwunden. Ich rief ihre Namen. Nichts passierte, und ich trat gegen die hässlichen Plastikmöbel, die noch vom Abendessen auf der Wiese standen. Drei Stühle. Schleuderte sie so weit weg, wie ich konnte. »Macht man doch so!«, schrie ich. Ich trat gegen den Grill, die glühende Kohle ergoss sich auf die Wiese, es roch verbrannt. »Macht man doch so!« Ich kramte das beschissene Handy aus meiner Hosentasche und warf es in Richtung des Sees. Vielleicht würden die beiden ja wieder auftauchen, dachte ich plötzlich und horchte, ob ich sie hörte. Ich wollte Johanna anrufen, fand aber in der Dunkelheit mein Handy nicht mehr, obwohl ich es panisch suchte und auf der Wiese auf und ab lief. Mein Gesicht glühte, der Schweiß rann mir die Arme herunter.

Ich lief zum See, in den Fenstern des Nachbarhauses flimmerte es bläulich. Ob er mich gehört hatte?

Ich begann mich auszuziehen, die Kleider warf ich einfach ins Gebüsch.

Das kühle Wasser tat gut, obwohl mir immer noch heiß war. Selbst beim Schwimmen wurde ich das Gefühl nicht los zu schwitzen. Ich versuchte so lange zu tauchen, wie ich konnte, verschluckte mich am kalten Wasser, hustete und spuckte. Das hohe Schilf schlug mir ins Gesicht, und ich schwamm weiter in die Mitte des Sees, wünschte, das wäre ein Fluss und ich könnte immer weiter schwimmen, ließ mich treiben auf dem dunkelblauen Wasser und tauchte wieder unter.

Ich wusste nicht, wie lange er schon nach mir rief. Wild mit den Armen fuchtelnd lief er am Ufer des Sees auf und ab. Erst als ich aus dem Wasser stieg, nur ein paar Meter von seinem Haus entfernt, hörte ich ihn, aber seine Worte ergaben keinen Sinn. Er blieb stehen und starrte mich an, meinen nassen, nackten Körper, dann begann er wieder zu schreien, lauter noch. Schließlich kam er einen Schritt auf mich zu, und ich verstand endlich den einen Satz, den er immerzu wiederholte: »Das Haus brennt. Das Haus brennt. Das Haus brennt.«

Ich folgte mit den Augen seinem ausgestreckten Arm und sah die Flammen aus dem Dach unseres Hauses schlagen. Auch die zwei Birken daneben hatten Feuer gefangen und schienen zu glühen wie vorhin die Kohle im Grill. Erstaunlich hoch und grellorange zitterten die Flammen in der Luft und erleuchteten den Nachthimmel, als würde ein Signal für irgendwen weit weg ausgesendet. Würden es Johanna und Robert sehen? Ein lautes Knistern und Knirschen drang herüber. Der Geruch von verbranntem Holz kam mir vertraut vor. Seltsam unbeweglich stand eine große, dunkelgraue Rauchsäule über dem Haus.

»Rufen Sie die Feuerwehr!«

»Hab ich schon. Hab ich schon.«

Aus der Nähe wirkte unser Nachbar eigentlich ganz sympathisch. Er hatte einen leicht schelmischen Gesichtsausdruck, und seine grauen Haare standen wirr vom Kopf ab. Schnell ging er in sein Haus, das unserem wirklich zum Verwechseln ähnelte. Ich sah zu einem Fenster im Erdgeschoss, Johanna hätte dort im Wohnzimmer auf dem Sofa sitzen können, mit ihrem Fantasy-Roman in der Hand, Robert neben ihr auf dem Boden, seine Playmobil-Eisenbahn vor sich. Vielleicht war das hier in Wahrheit unser Ferienhaus und das brennende auf der anderen Seite des Sees das unseres Nachbarn. Gleich würde sich die Tür öffnen, und Johanna käme heraus. In diesem Moment hätte mich das nicht einmal gewundert.

Plötzlich stand er wieder neben mir. Er reichte mir ein Handtuch.

»Sie holen sich den Tod.«

»Sie holen sich den Tod«, äffte ich ihn nach und fand das plötzlich unglaublich komisch. Lachend setzte ich mich auf den feuchten Boden und wickelte mich in das Handtuch; ich fror auf einmal, mein ganzer Körper zitterte.

Er schüttelte den Kopf und sah wieder hinüber zum brennenden Haus, die Flammen hatten inzwischen das halbe Dach aufgefressen, und unter lautem Bersten stürzte eine der glühenden Birken auf die Wiese vor dem Haus, wo die Plastikstühle lagen.

»Sie kommen«, flüsterte der Nachbar, ohne seinen Blick von den Flammen abzuwenden, und tatsächlich hörte ich in der Ferne die Sirenen.

Emrald hatte sich wirklich den Tod geholt. Dieser Ausdruck hätte ihm sicher bestens gefallen. Ich sah ihn vor mir, in seinem Sessel im Büro, eine Tasse Rumkaffee in der Hand, wie er über seinen lieben Bernhard dozierte, über *Alte Meister* und den perfekten letzten Satz des Buchs. »Merken Sie sich diese Worte, Ferber! Sie passen immer.«

Es war gar nicht lange her, in New York vor ein paar Wochen in der Bibliothek, da hatte ich das Ende des Buchs noch einmal gelesen, den letzten Satz, auf Englisch natürlich. Und es stimmte, was Emrald gesagt hatte, es passte auch jetzt wieder: »The performance was terrible.«

Epilog

Dan, der eigentlich Daniel hieß, stammte von der Upper West Side. Er war keine zehn Minuten vom Central Park entfernt aufgewachsen, in einer großen dunklen Wohnung, üppig mit schweren braunen Möbeln eingerichtet, mit Blick auf das Dakota Building, vor dem im Jahr seiner Geburt John Lennon erschossen wurde. Seine Eltern waren beide Ärzte, seine Mutter Rachel arbeitete fünfunddreißig Jahre lang als Anästhesistin in einem Krankenhaus in Manhattan und brachte es in jungen Jahren auch als Pianistin in New Yorker Musikerkreisen zu einigem Ruhm, bis sie das professionelle Spielen für ihr Medizinstudium aufgab. Sein Vater Jonathan, ein angesehener Internist, unterrichtete, nachdem er in der selben Klinik wie Rachel gearbeitet hatte – wo sich die beiden auch kennenlernten –, an der Columbia University. Nun waren beide pensioniert, aber trotz ihrer neunundsechzig Jahre (sie waren nur zehn Tage auseinander in New York geboren, Jonathan allerdings in Queens und Rachel auf Coney Island) noch bei guter Gesundheit und vielleicht sogar fitter, als sie es die meisten Zeit über waren, als sie noch arbeiteten. Jeden Morgen radelte Jonathan zwanzig Kilometer auf seinem Heimtrainer, und Rachel ging dreimal die Woche zum Tennis. Mindestens zwei Monate im Jahr reisten die beiden durch Europa, Afrika oder Asien und schickten Dan, der ihr einziges Kind geblieben war, aus jedem Land eine Postkarte, die er fein säuberlich an seinen riesigen Kühlschrank pinnte. Als Anhänger der Demokraten sahen sie es zudem als ihre moralische Pflicht an, jedes zweite Wochenende (wenn sie nicht gerade auf Madagaskar oder Sizilien weilten) in einem medizinischen Zentrum in der Bronx Menschen ohne Krankenversicherung gratis zu behandeln.

Dan war nie ein fröhliches Kind gewesen, jedoch auf eine fast schon groteske Art und Weise höflich. Wegen seines etwas verkniffenen, ernsten Naturells erkundigten sich entfernte Verwandte, die Dan nur einmal im Jahr an Thanksgiving sahen, regelmäßig bei Jonathan und Rachel besorgt nach seiner Gesundheit. Dabei war Dan durchaus sportlich und überragte seine Mutter schon mit dreizehn Jahren. Sein Vater versuchte ihn für Sport zu begeistern, erst probierte er es mit Baseball, dann mit verschiedenen Leichtathletikdisziplinen, schließlich mit Basketball, doch Jonathan konnte bald

Dans leidenden Gesichtsausdruck auf dem Spielfeld nicht mehr ertragen und akzeptierte den Sporthass seines Sohnes, der lieber in jeder freien Minute klassische Romane aus dem neunzehnten Jahrhundert las.

Mit siebzehn maß Dan einen Meter dreiundneunzig und hatte das komplette Werk Dostojewskis gelesen. Er erkannte schon früh, dass seine Stärken nicht in Kommunikation und Leutseligkeit lagen, sondern in seiner Beharrlichkeit und Intelligenz im Bezug auf Sprache. So wartete er nur darauf, bis er endlich die Highschool abgeschlossen hatte und ein Studium der Anglistik und Germanistik (er hatte mit siebzehn Kafka entdeckt und las ihn bereits mit neunzehn im Original) an der New York University beginnen konnte. Im zweiten Jahr an der Uni lernte er Iris kennen, eine esoterisch angehauchte Halbfranzösin, die Romanistik an der NYU studierte und in ihrer Freizeit Vampir-Romane übersetzte. Die beiden blieben fast vier Jahre zusammen. Schließlich verliebte sich Iris in einen jungen Musiker aus Portugal und offenbarte Dan, nie mit seiner sturen Ernsthaftigkeit zurechtgekommen zu sein. Sie hielt ihn, wie sie in ihrem niedlichen französischen Akzent sagte, für einen »Eisklotz«. Dan beschloss daraufhin sich einen Hund zuzulegen und an ihm zu üben, wie man fürsorglich und offen mit einem Lebewesen umging. Ihm war die Komik dieser Entscheidung durchaus bewusst, aber Fitch, sein stets etwas dümmlich dreinblickender Cockerspaniel, erweichte in kürzester Zeit tatsächlich Dans Herz, und Rachel und Jonathan stellten schnell eine Warmherzigkeit an ihrem Sohn fest, die sie vorher nicht von ihm gewohnt waren.

Mit zweiunddreißig bekam Dan eine Stelle als Dozent an der NYU angeboten, und im gleichen Jahr gingen Rachel und Jonathan in den Ruhestand. Dan zog ins Greenwich Village - bis dahin hatte er kaum drei Blocks von seinen Eltern entfernt gewohnt - in ein für Manhattan-Verhältnisse riesiges und spottbilliges Apartment, das von der Universität an die Mitarbeiter seines Instituts zum Sonderpreis vermietet wurde.

Direkt vor dieser Wohnung lernten wir uns kennen.

Fitch, Dans Hund, pisste neben mir eine große Lache an einen kümmerlichen Strauch. Es war meine Schuld, ich saß auf der untersten Stufe der Treppe vor Dans Wohnung, wahrscheinlich widerrechtlich, und rauchte eine Zigarette, obwohl ich eigentlich nicht rauchte, vernünftigerweise, denn in Amerika kostete ein Päckchen mehr als eine gute Flasche Rotwein und war eigentlich überall verboten. Meine Flucht (ich wollte es eigentlich nicht so nennen) zurück nach New York hatte mich vor einige Probleme gestellt: Mein WG-Zimmer im East Village war natürlich längst weitervermietet, und ich kam in einer schäbigen, winzigen Wohnung in Brooklyn unter, die mich an Pauls Zimmer erinnerte. Riesige Kakerlaken bevölkerten das Badezimmer und die Küche.

Zur Columbia, wo ich amerikanische Studenten in Deutsch unterrichtete, brauchte ich mit der U-Bahn über eine Stunde. Die Arbeit machte mir wenig bis keinen Spaß, und die Studenten konterten meine Unlust ihrerseits mit Langeweile. Wir ignorierten uns, so gut es ging. Immerhin sicherte der Job halbwegs mein Überleben und finanzierte mir meine neue Nikotinsucht. Ein Alkoholiker aus Berlin, der ebenfalls Deutsch unterrichtete, ging mir mit seinen altklugen Lebensweisheiten zusätzlich auf die Nerven. Sonst verbrachte ich meine Tage in der Anfangszeit weitestgehend allein, die meisten meiner Freunde, die ich bei meinem ersten Aufenthalt kennengelernt hatte, waren wieder aus der Stadt weggezogen, ihrerseits nur Austauschstudenten - und auf Zoe hatte ich nun wirklich keine Lust. Und so lebte ich recht isoliert zwischen Uni und meinem Loch in Brooklyn, skypte stundenlang mit Alice, um mich mit ihrer Misere von meiner eigenen abzulenken, bis eben Fitch vor meine Füße pinkelte und mich dabei mit seinen leeren Kulleraugen anstarrte.

Dan, der nach Fitch aus der Tür getreten kam, rief ihn sofort zurück, obwohl es ja wie gesagt mein Fehler war. Ohnehin ließ sich Fitch nicht von den lautstarken Flüchen seines Herrchens beindrucken und erleichterte sich weiter in den armseligen Strauch direkt neben mir. Nachdem er endlich sein Geschäft verrichtet hatte, schüttelte er sich kurz, blickte mich noch einmal treudoof an und trottete langsam wieder die Treppe hinauf. Dan entschuldigte sich bei mir und bot als Wiedergutmachung an, mich zum Lunch einzuladen.

Drei Wochen später lernte ich seine Eltern kennen.

Rachel und Jonathan führten uns erst in ein kleines italienisches Restaurant, das sehr teuer schien und trotzdem nicht angeberisch wirkte, und später in besagte Wohnung in der Upper West Side. Dan und ich tranken teuren Whiskey (Rachel und Jonathan hatten schon vor Jahren der Gesundheit wegen dem Alkohol abgeschworen) und schauten uns Fotos von Dan als Kind an. Er sah damals schon so ernst und nachdenklich aus, es hätte mich nicht gewundert, wenn er als Fünfjähriger die gleichen Tweed-Sakkos mit Ellbogenflicken getragen hätte wie heute.

Nach vier Wochen hatte ich das Gefühl, alles über Dan zu wissen. Nach acht Wochen schlug er vor, ich solle doch aus meinem Loch in Brooklyn ausziehen und zu ihm in die Wohnung ins Village kommen. Ich sagte, ich könne nicht mit Fitch in einer Wohnung leben, sein leerer Blick würde mich depressiv machen und jeden Gedanken in mir abtöten. Nach einem weiteren Monat gab ich Dans Beschwörungen nach und packte meine wenigen Sachen zusammen und fuhr mit der Subway zu ihm. Am Tag meines Einzugs hörte ich mit dem Rauchen auf, obwohl mich Dan nicht darum gebeten hatte.

Dan bestand darauf, dass wir zusammen nur Deutsch sprachen. Er wollte seine Sprachkenntnisse verbessern, die ohnehin schon fast makellos waren – er hatte ein Jahr in München studiert. Doch ich brachte es aus irgendeinem Grund nicht übers Herz, mit ihm in meiner Muttersprache zu reden, also gewöhnten wir uns an, dass er Deutsch sprach und ich Englisch.

Am zweiten oder dritten Abend nach meinem Einzug in seine Wohnung, die ich mir nie hätte leisten können, sagte ich ihm, dass ich das Gefühl hätte, ihm nun auch alles über mich erzählen zu müssen, da ich ihn schon so gut kannte.

»Lea, ich brauche nichts über dich zu wissen. Das, was ich weiß, reicht schon, um immer mit dir zusammenbleiben zu wollen.«

»That's what we Germans call Kitsch«, sagte ich. Er grinste, nahm seine Brille ab, ohne die er im Grunde blind war, doch er nahm sie immer ab, bevor er mich küsste – und küsste mich.

Ich erzählte Dan also nichts von Paul.

Eine Woche später skypte ich mal wieder mit Alice. Dan war an der Uni, und ich hatte heute meinen unterrichtsfreien Tag. Sie wirkte viel besser gelaunt als sonst und grinste breit in die Kamera.

»Was ist denn mit dir los?«, fragte ich. »Bist du schon am frühen Morgen betrunken?«

»Lea, hier ist es schon Nachmittag! Aber nein, ich bin nicht betrunken. Ich habe nur gerade das neue Buch von Irene Ferber gekauft, *Der Prager Kreis* heißt es. Das erste Kapitel habe ich schon durch.«

»Bitte, ich will nichts darüber wissen!«

Natürlich interessierte sie das nicht. »Es ist wieder grandios!«, rief sie. »Aber die Widmung fehlt.«

»Was für eine Widmung denn?«

»In ihren letzten Büchern stand vorne bei den Danksagungen immer ›Für Paul.‹ Oder ›Für meinen Bruder‹. Aber dieses Mal nichts. Gar nichts. Sie dankt niemandem.«

»Na und?«

»Ich dachte, das würde dich interessieren.«

Alice saß in unserer Küche, den Laptop vor sich auf dem Tisch. Wie froh ich war, dort nicht mehr sein zu müssen. Auch wenn mich New York oft nervte, nach Leipzig wünschte ich mich nicht zurück.

»Alice, du kennst mich doch eigentlich ziemlich gut. Diese Paul-Geschichte hatte nicht viel zu bedeuten, das war mir vielleicht damals nicht vollkommen klar, aber inzwischen denke ich kaum noch daran. Ich wollte einfach noch einmal dieses Gefühl spüren, dieses folgenlose Verliebt-Sein. Mich interessierte sein anderes Leben in Berlin kein bisschen, seine komische Freundin, sein Sohn. Ich mochte einfach diese paar Wochen Ausnahmezustand.«

Alice sah mich misstrauisch an. Ich hatte plötzlich das Verlangen, nach unten zu gehen und mir in einem Deli eine Schachtel Zigaretten zu kaufen. »Es hätte auch jemand ganz anderes sein können.«

»Lea! Du bist wirklich gemein!«, rief sie so laut, dass der Laptop-Lautsprecher schepperte.

Ich lachte. »Es ist wie diese leere Wohnung, in die Michael immer geht«, sagte ich und dachte an diese seltsame Party, bei der ich mit Paul und Michael übers Dach in das verlassene Haus geklettert war. »Für ein paar Minuten kann man sich vorstellen, jemand anderes zu sein, ein anderes Leben zu führen, in der Vergangenheit zu leben meinetwegen. Eine Art Kurzzeitflucht, mehr nicht.«

Ich hörte, wie Dan nach Hause kam, das alte Parkett im Flur knarrte, und Fitch begrüßte sein Herrchen winselnd. »Ich muss Schluss machen.«

»Okay. Lustig übrigens, dass du das Nachbarhaus ansprichst. Gestern haben sie ein Gerüst aufgebaut, Michael war ganz traurig. Sie sanieren es endlich.«

»Das war es dann wohl mit dem anderen Leben.«

»So sieht's aus.« Sie lächelte und winkte mir zu.

Ich klickte auf das kleine rote Telefonsymbol, und das Bild verschwand.

Danksagung

Annika, Marc-Uwe, Lisa Bender, Jürgen Hinkelmann, Kirsten Fuchs, Sebastian Wolter, Leif Greinus und allen bei Voland & Quist.